把脉世界

（上）

陆忠伟 著

中央编译出版社
Central Compilation & Translation Press

图书在版编目(CIP)数据

把脉世界/陆忠伟著.
—北京:中央编译出版社,2009.5
ISBN 978 - 7 - 80211 - 995 - 6

Ⅰ. 把…

Ⅱ. 陆…

Ⅲ. 国际关系－研究

Ⅳ. D81

中国版本图书馆 CIP 数据核字(2009)第 106129 号

把脉世界

出 版 人	和 龑	
责任编辑	吴颖丽	
责任印制	尹 珺	
出版发行	中央编译出版社	
地 址	北京西单西斜街 36 号(100032)	
电 话	(010)66509360(总编室)	(010)66509365(编辑室)
	(010)66161011(团购部)	(010)66130345(网络销售)
	(010)66509364(发行部)	(010)66509618(读者服务部)
网 址	www.cctpbook.com	
经 销	全国新华书店	
印 刷	北京蓝海印刷有限公司	
开 本	787 毫米×1092 毫米　1/16	
字 数	368 千字	
印 张	32	
版 次	2009 年 7 月第 1 版第 1 次印刷	
定 价	78.00 元(全两册)	

本社常年法律顾问:北京大成律师事务所首席顾问律师　鲁哈达

凡有印装质量问题,本社负责调换。电话:(010)66509618

目录 | CONTENTS

经 建 论 道

下册

走笔东瀛

把脉天下

再 版 序 ‖

  拙著《把脉世界》于 2006 年底结集出版后，蒙读者青睐，
前后所印已基本告罄，而索书者仍多，于是有重印之议。返京之
际，托中央编译出版社之助，得以在原书基础上重排再版。

  年光似鸟，世事如棋。当今世界正处于波澜激荡的大变局
中，国际关系研究日新月异，全力为之犹恐不及。故近年来虽职
司益重，公务日繁，而思研未敢稍歇，笔耕未敢略辍，偷暇又积
得时论多篇。借这次再版，从新近公开发表的文章中择数篇纳
入，一并就教于读者同仁。

陆忠伟　2008 年岁末

编 者 的 话

陆忠伟先生多年来埋首于国际关系研究领域，且思且研且作，成就斐然，洵然大家也。

其为学也，强调做学问、搞研究必须从大处着眼，从细微之处着手，讲求"百里之外见秋毫"。同时，还从中国老一代领导人的著作中，解决了许多哲学和方法论问题。陆先生认为，搞形势研究，可以孤怀独行，不求苟同，但结论要堂堂正正，观点鲜明，且富有哲理。他对问题的分析，常常透着一种阅尽怨仇，历尽烽烟，却仍能怀着寻常智慧，淡然审视一切的态度。

其为文也，深谙"辞微旨远"，"言有尽而意无穷"，笔锋犀利，妙语迭出，风格独具。陆先生常引古代诗词来比喻当前国际局势，收取非同寻常的效果。他曾引唐代诗人柳中庸的诗句"舟轻不觉动，缆急始知牵"，来说明当时美国对伊拉克的战争；曾用一连串问号警示世人，预言美国打伊拉克"动之易、安之难"。"治大国如烹小鲜"，纵横捭阖而又切中肯綮，是其独特文论风格的最好说明。

其为人也，以"善待前人、厚待同事、严待自己"为原则，大力提携年轻学者，强调研究队伍要有规模、有梯次，形成"方阵"，长者提携后俊，后俊拼搏上阵，推动研究事业永续不断。

及其为事也，注重"涵养人气、厚积人才、培养人文"，强调不仅要守住老一辈留下来的家业，更要不断发扬光大。

读书是学习，写作也是学习，而且是更重要的学习。陆忠伟先生在多年的研究实践中，养成了深度思考、勤于动笔的习惯；在繁重的组织、管理工作之余，笔耕不辍，撰写了许多弥足珍贵的文章。他策划出版了十几部学术专著，并为数十部学术著作写"序"，绝大部分精妙确当的立论和令人拍案叫绝的词句，都写在了别人的书稿上。故此，我们将他近年来所作"序"文及一些重要文论结集出版，供有志于研究国际关系者借鉴参考，或可从中得到有益的启迪。

清风工作室　　四季工作室

2006 年 6 月

品 书 东 风

《国际战略与安全形势评估 (2001/2002)》卷首语[*]

　　"国家安全战略"是个沉甸甸的大概念。有关国家安全战略的定义，有多种多样的解说，但我比较倾向接受这样一种说法：国家安全战略是在各种情况下，运用国家各种力量，实现国家安全利益和目标的一门艺术和科学。[1]如何解读国家安全战略，事关国家兴衰和国民的前途、命运。要准确、全面地解读国家安全战略，必须具备非常前瞻性的宏观视野和非凡的战略洞察力、判断力，更需要对国家利益的绝对忠诚、穷尽真理的探索精神、不计得失的辛勤劳动、呕心沥血和集体智慧。

　　纵观中国历史，因对国家安全战略解读不同而引起国家或兴或衰的案例俯拾即是。诸葛亮的《隆中对》是对蜀汉前期"国家安全战略"的准确解读。对《隆中对》"安全战略"思想的有效贯彻执行，保证了蜀汉兴于乱世，与魏、吴"三分天下"。蜀汉初建，诸葛亮提出"北拒曹魏，东和孙吴"的安全战略思想，但关羽意气用事，"北拒曹魏，东拒孙吴"，仅一字之差，致与东吴失和，最终丢了荆州这一"用武之国"、必争之地。刘备为"雪

---

　　* 中国现代国际关系研究所：《国际战略与安全形势评估（2001/2002）》，时事出版社2002年版。

弟恨"引大军发动讨吴战争，两线用兵，穷尽国力，完全违背了"国家安全战略"原则，致有猇亭之败，元气大伤。至此，诸葛亮"跨有荆益"、两路出击进取中原的战略企图彻底落空，蜀汉局促于益州一地，失去了战略主动，最终败亡只不过是时间问题了。

在外国历史上，因对国家安全战略解读不同而引起国家兴衰的案例同样不胜枚举。苏联立国初期，苏联领导人正确认识到第二次世界大战不可避免，集中力量发展国防工业，为卫国战争的胜利准备了雄厚的物质基础。同一个苏联，在冷战时期，未能正确认识到时代潮流、尤其是核时代国家安全战略内涵的深刻变化，依然从世界大战不可避免的视角制订国家安全战略，致使苏联在国际综合国力大竞争中失败，最终导致国家解体，社会主义在苏联、东欧失势。

21 世纪，国际战略形势较以往任何历史时代都更加复杂多变。国家安全较以往任何历史时代都更加具有综合性、动态性及内部安全与外部安全相互渗透、相互作用、相互融合等特点。所谓综合性，是指安全不再仅限于国防和外交等领域，不再等同于或仅限于维护国家主权和领土完整等狭义目标。随着全球化的深入及科学技术的发展，尤其是信息技术的发展，安全内容愈益复杂，呈现出多层面和无所不包的特征，单纯强调军事安全及国家主权和领土完整的传统安全概念已经过时。国家安全的内涵除传统的军事、外交安全外，还包括经济安全、政治安全、社会安全、生态安全、人文安全，科技安全等。其下还有更多的分支，如经济安全包括经贸安全、能源安全、粮食安全、水资源安全等。总之，举凡人类生活的方方面面，如人口、科技、能源、资源、粮食、环境、生态、海洋、太空、毒品、传染病、文化垃圾、跨国犯罪、国际恐怖主义等，无不被纳入国家安全范畴。

所谓动态性，是指安全环境不断变化、调整，没有绝对的安全。全球化和高科技的飞速发展，使世界、人类及其安全环境和安全观每时每刻都在变化。曾经属于传统国家安全范畴的东西，今天可能不再重要。曾经不属于国家安全范畴的东西，今天或明天可能成为国家安全的核心内容。国家安全越来越只具有相对稳定性，绝对的国家安全是不存在的。[2] 国家安全观及安全利益的界定，也必须依据不断发展、变化、调整中的安全环境不断调整。

所谓内部安全与外部安全相互渗透、相互作用、相互融合，是指国家安全不再只限于外部安全，不再仅仅是对外交和国防安全的界定，更不只限于国内警察治安行为，而是国际安全与国内安全的统一。全球化和信息化的快速和高度发展，使世界各国、各地区越来越相互依存，形成越来越趋向于整体发展的世界体系。"国家安全已日益带有国际政治乃至全球政治的色彩"。[3] 所有主权国家都是"地球村"大家庭的成员，已形成相互依存的安全关系。国家安全涵盖国内安全、国际安全，甚至全球安全。脱离国际大环境的国家安全是不存在的。一国的国内安全已与国际安全不可分离、无可避免地融合在一起。

中国的国家安全同样具有综合性、动态性和内外相融的特点。2001 年，中国国内生产总值（GDP）达 9.58 万亿人民币，按汇率折算，约相当于 1.16 万亿美元，已超过意大利，居世界第六。中国外贸总额 2001 年已突破 5000 亿美元大关，进入世界前七强。21 世纪初甚至更长一段时期，中国经济还将继续保持快速增长势头。到 2010 年，中国 GDP 总量将超过 2 万亿美元。到 2020 年，将超过 4 万亿美元。[4] 届时中国综合国力的世界排名还将继续前移，中国的国际利益将进一步扩大，国际地位、中国与世界的关系将相应地发生较之以往任何历史时代更加深刻的变化。中国将越来越深入、全面地参与国际事务，成为国际大家庭中更加积极、主动和有影响的成员，并将从昔日国际体系的受害者转变为受益者、参与者。但与此同时，中国的安全环境将更加复杂，国家安全战略的内涵也将更加丰富。中国要在进一步明确21世纪中国国际定位和国家安全利益、安全目标的基础上，制订目标明确、切实可行的国家安全战略。

中国现代国际关系研究所推出这份年度国家安全战略报告，正是适应21世纪国际、国内安全环境、观念的变化，尝试通过密切追踪国际、国内安全形势动态，及时、准确地判断其发展趋势，为制订国家安全战略提供一些思考素材，并为社会服务以及为世界了解中国提供一扇窗口。建所20年来，我们虽然在有关国家安全战略研究的人才、资料、经验等方面有一定积累，并推出过一批研究成果，但编撰此类国家安全战略年度报告还是首次，疏漏与不足在所难免，诚待读者与同行批评。

2002 年 2 月

注 释：

[1]〔美〕约翰·科林斯：《战略的实质》。参见美国陆军军事学院编：《军事战略》，军事科学院外国军事研究部译，军事科学出版社1986年版，第60页。

[2] 赵英：《战争之外的对抗与选择：新的国家安全观》，云南人民出版社1992年版，第76页。

[3] 李劲松：《安全概念的变化与冲突焦点的位移》，载《现代军事》1999年4月，第27页。

[4]《中国经济时报》2002年1月1日；《人民日报》2002年1月11日。

《国际战略与安全形势评估（2002/2003）》卷首语[*]

　　2002 年是"9·11"后的第一个年头，新一轮恐怖浪潮显示出恐怖活动"要让更多人死，让更多人看"的残忍特征。可见，"9·11"的"冲击波"、"放射尘"尚未落定，恐怖主义猖獗、反人性一面相形突出。另一方面，各大力量风云际会、安全战略因"恐"调整、外交政策"以恐划线"；大国关系重新洗牌，战略环境空前复杂。真可谓：昨年鏖战急，弹洞前村壁，装点此江山，今朝更复杂。

　　透过表象看时局，似乎一切在"9·11"之后都从"零"开始：国际恐怖主义活动发生了变化；主要大国安全战略发生了变化；大国应对"威胁"的基本手段发生了变化；国际关系的阶段性矛盾发生了变化；各大力量的相互关系发生了变化；地缘战略格局发生了变化；国际战略大格局正在发生变化。这一系列变化正应了唐代诗人柳中庸的一句诗："舟轻不觉动，缆急始知牵。"

　　面对"恐怖性非对称战争"，各人国重新审视国家安全环境，加大对非传统安全的关注，探索该领域安全合作新机制、新方

　　* 中国现代国际关系研究所：《国际战略与安全形势评估（2002/2003）》，时事出版社 2003 年版。

式、新内涵；思考安全目标优先顺序与外交政策，积极调整相关战略，如外交、情报、执法机构结构，大力改革军队，赋予军队反恐职能，组建以反恐行动为任务的新军事单位。此外，针对恐怖主义具有跨国威胁的特点，情报合作被认为是反恐的重要环节，从而推进了国际安全合作。

美国是在军事"一极"态势之下直面"非对称"威胁并发动反恐战争的。所以，其"一言堂"、"先下手"的强悍作风加剧：在军事上投棋布子、向战略要冲集结，挺进阿富汗、兵临巴格达，以加强对欧亚大陆的地缘战略优势；"反恐战场"与其长期觊觎的战略要地"重叠"；谋求"绝对安全"、"绝对优势"的念头形成。从2002年发表的国情咨文、核态势评估报告、布什在西点军校的讲话、美国国家安全战略及应对大规模杀伤性武器的基本战略等文件看，美国在参悟长远战略与眼前得失之间的关系。

"打伊"能导致反恐战争的结束吗？美国如果真以武力推翻了萨达姆政权，那么，"后"伊拉克"谁来治、怎么治"？与美国结下不解梁子的极端宗教势力会否发动"圣战"？美国怎样安排新"海湾秩序、中东秩序、世界能源秩序"？这一连串问号在警示世人，天下仍不太平，反恐将进入一个新阶段，尽管是局部动荡，但"动之至易，安之至难"。

"莫言下岭便无难，赚得行人错喜欢。正入万山圈子里，一山放出一山拦。"对战略走势的讨论方兴未艾，明年的国际安全研究会更有"搞头"。

2003年元月于京西万寿山庄

《国际战略与安全形势评估（2003/2004）》卷首语[*]

　　江行览胜，不同于"登临怀古"，况味别样。何以言之？缘潮起潮落，江船急下，"乱峰幽谷不知数"。2003多事之年，其情其景其实，容不得人回环往复，慢慢咀嚼。

　　过去的一年，是各类政治矛盾激化导致剑拔弩张、兵戎相见的"危机年"：回览地球，大西洋、太平洋、欧亚大陆这"两洋一带"风起云涌，动荡加剧；大国关系虚虚实实、磕磕碰碰，既较量也商量，亦干杯且干仗，台前幕后，较劲、踢脚。从欧洲到亚洲，多边主义屡屡受挫：联合国安理会因伊拉克战争而一时处于"开店停业"状态；新一轮多边贸易谈判武场——世贸组织"坎昆会议"无果而终，致使经济合作重心向地区主义一头倾斜。

　　固然，江行览胜只见"浮光掠影"，但在危机远景衬托之下，"倒萨"战争、朝核危机、"反美圣战"、连环爆炸等等种种，恰似大江逶转，山屏岙障必将迎面而至，故而舟中之人不能坐待，必须深入研究之。

　　沉思2003年，亦可谓各大力量面对危机频繁斡旋的"外交

---

　　* 中国现代国际关系研究院：《国际战略与安全形势评估（2003/2004）》，时事出版社2004年版。

年"。

美伊战争前后，围绕和与战，美英、德法俄、中形成了3、2、1的大外交态势；战前，美国的主战外交在联合国安理会遭受挫折，上演了一场外交"滑铁卢"；战后，美国的治伊政策举步维艰，此伏彼起的爆炸袭击，令人担心巴格达的"逊尼三角"会否成为当年的"白沙瓦"第二，演变为"圣战"的新策源地。

在冷战坚冰尚未融尽的东北亚，围绕朝鲜核危机，中国外交有声有色，两边劝和，多方穿梭，化危机为转机，创造出将"六方会谈"变为多边安全合作机制的契机，真可谓"却有一峰忽然长，方知不动是真山"。中国在朝核危机中所扮演的负责任的角色，再一次展示了东方之珠崛起的"和平"意蕴：中国不做"四方来贺"的强权大国。中国文化之造福人类、海纳百川有容乃大的内涵，从战略文化上保证中国发展所留给世界的记忆，将永远是和平、繁荣与谦虚。

展思未来，新的一年将是"选举年"，美国、俄罗斯、韩国、印尼、菲律宾都将举行总统选举，中国的台湾地区也有"蓝""绿"阵营争夺"总统"的一场厮杀。此外，伊朗、西班牙、印尼、印度、马来西亚等国也都面临议会选举。各色各样的"政治秀"，虽各有其味，但无论发展前景如何，其走向均离不开当今"一超多强"的时代背景，即对美关系将成为一大政策论证之焦点，并且必将会对全球及地区安全局势产生影响：如台湾选情对两岸关系及东亚国际关系的影响；普京当选对俄美关系走向的影响等。可以说，国际政局看美国，美国政策看大选；全球安全看亚太，亚太局势看台海。这是观察2004年国际形势应该把握的两大热点。

"飞鸟之影，未尝动也。"静是暂时的，动是绝对的。地球无时无刻不在动：矛盾与利益交织，战争与和平辉映，单边与多边、反恐与反霸、零和与双赢在不停地较量；对战略资源、地缘位置、政治主导权及发展样板的争夺，构成现阶段国际关系的主要内容。飞鸟之影的不间断衔接，构成了时局之"动"影。对此，人类需要巧弹钢琴，理顺起与伏、动与静、乱与治、同与异的关系，"蓄芳待来年"。

2004 年元月于京西万寿山庄

《国际战略与安全形势评估（2004/2005）》卷首语*

　　把脉天下大事，似登山看水，水底见山。2003 年，中东战火纷飞、半岛剑拔弩张、台海风高浪急；2004 年，则是风收云散，水深盘涡。那么，2005 年的国际大势将会如何展开？这是我们必须回答的问题。为此，我们仍需将对形势的分析与研判，置于历史长河之中予以全方位地观察，问消长之往来，辨利害于疑似。

　　昨年虽已成历史，但全球战略方面出现的一系列焦点问题——美国大选、美国以全球为"作业地区"的兵力大调整、"高危弧形地带"此起彼伏的恐怖浪潮及人质危机、涉及半岛北南两边的核危机、暴涨暴跌且买空卖空的石油市场、海啸灾难背后的大国外交博弈以及进入新世纪以来就未曾停息的战火——都对今天的全球安全态势、地缘政治环境、能源博弈格局、核不扩散框架产生了巨大冲击和影响。

　　大国围绕欧亚大陆、大西洋、太平洋这一传统战略通道、战略要地的争夺；"天鹅绒革命"、"栗子花革命"在欧亚大陆"黑洞"演绎成真；东西各派战略风水大师关于"两洋一带"系"动

---

　　* 中国现代国际关系研究院：《国际战略与安全形势评估（2004/2005）》，时事出版社 2005 年版。

荡弧"、"稳定弧"、"大周边"、"软腹部"的定性等，致使布热津斯基的预言及陈旧的地缘政治理论再次复活。布氏的《大抉择》一书继《大失败》、《大失控》、《大棋局》之后再次吸引战略研究界的"眼球"。

上述各著虽谜面大相径庭，但殊途同归，谜底如出一辙。布氏《大抉择》一书着力之处在于部分回答了"9·11"以来美国朝野的关注所向："我是谁"、"我惹谁了"、"我身处何地"等关乎美国与世界其他各民族、文明关系的问题，以及"我该如何作为"、"下一步该终结谁"等剑气森冷的招式。

尽管地球村的"天候"可说是总体稳定、总体和平、总体发展的"晴天"，地球村的"地相"是大国关系相互依存加深、区域经济合作迅猛发展，冷战坚冰销蚀、"微微暖气吹"的"沃土"，但"和平与发展"之朗朗晴空亦时有黑云突现——以此譬喻当前国际形势局部与整体、独立与综合、部分与系统、阶段与全程诸关系。

一方面随着"9·11"、阿富汗剿恐、朝核危机、伊拉克战争以来局部热点问题的平息和美、俄、日等国大选鸣金，各大战略力量进行了政策反思，将对外政策从"干仗"调整为"干杯"；另一方面，围绕大国关系、安全规则、经贸环境、国际机制、文明对话的重新塑造和硬、软国力相关"元素"的争夺，超与强、强与强之间利益交错，矛盾越发复杂。

布什政府第二任期对外决策班底调整刚刚结束，就打出了美国新外交政策的"双响炮"。一方面，继"邪恶轴心论"之后，抛出了"暴政六国论"，矛头直指伊朗、朝鲜、古巴等国；另一方面，赖斯国务卿的欧洲、中东之行，书写出修补大西洋两岸关系裂痕、积极引导以巴走出战乱隧道、重塑美国国际形象的外交主题。

与美国的大西洋、欧亚大陆外交相呼应，布什第二任期的美中关系将成为牵动太平洋地区国际关系变化的龙头。日本已经在战战兢兢地观察揣摩美中关系的变化，生怕成为美中两国间的"战术球"；历经 10 年，美日安全同盟进入"升级进行时"；日俄、日朝关系的总趋势是朝积极的方向发展，关于朝核危机的"六方会谈"也将在稍事调整后，再次启动。

中国在不断地主动适应和积极参与国际形势的发展进程。因此，对中国而言，既然已经跻身于世界政治舞台和国际政治前沿，那么，中美欧、中美俄、中美拉、中美日等诸三角关系就必然成为必须完成的外交课题。进而围绕着亚太地区安全、经济、文化关系的调整与发展，又派生出了中美邻、中日邻、中俄邻、中印邻关系等新课题。

"江静潮初落，林昏瘴不开。"国际大势趋缓的表象背后，是总体结构性的变化，因素更为复杂。然而，山高自有行路客，水深自有渡船人。

2005 年·正月·瑞雪

《现代国际关系论丛
（第一辑）》序[*]

　　当前，国际形势与周边安全正在发生重大而深刻的变化，虽然国际和平大局可以维持，但领土争端、民族矛盾、宗教纠纷等因素引发的冲突和局部战争连绵不断。我国综合国力的增强及现代化建设，将在一个复杂的国际环境中进行。正如江泽民总书记在"七一"讲话中所指出的那样："和平与发展这两大课题至今一个都没有解决，天下仍很不太平。"对形势严峻的一面，我们一定要有清醒的认识。中国人民和各国人民，"都不愿看到任何地区在发生热战、冷战和动乱，都不愿看到任何国家和国家集团在推行新的霸权和强权，都不愿看到南北之间的发展差距、贫富鸿沟再扩大下去。"

　　世纪之交的国际形势是在隆隆炮火中发展变化的：1997 - 1998 年发生在东亚的金融危机、南亚核爆炸危机等事件，使这两年成为"动荡年"；1999 年则因科索沃战争、朝韩黄海之战、印巴卡吉尔冲突而成为"冲突年"；2000 年因朝韩峰会、联合国千年首脑会议、中非论坛而成为"造势年"；2001 年的"9·11"

　　* 《现代国际关系论丛（第一辑）》，时事出版社 2002 年版。

恐怖袭击事件、"10·7"反恐战争，反映出世界政治、经济、文化和军事等方面存在着深刻矛盾。国际恐怖活动的爆发或表面化，实质上与现代国际关系中主要矛盾的转换有关。换言之，东西对抗、军备竞赛、两超争霸、战争危机的局势有所缓和；南北差距、民族矛盾、宗教分歧、资源享有及全球化负面影响等诸多问题一举激化，形成国际争端的热点、焦点、难点而不可收拾，以至在全球安全态势图上，出现了一条恐怖活动的高发地带。安而不忘危，存而不忘亡，治而不忘乱，对恐怖主义这个全球公害给国际社会稳定带来的威胁，千万不能掉以轻心！

随着人类进入 21 世纪，世界各大力量都有一种紧迫感、危机感。因为在新世纪综合国力超级棋盘上的布局、造势，关系到今后一百年国运之盛衰，是一个与"球籍"、生存相关的大事。作为当代发达国家的美、欧、日，为保持既得利益与国力优势，积极谋划新世纪的安全战略、外交战略、发展战略，欲继续在世界民族之林扮演第一提琴手；当代国际力量格局中另一重要战略方阵的发展中国家，也在加紧谋划和完善新世纪的发展构想和战略，从而使世纪初叶的综合国力竞争呈现白热化状态。足食足兵，为治天下之具。从各国的发展思路和构想中，我们可以感受到国际大竞争的压力和机遇，更深刻地体会邓小平同志所讲的"发展是硬道理"的道理所在。冷战结束后，世界形势出现不少重要变化和值得注意的发展趋势，中国的现代化建设和中华民族崛起的外部环境逐渐在向于我有利的方向发展。其标志可以概括为三句话：国际战略格局从美苏争霸的"两家人"变为大国互相依存的"多家村"；各大力量对比从美国独秀的"高峰型"变为龙腾虎跃的"高原型"；对国际事务的影响从美国拍板定调的"一言堂"变为各有主张的"群言堂"。这三大变化说明，国际格局的多极化已不再是一个理论问题，而是一个重大现实战略问题，国际格局的多极化加速发展。

进一步讲，多极化格局在综合国力对比上表现为"一超多强"的特征。美国是唯一的超级大国，欧盟、日本、中国、俄罗斯各算一强；第三世界作为一个战略单位计算的话也可算是一强。这种一超与多强并存的国际格局有如下战略含义：首先，美国是矛盾的焦点，是主要的碰撞面，是各强的重要周旋对象。其次，超与强、强与强之间，矛盾交错，利益重叠；外交上的连横合纵、远交近和、斗而不破，既较量也商量，成为大国关系的主旋律。20世纪90年代以来，中美关系的风风雨雨，美日关系的磕磕碰碰，中日关系的停停走走，中俄关系的虚虚实实，都是这一大战略格局的投影。

多极化进程的加速，带来了大国关系的变动，使之具有明显的复杂性、重叠性、模糊性、多面性、建设性。大国关系的复杂性，既显示了关系的成熟，又拓宽了各国对外周旋的半径，同时也增加了外交政策的难度，形势迫使各国首脑施展外交大手笔：高层外交、议会外交、民间外交、经济外交、体育外交、学者外交、文化外交，尽量使本国适应"多极化"这一国际格局的新面孔，使外交战略更具两面性及全天候反应能力。如美国的"两洋战略"，从大战略高度重视对大西洋和太平洋两大地区的经营。俄罗斯的"双头鹰"战略，既盯住欧洲，也着眼亚太地区。日本的"欧亚大陆外交构想"，更是一个以美、中、俄三国为目标的多元大外交。由此可以看出，国际格局的多极化呼唤各国酝酿立体的外交战略思考，并为此提供更高质的战略情报。

在我国综合国力迅猛发展的今天，中国周边安全环境的营造，需要我们从更高或更深的视野来研究、考虑这一问题。中国周边的安全环境因国际安全大气候的变化而再次演绎。"9·11"事件之前，亚太地区安全格局演绎的主要影响有两点：虚构的

"中国威胁论"及与此相关的、虚虚实实的美国战略重心"东移论"。

"9·11"事件深刻影响了美国的对外政策,美国与大多数国家的关系都出现了重新划线的问题。美国在推动其"全球反恐怖联盟"过程中,通过双边协调与多边穿梭,落实其安全战略思想。中美关系在战略或安全领域的共同利益、直接联系增加了,这是个积极因素。美国总统布什于2001年10月18日抵上海参加APEC峰会,即反映出未来亚太局势的新方向。布什的上海之行传递出如下政策信息:美国的安全关注焦点从海洋亚洲转移到内陆亚洲。

从军事战略角度看,"9·11"恐怖袭击一下子把冷战以来美国相对轻视的"本土防御"提升到一个前所未有的战略高度。美国战略决策层,在外交与军事资源相对有限的前提下,必须重新估量"攻势"与"守势"之间的资源分配;同时,亦需调整"前沿展开"和"本土防御"的战略比重。作为应急措施,美国将在资源配置上,向反恐怖或相关的本土安全领域做"倾斜投入"。

从国际关系角度看,它导致各大国调整安全战略与外交日程,引发了大国关系的变动,各主要国家安全观的变化、新对外政策思想的提炼及新的战略谋划,进而催化了区域安全态势甚至国际关系的演变。即从冷战时代——冷战后时代进入国际恐怖主义与反恐怖斗争的时代。战争的进展促进了大国高层会晤的空前活跃、国家关系的重新洗牌、外交成果的积淀及相关规则的确立,孕育着一个新的国际政治格局的出现。

从地缘战略角度看,恐怖活动的重灾区主要是中亚、南亚、中东与东南亚的部分国家。这一地带又是经典陆权理论所描述的欧亚板块的结合部。阿富汗战争的打响,使人想起了在核时代一度被遗忘的地缘政治学说。不言而喻,国际反恐联盟成员国具有不同的地缘战略或地缘经济利益，以及极其自然的防御本能的反应。如果反恐战争被解释为一种地缘战略行为，势必将加速地缘政治新棋局的形成。

从国际秩序角度看，国际恐怖活动的猖獗，震动了各国高层。而恐怖活动与经济衰退互为影响，以及国际恐怖活动手段向NBC（核生化武器）的升级，使国际战略态势酝酿着重大调整。危机变为契机、契机变为转机。"9·11"事件后的大国外交表明，反恐怖、反萧条、反贫困已成为新世纪国家安全工程的重要任务、国际关系调整的重要内容，以及国际安全合作的重要组成部分。大国之间就战略与安全问题达成共识的可能性在增大。可以说，上述"三反"工作对国际新秩序的形成起着催生的作用。在此形势之下，面对变化了的国际环境，不少国家重新思考和权衡本土安全与军事、政治安全的相互关系，大大提升本土安全在国家安全战略中的地位，采取一系列手段来更有效地维护国家利益。这势必导致美国及各大力量对外战略目标优先顺序与外交政策的再思考与重大调整，并据此提出现代"大安全"政策的任务。

中国经过20余年的改革开放，客观上逐渐步入国际政治舞台的中心与国际经济前沿；综合国力的迅猛发展，使之举手投足均对国际力量平衡及周边安全环境产生重大影响。另一方面，国际安全或经济领域的重大突发事件，又使中国建立并完善外交决策机制或国家安全快速反应机制的必要性凸显：1997年来势凶猛的亚洲金融风暴、1999年中国驻南联盟使馆被炸、2001年中美撞机事件，以及同年9月11日恐怖分子袭击美国牵动国际战略格局与地缘战略态势变动等等。主客观条件的变化，使中国在集中精力应对眼前问题的同时，必须重视对发展大势的战略把握，以产生真正的大战略、大思路。

　　此书是三方合作的成果，编辑此书的目的在于从国际战略格局和周边安全的角度来观察和分析国际形势，从不同的方面来分析我国的外部安全环境。因为国际和国内两个大局是紧密相连的，中华民族的崛起，与世界巨变或战略格局的转折时代相伴随。实行正确的国家战略，国力就会增强，国际地位就会上升。

　　可以说，对国际大局和国际环境的估量，深刻地影响党的各项事业。此书有助于读者登高望远，了解某种程度的国际战略规律、国际形势的阴晴变化以及我国在整个国际战略格局中的地位，认真思考和研究一些大的问题，真正做到知彼保己，使自己操练得高人一着，更好地为我党的基本路线和总战略服务。

2001 年 12 月于京西万寿寺

《现代国际关系论丛 (第二辑)》序*

　　新世纪之初，国际战略环境空前复杂、局势剧烈震荡、风云变幻、"恐情"严峻，对各国安全构成了严重威胁。同时，犯罪升级也为大国联手反恐提供了新的合作平台。各大力量风云际会，"五龙治水"、"利益联姻"，安全战略因"恐"调整，外交政策"以恐划线"；举"反恐大旗"、走合作之路、谋共同利益、求自身安全；大国关系因之重新洗牌、全球战略场上出现新一轮角逐。

　　"9·11"事件在战后国际关系史上具有分水岭的作用，有划时代的影响。关于"9·11"之后的时代背景，有不少说法，一是世界正由"后冷战时代"向"后后冷战时代"过渡；二是当前正处在"亚冷战时代"；三是进入了"反恐战争时代"。总之，一年多来，世界乱象环生，乱中生变，事关国际新秩序的深层调整与重组已拉开帷幕，利我因素在增多，但挑战仍不容低估。

　　"9·11"的"冲击波"、"放射尘"尚未落定，巴厘岛惊天大爆炸、也门湾攻击法油轮、肯尼亚飞弹射空客、莫斯科剧场大

---

　　* 《现代国际关系论丛 (第二辑)》，时事出版社 2003 年版。

绑票，新一轮恐怖浪潮显示出恐怖活动的残忍，"要更多的人死，让更多的人看"，可见恐怖猖獗，反人性一面相形突出；反恐战线不断拉长，维稳、维和任重道远。

"恐怖同盟"不分国界，没有固定的基地、领土和标志，凭借全球化条件四处出击；攻击矛头从军事基地、使领馆、政府部门等军警把守严密的"硬目标"，转向无"门"可守、无"安"可保的"软目标"（公共场所、民生部门等）；"信息战"、"生物战"有可能成为新一轮恐怖袭击的手段。恐怖与反恐的互动，致使局部性战争、动荡、紧张此起彼伏。"动之致易，安之致难"。

透过表象看时局，似乎一切都从"9·11"开始：国际恐怖主义活动发生了变化；主要大国安全战略发生了变化；大国应对"威胁"的基本手段发生了变化；国际关系的阶段性矛盾发生了变化；各大力量的相互关系发生了变化；地缘战略格局发生了变化；国际战略大格局正在发生变化。这一系列变化正应了唐代诗人柳中庸的一句诗："舟轻不觉动，缆急始知牵。"

《老子》云："一生二，二生三，三生万物。"在风生水起、万千变化中，属源头性质的因素在于美国把反恐提升为国家安全战略核心，其国家安全与战略思维进行了调整。美国是在综合国力呈"高峰型"的状态下直面"非对称"威胁与发动反恐战争的。因而，其"一言堂"、"先下手"的强悍作风加剧，谋求"绝对安全"、"绝对优势"的念头形成。可以说，这是军事"一极"态势之下必然的"生理反应"。从今年发表的美国国情咨文、核态势评估报告、布什在西点军校的讲话、美国国家安全战略文件及应对大规模杀伤性武器的基本战略等文件看，其国家安全战略在如下几方面发生了变化：

1. 以对手的威胁能力而不是威胁效果为标准，来调整安全战略和防范范围。即不是看"威胁"之"蛋"有多大，而是看

"鸡"之产"蛋"能力有多大；2. 打击目的从惩罚性威慑转向歼灭性威慑。即变"杀鸡儆猴"为磨刀杀猴；3. 调整传统的核战略力量，使之从以战略轰炸机、洲际弹道导弹、潜射弹道导弹所构成的"三合一"战略力量，转向兼具实战（核武器小型化与常规军事力量）、防守（本土导弹防御系统）及科研产业能力的军事力量结构。换言之，欲将侧重于"相互确保摧毁"的"屠龙之剑"转为全攻全守的"解牛之刀"。

此外，在军事上投棋布子，集结大军、整兵习武，向战略要冲集结，把主要军事资源投入中东、中亚、南亚等"弧形地带"，以加强对欧亚大陆的地缘战略优势。不能否认，"反恐战场"与美长期觊觎的战略要地"重叠"。在外交上重新整合大国关系，以"反恐"、"打伊"划线，把遏制潜在大国任务后置，以集中精力打赢反恐战争；同时欲抓住"反恐"良机，为长远的大战略服务。

在阿富汗剿"恐"初战获胜，进一步坚定了美动用军事力量的意愿。伊拉克继塔利班和"基地"组织之后，被美国列为反恐战争第二回合的打击对象。美伊关系因之成为全球关注之焦点、变局之触媒、大国关系之石蕊试纸。美伊是老对手遇到了新问题。这对关系跨越了三个时代，即"冷战时代"——"后冷战时代"——"亚冷战时代"；贯通三场战争，即"两伊战争"——"海湾战争"——"反恐战争"；涉及三个联盟，即两伊战争中美伊的"临时同盟"——老布什纠合29国结盟打伊——小布什领导的反恐联盟。

美国已经逐渐地、不事声张地开始建立反伊军事联盟：除英国、澳大利亚、日本等坚定盟国外，意大利、西班牙、丹麦、葡萄牙等北约盟国；科威特、卡塔尔等部分阿拉伯国家的立场在悄然发生变化，同意对打伊军事行动提供支持。

　　打伊能导致反恐战事的结局吗？军事上的胜利未必能够达到最初目的。美国如果真的以武力推翻萨达姆政权，那么，随之而来的遗留问题及一系列后续行动才是重头戏。如"后"伊拉克"谁来治、怎么治"？与美国结下不解梁子的极端势力会否发动"不对称战争"？美国怎样排定新的"海湾秩序、中东秩序、世界能源秩序"？可见，这一连串问号在警示世人，天下仍不太平，对战略走势的讨论方兴未艾。

　　本书是《现代国际关系论丛》第二辑，编辑此书的目的在于帮助读者观察与把握"9·11"后一年来国际战略形势的变化及时代大背景，加深对我国所处外部安全环境的了解。它既是一本案头书，可供读者登高望远、从历史纵深观看世局；又是一本床头书，可供读者夜不能寐时翻一翻，用上半小时，了解全世界。

2002 年 12 月于京西万寿山庄

《全球战略大格局》序*
——世纪之交的国际战略形势

一、在世纪的门槛上

世纪交替风云激荡；一切过去都是未来的过去；一切未来都是过去的未来。一方面，在过去的历史中可以看到对未来的折射。因为当前国际形势的阴晴变化在很大程度上与运转半个多世纪的国际政治、经济体制的大变动有关；与国际战略力量格局的变动有关；与国际秩序的新旧交替有关。

另一方面，未来的日子仍将不时重现过去的旧影，没有完全的新，正像没有纯粹的旧，未生未灭，无法割断。对国际战略大格局的展望，应该放在方生方灭的时代背景中来加以观察，即一方面应从冷战结束以来国际形势变动轨迹的连续性来展望未来；一方面需从下世纪将展现的国际战略态势对近期的形势定位。

90 年代初期，人们一度曾额手相庆，"再见了冷战"；但 10 年之后谁曾料想会"再见冷战"阴影；或是进入了一个被称之为

＊ 中国现代国际关系研究所：《全球战略大格局——新世纪中国的国际环境》，时事出版社 2000 年版。

"冷和平"的时代。因而,对全球范围的和平与发展而言,这是"失去的十年"。而 1999 年更是将 10 年所积聚的矛盾一下子释放出来,以动荡、多事而载入战后国际政治史册。

世纪之交的国际形势与经济环境是在隆隆炮火中变化发展的。在国际政治领域,以美国为首的北约对南联盟主权的践踏、印巴在卡吉尔地区的武装冲突、韩朝黄海的激烈海战、俄罗斯政府对车臣恐怖分子的清剿、东帝汶事件引发的地区动荡,中亚地区极端主义、恐怖主义、分裂主义三股恶势力的猖獗等等,这一系列事件增强了国际形势的火药味,使被视为地缘战略枢纽的欧亚大陆及海权要地的"两洋"(太平洋与大西洋)沿线出现痉挛性动荡。战争虽是局部的,但影响是深远的、全面的,足以影响大国关系、战略态势及未来的安全格局。

另一方面,朝韩首脑的峰会、中印高层会晤、美印关系升温、中日关系趋稳、中俄关系的重新定向,以及中美俄、中美日、中印巴、中印俄等大国战略关系的变动,又对国际战略大格局的生成变化产生了新的影响。

世界经济形势在刚刚摆脱席卷亚洲大部分国家或地区的疾风暴雨般的金融危机影响之后,又直面美国经济超高空长程飞行的"硬着陆"市场风险和国际原油价格剧烈波动的影响,以及围绕金融、贸易体制改革"规则之争"的坎坷。"对冲基金"发起的金融战争,以及北南双方、"北部"各方在世贸组织西雅图会议台前幕后的较量,令人感到了"国民经济终结"这一课题的严峻。有人说,金融危机已经过去,但韩国大宇集团的解体及最近台湾岛内经济的疲态与股市动荡,则显示出经济结构与体制改革的困难与复杂。经济安全与格局变化始终是国家大安全范畴与国际战略格局的一个重要组成部分。

在"告别"冷战 10 年后的今天,人们发现本世纪最后几年的两场"战争"——以"对冲基金"为代表的国际投机资本对亚洲发动的金融战争和以美国为首的北约发动的高科技信息战，揭示了下世纪经济安全与军事安全的新内涵，即不论是在经济领域还是军事领域，战争手段在向专业化、知识化和信息化发展，工业时代的武器无法打赢信息时代的战争；工业时代的产业结构、金融结构也无法与高科技结构相抗衡。军事斗争结果的"零伤亡"与国民经济的"瘫痪"；经济斗争结局的变相"割让"，亦即跨国公司的大规模兼并及金融货币主权的弱化，凸显出跨世纪国力大竞争的形式、手段已与过去不可同日而语，高科技与金融现代化将是一个国家跨世纪的两轮。一个政治大国必须是经济大国；一个经济大国必须是金融大国，科技大国。

与此同时，与这两场战争"一莲托生"的则是西方新社会思潮的泛起。从"文明冲突论"到"第三条道路"；"从主权有限论"到"新干涉主义"；从"北约新战略概念"的出台到日美"新防卫合作指针"的定调，标志着西方国家已初步为下世纪的国际政治、经济、安全建立了一套理论。其特点是以人权、人道、人性、人的安全为包装，为发达国家武装干预别国内政或攻击弱国经济找借口。因为弱小国家是不可能以同样的理由对发达国家的政治、经济政策指手画脚的。与上述两场战争不同的是，以上西方社会思潮的产物，则是发展中国家与小国家的"流血战争"：科索沃战争是流血的；巴以冲突是流血的。由此，人们已感受到西方文明的阵阵寒意。

国际安全奠基于国家安全、国家安全奠基于人的安全等新思潮在国际政治、经济领域的实践，即是在"人权高于主权"及"市场优于国家"等思潮影响之下，西方对南斯拉夫联盟的军事干预，以及1997年金融风暴受灾国对经济主权的部分让渡。这两种现象已经成为目前国际政治和经济领域的焦点、热点。今天，广大发展中国家都在思考着如何跨越这千年一遇的"世纪门槛"问题。因为即将来临的新世纪将给这些国家的生存方式亦即国家安全带来前所未有的变化。

如果基于这种观点来对今后的国际战略与安全形势定位的话，可以得出如下结论：这预示着下世纪国际关系的复杂及国际斗争的尖锐；国际社会仍然处在一个"冷和平"、高风险的安全环境之中，尽管形势是相对缓和了，世界大战打不起来，但"和平红利"仍未到手，人类还远未告别"冷战"。

二、战略力量对比与大国兴衰

透过现象看实质，两场战争的深层起因在于国际战略力量对比的严重失衡。冷战之后，鉴于苏联的解体及东欧集团的易帜，以及随之而产生的"两极结构"的消亡、群雄竞起的局势，国际力量对比"一超多强"的态势为多数人所认同。科索沃战争爆发后不久，有观点鉴于国际战略力量尤其是军事力量的"一头沉"现象而认为，国际战略力量对比已从"一超多强"逆转为"一超"格局，"多极化"仅仅是一种理想。但若在国力对比之外，综合诸强的国家发展战略、国策思想、国运盛衰等多方面的因素，从国势发展的"运动"过程看，可以说，"一超多强"的国际战略格局没有变。当然，这种格局观、力量观又有了新内涵：这不是一个诸强平起平坐的均势格局；相反，"一超"的力量更强了，霸气更足了，攻势更猛烈了。在大国关系格局之中，这种群雄逐鹿的高低"格差"显而易见。

作为"一超"的美国，能在冷战后10年内重振雄风，基础在于以下几个方面：

（1）经过结构重组，产业、贸易结构实现了年轻化、专业化、知识化；且得益于经济体系的全球化及庞大的内部市场，因而能维持长达115个月的经济增长，经济规模达8万亿美元之巨，实现了年均约3%的增长速度，这种经济增长流量的积淀，转化为巨大的国力存量；并消灭了财政赤字。美国在世界经济中起着商品吸收器、金融变压器与技术增高器的作用。这是欧日等发达国家望尘莫及的。

（2）关于国际贸易、金融规则的"解释权"更大了，工具更多了。从西雅图世贸组织会议的经过看，美国是要将环保、劳工标准等塞进经贸活动的规则中，即所谓使世界经济"人性化"。以上经济增长方式、军事实力与手握规则这三项要素所构成的综合国力，美军、美元、美援将使这个"超级大国"在下世纪初仍能保持战略优势。但这并非说"一超"的战略优势是绝对不变的。鉴于日、俄、欧等诸强国势上升的趋势仍然存在，从而构成了超强并存，连横合纵的格局。以至于有人说"一超"的优势是相对的，强强分合是"永恒"的。

至于日、俄在新世纪能否上升为名副其实的"一极"（polar）的命题，实际上是对一个国家战略力量的评估，这需要考察一些基本因素。概言之，它包括一个国家的发展模式、文化魅力与军事实力。以前苏联为例，其之所以成为"两超之一"，是因为苏联是"十月革命"的故乡、文化辐射力较强及拥有一支强大的军事力量。

从日本看，80年代后期，鉴于当时日本经济咄咄逼人的上扬势头，不少观点认为，日本在西方经济的不平衡发展及经济全球化倾向中，将成为一个举足轻重的"极"；再加上日本对中国文化的弘扬，以及导致日本经济"赶超"成功的经济体制被世界银行提高到"东亚模式"的高度，从而使日本在世界中的地位飞速上升。但军事地位与政治待遇的低档次（联合国的敌国条款与无安理会常任理事国席位），决定了当时的日本只是一个"政治小国"，离"极"还有几级台阶要上。当时，也有人预测，若日本小步快跑，加大政治与战略投入，有可能在本世纪末跃居"极"的宝座。

但90年代伊始泡沫经济的崩溃，以及1997年席卷亚洲的金融风暴，使日本自命不凡的"东亚经济模式"破绽百出，日本经济体制的耐用年数达到了极限；同时，整个90年代，日本经济停滞不前，与美国经济增长百月截然相反，从而使构成"极"的三大要素在日本不复存在。但日本正处在向"极"发展的过程中，因为这个国家仍然保持着一定的发展活力的势头。今后，在军事、安全等方面，日本将"联美入亚"、"借船出海"，借机突破宪法钳制，同美国的军事力量或战略作用汇总起来，亲美而不从美，力图起到"极"的作用；在经济上，通过结构重组、企业兼并、加大科技投入、开发拳头产品及日元国际化，与美欧争高低；在经济体制上，放宽限制，发挥本国传统文化优势，建设新一代日本模式，为亚洲国家的经济改革提供活教材。因而从潜在趋势说，日本要上升为"极"的倾向是很明显的。

世纪之交俄罗斯的国家走向，较为清晰地反映在叶利钦辞职所标志的俄一个时代的结束，以及普京总统的国策思想所显示的新航向中。2000年新春伊始，在普京发表的论文《千年之交的俄罗斯》中，不乏"否定之否定"的含义，亦即俄罗斯在付出了高昂的"全盘西化"的学费后，找到了新世纪国家发展的方向。如果普京把其国策思想付诸实施的话，把它称之为俄罗斯的"第三次远航"亦不为过。今后不论谁当选总统，俄罗斯的国家走向都不会变得太离谱。因为俄在经过左右急剧摇摆之后，思定、思稳、思强已成为民族主旋律，富民强国、维稳促统将是治国之道的主题词。

　　从如上对国际战略力量对比的分析看，今后 5－10 年将是一个复杂、多变的重要时期。"一超"与"多强"之间、强与强之间，利益交织、矛盾复杂，聚合离散、纵横捭阖，力量方程不断变化，"多极化"将是一个长期、复杂、曲折的过程。另一方面，国际社会中的问题不是由单一因素而是由多重因素促成的。因此对于未来国际形势的趋向，不仅要注意美国这个"一超"的战略动向，同时也必须注意民族、宗教、经济、能源、地缘战略、国际军控与裁军等各个领域内的问题，但不能否认，很多问题都与美国有关。展望新世纪，人类仍然不能不把一些危害国际安全的消极因素带进 21 世纪。

　　围绕着欧亚大陆与"两洋"的地缘政治与经济争夺将更趋激烈。北约东扩与日美"防卫合作新指针"是美国在欧亚大陆的两条战略锚链。尤其在亚太地区，美国以在东北亚的军事存在为轴心，与日本、韩国结成军事同盟关系，造成军事实力的"集体所有制"形式，建成一条军事锁链。相比之下，中、俄、印的关系只是一条"虚线"。因为这是一种建立在军事实力"个体所有制"基础之上的非同盟关系，与美日、美韩在安全领域的"实心"合作关系相比，基本是一条虚线。在东西两端得手之后，美国势将填补中亚与外高加索地区的真空，压缩俄罗斯的战略空间。这种地缘战略扩张有浓重的能源战略的投影。里海的石油开发及其输油管道的铺设，对美国来讲，是制定对外政策时必须考虑的地缘扩张与海外油源两大战略问题，为此将影响到国际政治和国际关系，并引起一连串复杂反应。

　　玩弄人权至上、宗教自由与民族自决的把戏，将是美国的惯用手法。这会在该地区埋下极端主义、恐怖主义与分裂主义的祸根，1999 年发生在中亚地区的一系列恐怖事件只是前兆。中国、俄罗斯与中亚等国为维护领土完整、国家主权、民族团结及社会稳定，将加大维稳、反霸、打邪力度。

围绕国际关系的组合，"单极"与"多极"的矛盾或冲突将愈益激化，从而推动国际关系的新一轮调整。美国在力量上的"一超"地位决定了它必然要建立单极世界，而诸强力量的分散则决定了只有横向"合力"才能图存。10年来，美国通过打伊拉克而控制了中东；出兵科索沃而影响巴尔干；威慑朝鲜而扩大在东北亚的军事存在。显然，美国在全球范围内具备作为"一超"的实力地位，对局势影响很大，诸强还未有能接替美国的力量。

另一方面，诸强鉴于自身利益，以及国际格局中互相依赖性的增强，决定了诸强会在谋求力量均势的"多极"思维指导之下，调整对外政策。其中，中、印、俄、法的战略歧见较小，是"多极化"进程的主要促进力量。日、德、英等国既有连横的意图，但也有联美借力、提升本国战略地位的谋划，从而使大国关系调整更为复杂微妙，各国的外交面孔将不时出现"微笑"与"愤怒"交替的表情：俄罗斯的"双头鹰"战略、日本的"联美入亚"战略即为其例。由于对美关系是诸强外交的主线，调整余地有限，还将有起伏；而中、日、俄、印、法、德等国的关系会有实质性的进展。

围绕跨世纪国际秩序的建立，发达国家与发展中国家的较量将越来越激烈。以美国为首的西方国家在国际秩序的建立上握有两张牌。一是在国际政治生活中打"人权牌"，特别是在地缘战略要地，以"人权高于主权"为幌子，推行"新干涉主义"，企图突破发展中国家维护国家安全的最后一道防线。另一是在国际经济生活中打"人性牌"，特别是在与其竞争激烈的劳动密集型出口产业领域，以所谓的劳工、环保标准为由，卡住发展中国家的"发展生命线"，为发达国家具有绝对优势的资本与商品输出铺路。

围绕着全球战略平衡，军事斗争将进入一个重要关头，国际裁军进程直面"安乐死"的危险。冷战结束 10 年来，各国在国际安全领域有关军控、裁军的斗争十分尖锐，一方面，美国等西方国家出于共同的价值观、安全观，竭尽全力防止新的核武器与导弹拥有国出现，到处推动别国加入"核不扩散条约"（NPT）、"导弹及其技术控制条约"（MTCR），以及签署"核禁试"（CT-BT）条约。另一方面，近年又鼓吹建立"战区导弹防御体系"（TMD）与"国家导弹防御体系"（NMD），其目的是要在自己已经握有战略长矛的绝对优势之下，再加固战略盾牌，建立自身的绝对安全，这势将刺激全球范围的军备竞赛，破坏国际安全的基石与战略力量平衡，从而断送全球军控与裁军进程。今后 8 年将是关乎"剑"与"犁"孰重孰轻的重要年份。

围绕发展中国家的争夺将加剧，各大国将出台各有特色的"南方外交战略"。展望新世纪初叶，大国关系在进行深层次调整的同时，将出现从强强或超强关系向边缘、亦即发展中国家的外交转折，亚洲、非洲、拉美在美、日、德、法外交中的分量将相对加重。

三、国际经济与"超""强"角逐

90 年代是美国经济持续增长及其国际经济地位上升的 10 年，同时也是日本经济受"复合型危机"折磨而在萧条隧道中爬行的 10 年。1997 年亚洲爆发金融危机后，整个世界经济除美国外，基本上受通货紧缩的"低压脊"所控制。目前，世界经济渐次在调整中出现复苏，金融危机的负面冲击已得到了基本控制。

"世纪号"世界经济列车已经接近萧条隧道的洞口，"亮点"不断增多。据世界银行预测，2000 年世界经济增长率将从 1999

年的 2.6% 缓升为 2.9%；其中，日本的实际经济增长率为 0.9%；美国为 2.8%；发展中国家的增长速度将明显加快，从 1999 年的 2.7% 升为 4.2%；日美欧主要 7 国的平均增长率将从 2.6% 降至 2.4%。世界经济在调整中渐次复苏是可以肯定的，但另一方面，又不能保证从此将进入新一轮高涨，因为世界经济仍面临诸多威胁或不稳定因素。概言之，主要指如下几方面的问题：

首先，美国经济持续增长，股价居高不下，高处不胜寒，前景不定。据专家分析，目前的股指含有较大水分，何时"脱水甩干"是国际金融界密切关注的问题。2000 年是美国大选年，一般认为克林顿总统或美联储主席格林斯潘不至于采取会令股市动荡的金融政策，最多是稍加微调，力争使美国经济"软着陆"。但问题在于，诸如石油价格等通货膨胀因素已渐露头，若内有虚火，外感风寒，因利率调整而引发股市滑坡的话，美国经济难保无恙。美国经济一感冒，别国就有感染肺炎的危险。

其次，若美国经济掉下去，日本经济又起不来，世界经济将因此而受到巨大冲击。日本经济止跌复苏，主要靠财政的"十全大补"，景气复苏的物质基础——企业设备投资并未出现应有的增长；占国民经济总支出大头的个人消费亦受就业前景不明的影响而疲软。同时，受景气好转的表象所刺激，日元对美元汇率则呈现攀升的势头，对日本的出口产生较大的负面影响，有将景气复苏扼杀在萌芽中的危险。此外，日本金融界为突出重围，实施"大爆炸"，银行业进入"战国时代"，强存弱汰，引发阵阵动荡，反映在景气波动上，在短期内，无疑将弱化消费与投资心理。

世纪之交，与世界经济走势同样受到关注的还有西方经济诸强之间愈演愈烈的新一轮角逐。如果说 20 世纪西方主要国家之间的经济角逐主要集中于商品贸易领域的话，21 世纪则将在金融领域全面展开。金融是一种战略权力。从国家角度而言，战争为政治服务，金融也为政治服务，亦即为国家服务。金融权力与国势消长有很密切的关系。特别是美国这个超级大国，非常重视金融权力，金融权力在美国国势消长的过程中，留下了深深的历史烙印。

从 90 年代末以来的几场国际金融危机看，金融权力的争夺表面上是"资金现象"，实质则是市场对一个国家经济实力或金融权力的评价，谁掌握了金融权力，谁就控制了世界经济。90 年代以来，美国之所以能吸引巨额资金，即因为美国资本、金融市场的容量大、利率高。换言之，美国得益于发达的金融产业，成为国际金融大动脉，发挥了金融变压器的作用。

与美国相比，日本仍然只是一个"发展中国家"，落后免不了挨打。亚洲金融危机、金融大爆炸、跨世纪全球金融大竞争等客观形势的变化，加剧了日本金融界的危机感，故而加大了金融改革的力度，以及经营金融腹地、争夺金融权力的战略意识，从而拉开了影响深远的金融"现代化"帷幕。

为迎接日趋逼近的大竞争，日本金融界开始新一轮大改组，组建超级金融集团，以与美欧金融资本抗衡。众所周知，战后日本金融行政史，就是一部弱肉强食的金融机构重组史。日本各大银行的名称形象地反映了这种改组过程。"东京三菱银行"是由"东京"与"三菱"两大银行合并而成；"樱花银行"的前身"太阳神户三井银行"则是由"太阳"、"神户"和"三井"三家银行合并组成，因嫌名称太长而简化为"樱花"。

前不久，日本银行业的三巨头第一劝业银行、富士银行和日本兴业银行已经达成协议，计划于 2000 年秋天全面缔结合作关系，共同成立一家全球最大规模的金融持股公司。据估算，这三家银行的总资产高达 141 万亿日元，进入全球银行五强，约为德意志银行集团、法国国民银行、美国花旗银行、瑞士 UBS 的 1.4－2 倍。日本财界把这条新"战列舰"的下水提升到关乎 21 世纪金融权力盛衰的高度，认为这是"经济再生的起爆剂"与"金融大竞争重要砝码"。可见，一场全球金融大角逐正在渐渐逼近。

谨以此书来纪念建所 20 周年：感谢离退休专家的辛勤耕耘；感谢全所同事的精诚合作；感谢国内学术界同仁的鼎力支持。

2000 年 10 月 1 日

《当代第三世界透视》序[*]

冷战时期，"第三世界"概念的形成，主要是基于当时的国际力量对比或国际安全格局的变化。毛泽东国际战略思想的精华，即在于从"中间地带论"到"三个世界"的划分。当然，这是一种反映中国外交战略思维的政治划分，"第三世界"泛指亚洲（除日本之外）、非洲、拉丁美洲，它是反霸权主义、反控制、反剥削的一支重要国际战略力量。

但在战后经济发展的催化下，"第三世界"的营垒界线模糊起来。因为一些国家经济上"赶超"战略的成功，得以从"第三世界"的大学校毕业，扮演了"新兴工业国"的角色；相反，另一些国家则因与发展机遇失之交臂，而从这个战略方阵中掉队，被进一步"边缘化"，成为"最不发达国家"。这种变化，给学者们留下了思索，即"第三世界"何去何从？

冷战后，"第三世界"问题再次聚焦。因为一方面，陆权枢纽的欧亚大陆及海权要地的"两洋"（太平洋与大西洋）沿线出现痉挛性动荡，巴尔干、外高加索、南亚次大陆和朝鲜半岛炮声隆隆，从地缘政治的角度，显现了这股战略力量的重要；另一方

---

* 中国现代国际关系研究所第三世界研究中心：《当代第三世界透视》，时事出版社 2001 年版。

面，经济全球化与信息化浪潮方兴未艾，"第三世界"直面这两股时代潮流，大浪淘沙，关乎沉浮。不论是"新兴工业国"、"新兴市场国家"，还是"最不发达国家"，都面临着前所未有的挑战。经济安全、金融安全、生态安全、信息安全等等，几乎是全新的课题。而面对这"世纪门槛"，谁的力量雄厚一些，步伐稍快一些，回旋余地就大一些。

20 世纪 90 年代实际上从多个方面给"第三世界"的国家进路亮起红灯。从中期起，这类国家陆续爆发金融危机，这证明在金融制度、金融工具、金融权力等方面，"第三世界"远远落后于美欧。"汉江奇迹"之扮演者韩国，从位居"东北虎"宝座沦为国际货币基金组织的"阶下囚"，彪炳一时的"大宇"、"现代"等财团关停并转，说明经济大国必须是金融大国，如果说经济落后是"第三世界""先天不足"的话，那么金融权力虚弱，则是其"后天不足"。而加大对金融、科技领域的投入，即是"第三世界"国家新世纪的必由之路。近日，阿根廷、土耳其等国挥之不去的金融危机阴影，说明了"第三世界"在"大安全"领域维稳的艰辛。为此，这个"世界"的成员——印尼、韩国、马来西亚、中国等都在进行世纪"强行军"。

被视为"第三世界"国家安全最后一道防线的"国家主权"，也日益受到侵蚀。西方国家打出的"人权高于主权"、"人道主义干预"，诱压"第三世界"国家接受西式"主权观"、"人权观"、"安全观"，接受西式环保标准和劳工标准。显然，其结果必然是"第三世界"国家水土不服、消化不良，这是国际政治的"全球化"，其实质是国际关系的非民主化，是两种不同的国际政治、经济秩序之争，是另一种意义上的反霸、反控制、反剥削。在北强南弱的态势之下，"第三世界"国家如何才能实现自身的政治、经济、安全和文化利益要求，并使现有的安全、贸易、金融、科技、文化合作机制体现"第三世界"意志，实现"环球同此凉热"呢？

现实国际政治是"一超多强"的力量格局，作为"一超"的美国，手握美元、美军、美援、美资，其关于国际投资、贸易、金融、军控规则的解释权更大了，工具更多了。在这种态势面前，"第三世界"唯有加强内部合作，以一个声音在国际舞台上说话，参与国际新秩序的建设，"入字当头，立在其中"，真正起到战略力量的作用。

中国现代国际关系研究所于 2000 年成立了"第三世界研究中心"，本书是该中心的重要科研成果。现代所从事这一领域研究的学者，在世纪交汇点上，对"第三世界"的昨天、今天和明天做了不同的反思与展望，力图重画这个世界。这是一部颇具理性思维深度的论文汇编，反映了专家对"第三世界"生存与发展状态的诸多思考。当然，其中的观点和文字难免有不当之处，有待读者指正。

2001 年 1 月于北京

《全球民族问题大聚焦》序[*]

  《全球民族问题大聚焦》是研究世界民族问题的一本系统且有一定分量的文集。加强民族、宗教问题研究，维护国家安全和社会稳定，在任何时候都是重要的。中国现代国际关系研究所"民族与宗教研究中心"提出了不少重要并富有新意的观点。我阅读了其中部分书稿及相关著作，颇有体会，现整理成文代序。

  一、用世界的眼光、战略与大局意识，来看待民族、宗教问题，了解和把握世界上所发生的各种热点问题和发展态势，以及对我国稳定可能产生的影响

  民族因素与国际政治的互动关系将长期存在，无论民族冲突以什么形式表现出来，都将是一个恒常的问题，在国际政治生活中，必然本质性地内涵着一般的民族背景。美国国际政治家汉斯·摩根索和乔治·凯南都在相当程度上承认国际政治的民族背景。摩根索认为，国际政治仍是调整民族利益的过程，只要世界仍然分成各个民族国家，民族利益就是国际政治中的定论。无论

  * 中国现代国际关系研究所民族与宗教研究中心：《全球民族问题大聚焦》，时事出版社 2001 年版。

它们以什么形式表现出来，都将是一个恒常的问题。[1]

民族问题是全球性的重大政治问题。众所周知，世界古代史从根本上说是"城市国家"的历史，而世界近代史则是"民族国家"的历史。民族问题对一个国家的政治统一、社会稳定、经济建设、对外关系有举足轻重的影响。1923 年欧洲只有 23 个国家，1999 年达到 50 个。[2] 因此，许多多民族国家在制定国际战略与安全政策时，更多地考虑到民族因素。

前苏联克格勃主席弗·亚·克留奇科夫在其狱中自述《个人档案》中指出，"苏联从解体的悲剧中汲取的教训首先是各族人民之间的友谊遭到破坏。国际主义被最坏不过的民族主义所替代。这种民族主义有多种表现形式，其中最恶劣、最危险的莫过于分裂主义，而所谓的民主派则起劲地催化这些形式的特征，煽动分离独立的倾向。于是，种族之间开始发生冲突，并经常转化成流血的内讧。最近 4 年在这些内讧中死了 70 万人，伤约 300 万人。"[3]

我国是个多民族的国家，各少数民族自治地区的稳定发展与否，是国家稳定的重要工作。孔子说"人无远虑，必有近忧"。这句话可以用一个粗浅的比喻来加以解释，当你在高速公路上开车时，你必须看得很远，由于车速非常高，转眼之间，远就变成近的了，如没有思想准备，可能会出车祸。

二、民族与宗教是国家安全研究的重要内容，也是社会稳定的研究对象

"民族的地理分布与政治体系的控制范围并不总是一致的。受制于各种复杂的历史原因，某一民族的共同地区为某种政治疆界所分割的情形是常有的。就历史的国际冲突及当前的国际政治形势看，因国界分割民族分布地区而出现的跨界民族，作为一种最突出的民族政治地理现象，是引发国际矛盾乃至战争的主要因素。"[4]

前苏共政治局在出兵阿富汗的重大战略决策上，民族、宗教因素占了很大比重。当时苏联的东方学专家认为，如果在边境出现一个被带有扩张主义倾向的原教旨主义分子控制的伊斯兰国家，马上会影响到中亚各共和国的形势，不可避免地出现紧张局势，造成灾难性后果，导致流血冲突，个别中亚共和国瓦解，直至最终脱离苏联。

跨界民族作为一种颇具典型意义的民族政治地理现象，具有相当的个源性与重要性，它多存在于地理上相互毗邻的国家之间。民族的跨界分布和在西方及民族主义的煽动下，冷战后产生两个动向：一是跨国的"泛"字号，二是"大"字号民族主义十分猖獗，一国的主体民族企图把居住在其他国家的本民族居民及其居住区域纳入本国控制之下。这类民族主义在俄罗斯、东欧、巴尔干、高加索、中亚十分活跃（如所谓"大阿尔巴尼亚"、"泛斯拉夫"、"泛突厥斯坦"），对国家主权观念形成猛烈冲击。

三、意识形态性的宗教民族主义再次兴起，在国际上形成的宗教正统化运动，对世俗政权形成挑战和冲击

在全民信教的民族中，宗教体系对国家安全与社会稳定产生重大制约，因为意识形态化的宗教内含有某些使其社会政治制度神圣化的功能。当宗教体系具备了政治体系的部分乃至全部职能时，就会产生"政教合一"的政治体制。

四、地缘战略争夺与民族矛盾互相交织，边境安全压力越来越多地来自于分裂、极端与恐怖主义这三股恶势力

前苏联的解体，使欧亚大陆中心出现了一个力量真空。布热津斯基把它比喻为"欧亚大陆的巴尔干"，这里面积大，人口多，宗教和种族更为繁杂。"欧亚巴尔干"的核心为9个国家。5个属于中亚，3个属于高加索，再加上阿富汗。[5]中亚全部面积为160万平方公里，其所处的特殊地理位置使该地区成为"三股势力"渗透的目标。中亚各国独立后，俄罗斯东南面的疆界向北后退了1000多公里，俄南部和东南部边境地区出现许多新的威胁。我国西北边陲如何防范"三股势力"的渗透，是一个重要的安全课题。江泽民主席2000年中亚之行，是我国采取的重大地缘战略行动，为营造良好的周边环境做了大量工作。江主席利用元首会晤、双边会见和国事访问，多次深刻阐述"三股势力"对地区安全的危害，得到各方普遍认同。"上海五国"元首一致同意尽早签订共同打击"三股势力"的法律文件，在比什凯克建立5国反恐怖中心。

五、文明冲突不能取代东西冷战的主旋律，但文化的特性和差异的不变性，将激化民族、宗教矛盾，值得警惕

作为文明冲突诱发因素的文化特性和差异变化性不大，不会像政治、经济的特性和差异能轻易化解和冲淡。亨廷顿说，一个人可以是半个法国人，半个阿拉伯人，甚或是两个国家的公民，但要成为半个天主教徒和半个穆斯林，就很难。

应当警惕地看待亨廷顿提出的问题，以及这些问题对冷战后各国国家安全提出的挑战。应当有备无患地考虑到可能导致冲突的因素，同时，应在当前国际形势下，开展不同文明之间的对话，促进各国和睦相处。

"民族主义具有两重性，既有促进民族自给自强、推动民族经济文化发展的正效应，也有发展到极端民族主义乃至种族主义的负效应；既有推动各民族平等参与国际事务的积极面，也有导致民族纷争、战乱的消极面。"[6]

进入 20 世纪后，亚洲出现了一股强大的东方民族主义思潮，一个共同任务是反帝反殖和发展民族经济，建立东方民族主义国家体系。其主要思潮代表是：土耳其的"凯末尔主义"，印度的"甘地主义"，印尼苏加诺的"建国五基"。但冷战后的极端民族主义，呈现分离、恐怖等特征。

时光更替，2000 年是新千年的开始，是未来的历史契机。当前，国际形势正在发生着极为深刻的变化，谋求和平与发展已成为各国人民的共同愿望，为准确把握新世纪世界民族问题的基本走向，应加强对当代民族问题的研究。我相信，这本书能给重视国家安全与社会稳定及民族团结的广大读者带来新的知识、新的思考，真正认识到民族问题是一个关系到国家前途和命运的重大问题。

注　释：

[1] 周星：《民族政治学》，中国社会科学出版社 1993 年版，第 251 页。

[2] 马克·于尔根斯迈尔：委内瑞拉《国民报》1999 年 12 月 30 日。

[3] 弗·亚·克留奇科夫：《个人档案》，东方出版社 2000 年版，第 2 页。

[4] 周星：《民族政治学》，中国社会科学出版社 1993 年版，第 176 页。

[5] 兹比格纽·布热津斯基:《大棋局》,上海人民出版社1998年版。

[6] 潘光:《民族主义上升引人注目》,《解放日报》1994年6月2日。

《国际恐怖主义与
反恐怖斗争》序[*]

    中国现代国际关系研究所于 2001 年春季正式成立了"反恐怖研究中心"。此举得到了国内学术界、法律界、军界、警界同仁的支持与鼓励。因为它有助于集思广益、共襄义举，经常会诊，就铲除恐怖主义这颗毒瘤，提出手术设想。"中心"也受到了国外学者、专家的关注，成立伊始，即与国外多家著名反恐怖研究机构达成了合作意向。可见这是一把正义之剑，它有助于增进国家长治久安及国际安全稳定，是"大安全"领域维稳的重要一环。我对"中心"的成立表示支持，并对其成员致以敬意。

    冷战结束后，国际安全局势基本上保持稳定，总体上继续趋向缓和。这是因为经济全球化与世界多极化的加速发展，使各大力量增强了"大和平"、"维和"意识及对"大竞争"的参与意识，这种战略思维的形成与外交政策的实践，导致国际形势出现"稳而不定"的特征：稳是相对的，它指战争爆发的"燃点"升高，军事冲突的成本上扬及边际效益下降；另一方面，"不定"是绝对的，它指世界和平与发展直面更深层次的矛盾。其中，恐

    * 中国现代国际关系研究所反恐怖研究中心：《国际恐怖主义与反恐怖斗争》，时事出版社 2001 年版。

怖主义、分裂主义、极端主义的活动构成了国际社会面临的主要威胁之一。2000 年被安全与反恐怖专家称为恐怖活动"活跃年"，是颇有道理的。从中亚、南亚到东南亚，从欧洲到北美，"几乎在世界的每个角落都可以见到恐怖主义的阴影"。安而不忘危，存而不忘亡，治而不忘乱，基于这一思路，可以说"反恐怖研究"是新世纪国家安全工程的重要任务，是国际关系调整的一个重要内容，以及国际安全合作的重要组成部分。

现代恐怖主义自 20 世纪 60 年代末蔓延开来，在国际政治舞台上徘徊长达 40 年之久。之所以称其为"现代"，因为它有别于"古代"那种"单骑一剑江湖客，密室定谋杀机萌"，名为"恐怖主义"，实为刑事犯罪的杀手、刺客；替代而起的是包装为"政治行为"的跨国化、职业化、组织化、游击化、多样化的暴力犯罪活动。1995 年日本邪教组织"奥姆真理教"的东京地铁毒气案的参与者，即包括有电脑、生物、化学专家及枪械、爆破、医疗能手，充分显示出恐怖活动的"专业水平"。可以认为，恐怖活动几经"变脸"，其幽灵附在了"现代化"的躯壳之上。具有如上特征的恐怖活动，比"古典"的手段更为残忍，范围更为扩大，方式更为隐蔽，为人类历史所罕见。

冷战期间，美苏争霸，东西对峙，两阵对垒，阵线分明。几乎所有的国际政治活动都带有冷战烙印。一方面，军事力量集结于地缘战略枢纽的两洋沿线与欧亚心脏地带，军事安全掩盖了各种矛盾。分裂、极端、恐怖等恶势力活动的多发地带，基本上处于大国军事力量的"高压脊"控制之下，恐怖活动肆虐的条件不成熟。另一方面，冷战导致地理格局上东西"铁幕"的分隔，同时在日本、西欧一些发达国家内部，保守与革新两股思潮左右对垒，在意识形态上亦拉上了一道无形的"铁幕"。一些恐怖主义组织以意识形态为包装、以社会变革为幌子、以暴力恐怖为手段，不断制造耸人听闻的爆炸、绑架、劫机事件，企图用"血与火"的手段，在国际上制造轰动效应，满足自身的政治要求。意大利的"红色旅"、日本的"赤军"等组织即为此类"极左恐怖组织"。上世纪70年代末期，中国内地辽宁省卓长仁、姜洪军等罪犯劫机飞往台湾，被台湾当局按"反共义士"的政治名义予以庇护。这种姑息养奸的做法，"鼓励"了内地犯罪分子铤而走险，屡屡劫机得手，严重危害平民安全。近日，报载卓、姜等犯因绑架、杀人，被台湾当局判处死刑。"义士变绑匪"的事实给台湾当局上了一次反恐怖"再教育"课。

综上所述，随着冷战结束及国际社会反恐怖意识的增强，昔日的"冷战宠儿"，逐渐沦为"弃儿"。有的因手段残忍而遭千夫所指，有的因丧失民意而成为"孤儿"。上世纪末，长期隐蔽于东南亚国家的日本"赤军"头目被捕，被引渡回国；台当局将一批劫机逃台的罪犯遣返大陆，为这股"冷战型"恐怖分子的猖獗活动画上了休止符。

冷战落下帷幕及国际战略格局的巨变，致使恐怖活动出现了新变化，这种变化反映在其组织形态、目的、意图及活动范围等方面。问题的表面变化，实质上与现代国际关系中主要矛盾的转化有关。换言之，东西对抗、军备竞赛、两军对垒、战争危机的局势有所缓和，而南北差距、民族矛盾、宗教歧见、财富分配、资源享有等诸多问题一举激化。这些民族、文明、社会、宗教等问题本属世界各国人民的"内部矛盾"，可通过文明对话、族际协商、经济合作等途径加以缓和、解决，但因各种势力的介入，最终演变为"外部矛盾"并形成国际冲突的热点、焦点，再加上地缘政治和地缘经济战略地位等因素，以致在全球安全态势图上，出现了一条恐怖活动的高发地带：从英国的北爱尔兰，到西班牙的巴斯克地区；从法国的科西嘉半岛，到加拿大的魁北克；

从前南斯拉夫的科索沃，到土耳其的库尔德问题；从斯里兰卡的泰米尔组织，到菲律宾的棉兰老岛；从俄罗斯的车臣，到印尼的亚齐，似乎总有一个幽灵在徘徊、一股势力在呼风唤雨、一只黑手在推波助澜。

中亚的费尔干纳盆地成了恐怖、分裂、极端三股恶势力的策源地。该盆地位于乌兹别克斯坦、吉尔吉斯斯坦、塔吉克斯坦三国边境地带，天山山脉与吉萨尔—阿赖山脉（海拔 4500 米以上）两山脉之间，居民生活贫穷。该地区聚集中亚各类极端分子，以及来自南亚、车臣等地有实战经验的恐怖分子。中亚各国及其相邻地区发生的一系列绑架、贩毒、走私、暴力等恐怖活动，多由这股势力所策划。在国际恐怖势力的支持或呼应下，中亚三股势力的活动已由秘密转向公开，由零星转呈一定规模，目前虽不至动摇中亚安全，但季节性威胁一旦变为经常性威胁，将牵动中亚地区安全局势并波及我西北边陲。2001 年 6 月，中、俄、哈、吉、塔、乌 6 国在上海发起成立了"上海合作组织"，并在宣言中宣布，各成员国将为落实《打击恐怖主义、分裂主义和极端主义上海公约》而紧密协作，包括在比什凯克建立"反恐怖中心"。此外，为遏制非法贩卖武器、毒品、非法移民和其他犯罪活动，将制定相应的多边合作文件。可见，这是 6 国在深化安全合作道路上迈出的重要一步。

综观恐怖活动的分布及其特点，现代恐怖主义蔓延、猖獗的主要原因如下：

（1）极端势力与外部黑手勾连，致使边境地区的安全压力越来越多地以恐怖方式产生，跨界恐怖分子乘虚而入。

（2）全球化带来的负面影响，导致了恐怖活动的迅速蔓延，国家主权的相对弱化，使"非传统安全"问题相对突出。

（3）与极左恐怖主义沉寂相对照，极右种族主义死灰复燃，构成了以族际仇杀、文明冲突、暴力排外、种族净化为主要特征的恐怖活动。

（4）邪教欲建立祭政合一的集权体制，对信徒搞精神控制，对社会搞暴力恐怖，影响国际关系。

国际恐怖活动的猖獗，震动了各国高层，但国际反恐怖合作的成效并不十分显著。因为对抽象意义上的打击恐怖主义，各国是赞成的，但在具体的对象、目标、性质等方面则因国而异。1996年，在菲律宾和埃及，曾召开过有关国际反恐怖合作的会议；1999年底，联合国通过了由俄罗斯提出的反恐怖协议，要求联合国成员国谴责恐怖主义行径，履行各项反恐怖协议。但是，迄今还未就各国联手防恐采取过重大行动。可见，国际反恐怖合作的成效并不十分显著。除双边及多边的众多反恐怖合作协定、协议外，许多国际反恐怖合作的协议与协定如同一纸空文，没有发挥切实的作用。

国际社会反恐行动不力的原因是多方面的，在反恐问题总论上各国均无异议，但在个论，即矛头指向上则意见不一，亦即对恐怖主义的界定有原则性分歧。据报道，在2001年6月举行的美俄首脑峰会上，美国强调国际威胁主要来自"被国际社会抛弃的那些国家的恐怖袭击"；俄罗斯则认为，"恐怖主义"具体指宗教极端势力和有组织犯罪。

之所以出现这种情况，除对恐怖主义的认识与界定有分歧外，最根本的是个别国家只从本国利益出发，在国际反恐怖问题上搞双重标准。这已成为国际反恐怖合作的最大障碍。换个角度讲，开展国际反恐怖合作、打击恐怖主义的前提是统一认识，明确界定。2001年6月16日，中、俄、哈、吉、塔、乌6国元首签署的《上海公约》，就对"恐怖主义"、"分裂主义"和"极端主义"的要领做了明确的法律界定，拓宽了6国的安全合作空间。

因此，本书在提出对恐怖主义的看法与认识的基础上，着重介绍了当前国际上有关恐怖主义问题的一些观点和看法，包括一些国家的反恐怖政策与原则、反恐怖斗争的措施。此外，该书还将30多年以来国际媒体所提到的"恐怖组织"——列举，作为研究恐怖主义问题的平台之一，供相关研究与执法人员参考。

由于国际恐怖活动案例非常之多，限于篇幅，难以将20世纪60年代末以来发生的案例尽录在上，所以就以冷战结束的90年代作时间段，将一些形形色色的重大恐怖案例附上，以期能对反恐怖斗争有所借鉴启发。这本书是"反恐怖研究中心"专家长期从事基础研究、辛勤笔耕的成果，我阅读了其中部分章节，深感有益，故乐为作文代序。

2001 年 7 月

《俄罗斯外交决策机制》序[*]

外交决策研究是现代国际关系研究中的一个热点，这一领域的相关研究成果近来屡有问世：诸如美国国家安全决策机制、美国对华外交政策的形成、美国外交决策的基本程序、中国对美外交政策的形成、中美外交决策机制比较，以及各国外交决策机制特征等等。《俄罗斯外交决策机制》亦是其中一本颇具特色的著作。该书是我所冯玉军博士潜心研究、刻苦攻读的成果。

众所周知，影响外交决策的因素是多方面的。它涉及一个国家的决策程序、决策人物、圈子大小、信息通道、决策途径、决策风格、整体合力、"通天能力"等。其中，决策程序主要研究从思想火花产生到政策实践的整个"生产流程"。它包括入口、出口、各道加工程序以及"产品"在每道程序中所受到的冷热"压力"，直至外交或安全政策的形成。

上述"生产流程"涵盖了几个方面的存在：一是有关国家安全、外交、情报、军队等职能部门在大战略或大安全决策中的作用。二是思想库等职能性、专业性机构在外交决策中的功能、作用及施加影响的途径和方式。三是领导人的指导艺术或风格。此

---

* 冯玉军：《俄罗斯外交决策机制》，时事出版社 2002 年版。

外还有新闻媒体、利益团体、公众民意的作用。这几方面的结合，就是一个基本的对外政策决策系统。从现状看，参与决策的相关部门和机构有增多之势。因而有效协调方方面面的关系、防止叠床架屋、扯皮内耗，以及疏通梗阻、强化快速反应，是决策机制效益高低的关键。

在当代，每个国家的高层外交决策都具有较强的保密性，故而有学者把对外政策决策称之为"黑箱"。例如，在苏联出兵阿富汗的问题上，很难详细描述苏联高层领导讨论这一战略决定的过程、具体说出他们怎样做出军事干涉的决定，因为这些都是在小范围进行的秘密讨论。但是，对外政策决策机制过程的某些环节是公开、透明的。我们可以通过公开渠道了解对象国的对外战略思想、国家安全哲学、对外战略如何形成，对外政策如何制定，外交思想如何指导政策运行，领导人的个性对外交政策有何影响等等。只有揭开对外政策决策机制的面纱，才能由表及里、由此及彼，在信息的大海里捞到有关事态真相的"银针"。

对决策机制的研究，离不开对脑库的分析。政策研究脑库被称之为外交或国家安全的决策外脑、学术界与政界人员交流替换的旋转门、战略家或外交官的孵化箱及研究报告价值的增高器。正是这些脑库在国家发展的重要关头向决策高层提供情报分析和对策建议，使之趋利避害。

中国学者致力于该领域的研究，一是受到了国外同行的学术熏陶，为他们对中国（或日本、俄罗斯、美国）决策体系的系统研究而折服，故而萌生了对决策理论与外交政策研究的兴趣。二是中国经过20余年的改革开放，客观上逐渐步入国际政治舞台的中心与国际经济前沿；综合国力的迅猛发展，使之举手投足都对国际力量平衡及周边安全环境产生重大影响。

另一方面，国际安全或经济领域的重大突发事件又使中国建立并完善外交决策机制或国家安全快速反应机制的必要性日渐突出：1997 年来势凶猛的亚洲金融风暴、1999 年中国驻南联盟使馆被炸、2001 年中美撞机事件，以及同年 9 月 11 日恐怖分子袭击美国牵动国际战略格局与地缘战略态势变动等等。主客观条件的变化，促使不少专家学者致力于该领域的研究。

一个明智的对外战略能导致国家的繁荣。"苏联是个了不起的战略大国，自列宁时代起，在战略原则中就提出了国家的战略目标，并有一个制定综合战略的决策机构——党的政治局。"愚昧的对外战略只能导致国家的衰亡。苏联解体已经过去了整整 10 个年头。在这 10 年中，俄罗斯在前苏联的废墟中痛苦前行，它所发生的变化是巨大的。作为近邻，中国对俄罗斯的关注是自然而然的。这种关注将是"过去未来共斟酌"，沿循俄罗斯外交政策形成和执行的"流程图"，为其国家走向把把脉。

冯玉军博士从剖析当代俄罗斯有关外交与安全问题的法律法规、分析俄罗斯社会结构与政治体制的特点入手，总结出当代俄罗斯"以总统为核心，以联邦委员会和国家杜马为立法保障，以安全会议为主要协调机构，以外交部和其他联邦执行权力机关为执行机构的对外政策决策机制"，并归纳了这一决策机制运行所呈现的"战略性决策"、"事务性决策"和"危机决策"三种模式，探讨了这一机制运作的特点和规律。另外，作者还分析了利益集团、对外政策智囊库、大众传媒等社会性因素对外交决策的影响，并对外交决策机制的发展趋势进行了相应预测。值得指出的是，该书在谋篇布局、理论驾驭等方面略嫌不足。但这项成果为我国的俄罗斯问题研究提供了一个新的视角，也体现了年轻研究人员对新课题的尝试与探求。我对现代国际关系研究所年轻学者的成长感到欣慰。

2001 年 10 月于北京万寿寺

《上海合作组织——
新安全观与新机制》序[*]
——欧亚大陆地缘战略格局
演绎及其前景与意义

冷战结束后，世界和平与发展直面更深层次的矛盾，国际形势出现"稳而不定"的特征。一方面，欧亚大陆的地缘战略意义更为突出，它既是亚洲的心脏，又是中国与俄罗斯的腹背地区；它与能源、民族、宗教、经济、防扩散等问题相重叠。另一方面，恐怖主义、分裂主义、极端主义三股势力的作乱，及"恐怖性非对称战争"的威胁，使这一传统安全棋盘出现了新的战略含义：非传统安全合作空间扩大，新地缘战略棋手跃起，地缘政治与战略部署再次调整，进而导致欧亚大陆地缘战略格局的演绎。

2001年6月15日，中、俄、哈、吉、塔、乌6国成立了"上海合作组织"（SCO），这一组织通过安全、经济、贸易、文化等各领域的合作，把6国的关系拉得更近。这是一个出现在东方安全地平线上、具有地缘战略影响的跨国机构；亦是上述6国应对

---

* 中国现代国际关系研究所民族与宗教研究中心：《上海合作组织——新安全观与新机制》，时事出版社2002年版。

区域局势变化，致力于安全与经济合作的"发展大厦"。6国决意在这幢东方式建筑的"大屋顶"下，联手打击三股恶势力，从而使该组织向亚太地区乃至全世界展现它作为"合作橱窗"的活力。

中国现代国际关系研究所"民族与宗教研究中心"一直在密切关注上海合作组织的发展动向，积累了丰富的第一手材料，并提出了许多重要及富有新意的观点。所以，当这一崭新的地区多边合作组织诞生后，他们觉得这是一个值得载入亚太安全合作甚至国际关系史册的大事，为给广大读者提供新的知识与思考，了解这一新生事物的来龙去脉，故而决定编著本书。

本书付梓之时，正值震惊中外的"9·11"恐怖袭击事件及美国对阿富汗实行军事打击。美国出兵南亚与中亚，立刻引起了专家学者对欧亚大陆地缘战略环境进一步演变及上海合作组织走向的思考。不言而喻，欧亚大陆战略格局的变动势将牵动大国关系的新一轮调整。实际上，阿富汗战争打响后，印度—巴基斯坦—阿富汗—伊朗—塔吉克斯坦—乌兹别克斯坦—俄罗斯之间的地缘政治关系已经出现重新组合的迹象，从而使关注西域安全的中国研究人员对此积极探讨并进行理性思考，以寻找上海合作组织回答新世纪的科学答案。

从事此书编著的几位学者理论功底扎实，且多数具有在中亚国家或俄罗斯实地考察的经验，熟悉对象国情况，本书的出版是他们长期埋首钻研的结晶。为履约写序，我阅读了整部书稿及相关著作。在学习和思考的过程中，深感有必要在本书的卷首将上海合作组织的昨天、今天、明天勾画出来，从不同的视角，抛砖引玉，就正方家。

一、从"上海五"到"上海六"

"上海合作组织"的进程最早起始于 1989 年 11 月中苏关于裁减边境地区军事力量和保持边境安宁的谈判。设计者最初并未把长期全面的战略安全列入该组织的活动范畴。所谓形势比人强,正是上世纪 90 年代国际战略格局及苏东形势的风雷激荡,才造就了欧亚大陆一个崭新的区域性合作组织的诞生。弹指一挥间,从解决边界问题切入,该组织成功地实现了从双边会晤机制向多边合作组织的跨越型转变,并将因此而载入国际关系史册。

1991 年底,苏联解体,俄罗斯成为法定继承国;15 个加盟共和国正式成为主权国家。中国政府先后于 1992 年 1 月 3 – 5 日与哈萨克斯坦、吉尔吉斯斯坦和塔吉克斯坦建立了外交关系。中亚各国的独立,导致地缘政治和经济格局发生了巨大变化。

首先是"亚洲地理的扩大"。中亚的地理位置处于欧亚大陆北南之间,北纬 40 度至 50 度的带状地带,西起里海,东至蒙古高原或帕米尔高原,北部是广阔的草原与俄罗斯连接,南部与伊朗、阿富汗接壤。因这一新兴国家群的诞生,亚洲地理概念的外延无疑扩大了许多。[1]

其次是俄罗斯东南面的疆界向北后退了 1000 多公里,中国同前苏联各加盟共和国的关系面临调整。换言之,中国有了它的西部新邻居,原中苏边界西段的大部分地段及与其有关的历史遗留问题,转而成为中国与多国双边关系中的重要问题,中苏关系演变为中俄关系及中国与中亚诸国的关系。我国与中亚各国的共同边界长达 3000 余公里:中哈两国边界全长 1700 多公里,中吉两国边界长约 1000 多公里。我国与俄、哈、吉、塔 4 国共有 7000 多公里的边界。

1996 年 4 月 26 日是"上海五国"的生日。这天中、俄、哈、吉、塔 5 国元首在上海签署了《关于在边境地区加强军事领域信任协定》，以加强 5 个邻国的边境合作与 100 公里安全地带。从中国的角度看，这因应了苏联解体而导致地缘战略格局的变化，在边境地区实现了信任和安定。一年后的 4 月 24 日，5 国元首在莫斯科又签署了《关于在边境地区相互裁减军事力量的协定》。这两个协定与美日同期发表的《安全保障联合宣言》及《新防卫合作指针》截然相反。前者贯穿了化剑为犁、以谈求和、信任双赢的新安全思维；后者则是军事结盟、虚构敌国、战略抗衡的产物。

从 1998 年起，"上海五国"将注意力转向地区安全合作。可以说，是极端主义在高加索、俄罗斯、中亚和中国某些地区活动的日益猖獗，促使 5 国进一步走近，并组成新的地区安全体系。1998 年 7 月"上海五国"元首在阿拉木图会晤，首次探讨反恐问题。1999 年 8 月，在比什凯克会晤期间，5 国元首决心联手打击恐怖势力。2000 年 7 月，中国国家主席江泽民出席了在塔吉克斯坦首都杜尚别的 5 国元首会晤，江主席利用元首会晤、双边会见和国事访问，多次阐述"三股势力"对地区安全的危害，得到各方普遍认同。5 国元首一致同意尽早签订共同打击"三股势力"的文件，建立 5 国"反恐怖中心"。

2001 年 6 月 15 日，中、俄、哈、吉、塔、乌 6 国元首在上海开了一个会，成立了一个组织，签署了一个公约，吸收乌兹别克斯坦为该组织的参加国，从而实现了从"上海五"向"上海六"的地缘扩员，在区域安全与经济合作领域迈出了重要一步。该组织正式称为"上海合作组织"，该公约称之为"上海公约"。公约将中、俄、哈、吉、塔、乌进一步在安全领域中加强合作的具体内容、方式和程序用法律文件的形式确立下来，使"上海合作组织"今后发展进程中的基本合作内容得到充实和巩固，从而确保了这一组织的凝聚力。公约的签署必将为各方开展广泛合作创造出良好的地区环境，对推动欧亚地区安全进程起到重大作用。

2001 年 10 月，美国对阿富汗军事报复开始后不久，中、俄、哈、吉、塔各国执法安全部门领导人——"比什凯克小组"成员10 月 11 日紧急会晤。会晤中，与会各方就提高联合打击恐怖主义、分裂主义、极端主义活动的效率等共同关心的问题进行了磋商。在会后发表的声明中，各方决定采取协调一致的措施，保障上海合作组织所在地区的稳定及各自国家的主权、领土完整和安全，加快筹建比什凯克反恐怖机构，协调有关组织和机构的反恐怖活动等。

如上所述，从 1989 年迄今，共经历了"一对一"（中苏谈判）、"五家人"（中俄哈吉塔）及"六家村"的多个阶段；从上海到莫斯科，从阿拉木图到比什凯克，从杜尚别再到上海，每一次会晤都跨上了一个新台阶。如果套用中国一些特殊经济术语来比喻这十几年进程的话，可以称之为从"互助组"进入了"初级社"，又从"初级社"升级到"合作社"。这种合作升级所显示的是 6 国国际安全合作及经济发展战略思维的升华。

二、中国的西部安全

从周边安全角度看，我国与中亚国家的关系，主要表现在民族、宗教、政治与经济等多个方面。

（1）中亚是"文明的广场"，是各种宗教文化思潮撞击最为激烈的地区之一，因而也是世界上民族成分最复杂的地区。穆斯林文化、斯拉夫文化、汉文化、印度文化、突厥文化、波斯文化相互渗透；伊斯兰教、东正教、儒教、佛教和印度教彼此影响；分布着100多个大大小小的民族，民族构成空前复杂。如果按语言系统分类，中亚的主要民族共分为突厥（乌拉—阿尔泰语系）、波斯（印欧语系）、阿拉伯（闪语系）3支。对照当今5个主体民族，除塔吉克属波斯后裔以外，其他4个民族均属突厥后裔。[2]

近一个多世纪以来，中亚的动荡或多或少都与民族问题密切相关。族际之间既相互融合，又相互争斗，上演了一幕幕民族融合与争斗的悲喜剧。苏联解体后，中亚各国的反政府势力一度十分活跃，乌兹别克斯坦政局危机一时，塔吉克斯坦战乱多年。在中亚各国朝野力量的一致努力和国际社会的积极调解下，这些恶性势力的动乱因素被压制在可控制程度内。但因其在各国内部生存与蔓延的土壤远未根除，这些作乱势力经常死灰复燃。

中亚的费尔干纳谷地在古代传说中是"汗血马"的生息之地，现在则是恐怖、分裂、极端三股恶势力的策源地。在国际恐怖势力的支持或策应下，这三股势力的活动已由秘密转向公开，由零星而呈一定规模。如"乌兹别克斯坦伊斯兰运动"、"伊斯兰解放党"等极端组织的策略和战术水平有所提高，并利用费尔干纳谷地复杂民情和跨国地形，在乌兹别克斯坦、吉尔吉斯斯坦境内都建立了密点，招募人员、扩大宣传、藏匿武器和毒品，积蓄力量，成为上合组织成员国面临的棘手的安全问题。目前虽不至于动摇中亚安全大格局，但季节性威胁一旦变成经常性威胁，势将牵动地区局势。

2000年上半年，俄罗斯修订了新的国家安全构想和军事学说，指出恐怖主义是俄面临的重大威胁之一；俄军第一副总参谋长马尼洛夫当时指出，"三股势力"在中亚地区导致了一系列战争和武装冲突，俄南部和东南部边境地区出现了许多新的威胁。哈萨克斯坦和乌兹别克斯坦也相继制定了新的军事学说草案和国家防御学说，强调中亚所处的特殊地理位置使该地区成为国际恐怖主义渗透的目标，对哈、乌两国国家安全构成"现实威胁"。[3]

（2）中亚地缘经济意义日益明显，探索一种符合地区各国利益的经济合作模式，以安全合作推动经济发展，以经济发展巩固地区稳定是"上海六国"的共同愿望。中亚地区战略资源蕴藏丰富，盛产铀、黄金、石油、天然气和优质棉花。从某种程度上可以说，这些国家拥有地球上最后一批化石燃料资源。在 21 世纪，该地区有可能取代波斯湾和中东地区，成为世界能源的最主要供应地。这些国家为振兴经济，扬长避短，基本制定了发挥各国最大经济潜力的"资源富国战略"。此外，这些国家还具有重型机械、航空航天、核军工技术发达的优势；中亚地区还是"新丝绸之路"——新欧亚大陆桥的必经之路，是连接东西方交通的走廊。这些条件使中亚成为极具经济战略意义的要地。

另一方面，世界上每一个油气资源丰富与集中的地区，特别是属于发展中国家的地区、国际政治乃至军事冲突的热点地区，资源与经济、政治的相互关系在国与国之间的关系中会强烈地表现出来。中亚地区处在周边地区政治板块的夹缝中，来自任何一方的影响都不能忽略。[4] 所以，里海丰富的石油如何外运，实质上也是由谁来控制油气阀门的问题，因此成了各方瞩目的焦点。

我国是个多民族国家，西北地区与哈萨克斯坦、吉尔吉斯斯坦、塔吉克斯坦有着共同边境，复杂的地形、跨界民族、共同的宗教信仰等因素，使中亚地区的稳定与我国西北边陲的安全有直接互动作用。尤其是"东突"恐怖势力长期以阿富汗等地为基地，向我境内渗透，进行分裂领土和破坏国家统一的罪恶活动，对我国新疆的稳定及西部大开发战略构成了直接威胁。为此，2001 年 6 月，中、俄、哈、吉、塔、乌在上海宣布，各成员国将为落实《打击恐怖主义、分裂主义和极端主义上海公约》而紧密协作。

中国与中亚开展双边与多边经济合作是各国的共同愿望,也是我国稳定、开发西北边疆的重要利益所在。目前,中国正在哈萨克斯坦、乌兹别克斯坦、土库曼斯坦和其他国家积极实施石油、天然气和交通工程,同这些邻国已经建立了互利贸易、发展投资和共同的能源工程。中亚国家希望同中国在农业、轻工业、食品工业等领域开展合作,在电子、通讯、交通、信息等方面加强交流,并愿意参加中国西北部地区的经济开发。2001年9月14—15日,中国总理朱镕基和上海合作组织成员国领导人在阿拉木图会晤时,重点讨论了经济合作问题。这次会议签署了《地区经济合作备忘录》,各方强调必须为6国经济结构互补、发展交通走廊和降低关税壁垒创造条件。[5]

三、"上海精神"

所谓"上海精神",其精髓可以用"五个C"与"三个新"来概括:"五个C"就是信任(Confidence)、交流(Communication)、合作(Co-operation)、共存(Coexist)、共同利益(Common interest)。"三个新"就是新型国家关系、新型安全观和新型区域合作模式。"上海精神"具有鲜明的时代特征,是当代国际关系民主化思潮的结晶。正如俄罗斯外长伊万诺夫所指,"如果政治辞典将收录'上海五国精神',一词,那也不足为奇。这表明我们在工作中态度坦诚、富有建设性,总是力求达成符合各参与国利益的决议。"吉尔吉斯斯坦总统阿卡耶夫则认为,"上海精神"是一笔宝贵财富。

(1)倡导新安全观。"上海五国"倡导的新安全观,是要摈弃冷战思维,反对强权政治,"以谈求和",不诉诸武力或以武力相威胁，以对话协商促进相互信任和了解，通过双边或多边协调寻求和平与安全，不以任何借口干涉他国内政；"上海五国"确立了一种新型国家关系，其根本原则是"平等互利"，亦即双赢、多赢原则，既着眼于长远战略利益，同时也尊重对方的利益。

"上海精神"所确立的新安全观、新型国家关系和地区安全合作新模式已取得了颇大的"社会效益"：第一，和平解决了一度兵戎相见的历史遗留的边界问题，使边界地区从"战场"变为"商场"，从壁垒森严的军事"隔离带"变为和平交往的"磁场"。第二，对于各成员国来说，它得以阻止三股势力的渗透，维护国家的统一，并安心国内经济建设。第三，通过联手打击跨国恐怖势力，切断毒品通道，实行情报共享，有助于消除地区热点问题。

（2）水涨船高、共同发展原则。即排除经济合作中的歧视做法，在平等互利的基础上加强交流与合作，促进共同发展与繁荣。目前，以能源、交通为主要内容的 5 国间经贸合作正在逐步推进，在旅游、环保、水资源利用、医疗卫生、社会保障等方面的合作也已经展开。2001 年 9 月，在阿拉木图召开了 6 国政府首脑会议，讨论加强经贸合作的具体安排。

（3）求同存异原则，跨越社会制度、意识形态、价值观念的不同而发展国与国之间的正常关系。这也是中国从冷战时期中苏长期摩擦中所汲取的经验教训。对于全球来说，包括两个联合国安理会常任理事国在内的上海合作组织的运作，有力地推动了世界多极化发展，并为国际新秩序建设发挥了开拓性作用。

俄罗斯科学院远东研究所俄中研究中心副主任、历史学博士谢·卢贾宁先生也持同样的观点。他指出，"上海精神"使亚洲其他国家颇感兴趣，这些国家把这一安全新思维"视为国家关系从单一性质（双边关系）向更高水平（多边合作）平稳过渡的经验";"这个地区居民所具有的循序渐进、稳重和富有建设性等特性，对其他国家来说是有益的经验"。上海合作组织是大国（俄中）与小国（中亚国家）之间不损害小国利益关系的典范。这对既有大国、又有中小国家的东方国家来说，也是具有实际意义的。[6]

从"上海五"发展为"上海六"之后，如何重塑上海合作组织的新形象？如何使其成为对内具有向心力和凝聚力，对外具有吸引力和影响力，并具有较强发展后劲的区域合作组织？这些都是值得思考的问题。在此，我还想引用这位俄罗斯学者的见解作为小序的结语："上海合作组织的经验，对在亚太地区寻找并建立东亚地区安全体系是有益的。六国的活动作为建立地区安全和调解边界争端的实际机制的经验，无论对亚太地区，对中东国家，还是对南亚，都是有益的。"[7]

注　释：

[1] 秋野丰：《欧亚的世纪》，日本经济新闻社 2000 年 7 月 10 日第 1 版。

[2] 欧阳承新：《百年动荡话中亚》，台湾《历史》月刊 1998 年 3 月号，第 34 页。

[3] 刘志海："独联体联手反恐"，《人民日报》2000 年 7 月 26 日。

[4] 本文中部分观点、资料由许涛博士提供。

[5] 许涛："中亚五国发展回顾与跨世纪展望"，《现代国际关系》2001 年第 1 期。

[6] "上海六国潜能将扩大"，俄罗斯《独立报》2001 年 9 月 18 日。

[7] "上海六国潜能将扩大"，俄罗斯《独立报》2001 年 9 月 18 日。

《APEC 首脑人物》序*

　　古往今来，历史孕育了人类文明。各民族文化博大精深，异彩纷呈，哺育、造就了无数风流人物。时势造英雄，无数风流人物功成名就、彪炳史册，都留下了不同历史发展阶段之"段情"的深刻烙印，留下了不同文化、民族、文明之内涵熏陶的痕迹。"读人"品味儿，品的是人生百味、心灵世界，品的是社会、历史。

　　俗话说，"人是天边之鸟，马是当地之人"。漫漫人间路，而每个人却都是匆匆过客。因此，人物研究必须从难着手，准确把握人物所处时代的脉搏，捕捉不同文明背景下的人物特点：其性格是正直豪放、刚毅深沉，还是残忍狂妄、颓废懦弱；是才华横溢、功勋卓著，还是平庸乏德、碌碌无为，或许是怀才不遇而功过难予评说。无论如何，人物研究是综合性研究，需要从人物的经历、环境、人脉、使命、功过等各方面进行阐述，淋漓尽致地展现人物作为科学家的发明、作为艺术家的创造、作为思想家的建树、作为政治家的功过。

　　对领导者的研究，必须真实而深刻地描述他们的"灵性"和

　　* 中国现代国际关系研究所第三世界研究中心：《APEC 首脑人物》，时事出版社 2002 年版。

"帝性"。

所谓"灵性",正如日本政治家池田大作在其《心灵四季》之序中所说:"不论其地位高低,凡是如水上荡漾的碧波给人以清晰印象者,必然具有深邃的内心世界,会在四季的舞台上留下切实的轨迹。""人生之路不可能都是平坦的,既有风和日丽,也有雨雪阴霾。人生之路是无法逃避的,任何人都必须一步步地向前走去。"[1]

所谓"帝性",正如中国东汉思想家王符的一个著名命题,"身之病,待医而愈,国之病,待贤而治"。对一国领导人来讲,在谋求国家发展上,需要靠机智、靠幸运、靠敏感,能在国际政治与经济的惊涛骇浪中巧妙地把握航舵,适应形势变化,适时调整国家战略坐标轴。四川成都武侯祠内有一副对联这样写道:"治蜀要深思",即闪烁着"帝性"的思想:"从古知兵非好战,不审势即宽严皆误。"

冷战结束之后,亚太地区安全与经济环境发生了巨大变动。尤其是20世纪后期的东亚金融危机、21世纪首年的中美撞机事件,及"9·11"恐怖袭击美国事件、"10·7"美英打响反塔利班战争,这一系列重大事件导致该地区的地缘战略格局再次演绎,一个国际关系"新棋局"呼之欲出。"9·11"之前,影响亚太国际关系格局的主要动因有两点:捕风捉影的"中国威胁论"及虚虚实实的美国战略重心"东移论"。尤其是小布什上台后,决定加大对亚太地区的军事投入,强化军事同盟体系,提升对台军售档次等等。中美关系的磕磕碰碰、中日关系的停停走走、美印关系的冷冷热热,都是美国亚太战略调整大背景的投影。

"9·11"之后,美国在推动建立反恐怖联盟过程中,通过双边与多边协调,大幅度调整与各战略力量的关系,落实其突出反恐的安全思想;各大力量则借反恐合作,构筑对美关系新平台。

近来中美、美俄、美巴关系，以及中美俄、美印巴、中印巴等三角关系的变动，都带有反恐合作的投影。总体缓和、局部动荡，总体和平、局部战争的形势，要求亚太领导者同恶相助、同好相留、同情相成、同欲相趋；同时也是对亚太领导者洞察力、合作观、时代感的一次考验，看他们能否在地区形势风云变幻的"十字路口"，领导各自的国家走向安全、和平、富裕的新阶段，进而使太平洋成为"和平之海"、"发展之洋"。

传记是为人物做的"雕塑"，是对生命的鉴赏，是与主人公心灵的接触。因为"人们格外需要关照、思索自己所经历过和正在面对的人生，而阅读他人正是最好的方式"。[2]献给大家的这本书，就是要展现活跃在亚太政治经济舞台上的领导者一张张"鲜活的面容"。

APEC 上海峰会，亚太 18 国元首（中华人民共和国国家主席未列入书中）风云际会，这批叱咤风云的领导人的所思、所言、所为深刻地影响并塑造着时代。"世若无徐庶，更无庞统，沉了英雄"。时势造英雄，亚太领导者所生活的年代，乃区域安全战略格局的重要转折期与经济发展和合作的高潮期。时代风雷激荡，造就了现阶段亚太领导者的思想、行动与政策。另一方面，人物也在改变、创造环境。APEC 上海峰会的成功召开，展示了一个安全合作、经济合作、思想活跃的时代。

18 国元首的气质人格、人生际遇都深涵漫浸于沧桑之中。他们的性格、才华、政绩既有相似，更有迥异，栩栩如生，跃然纸上；普京的精明、布什的强干、梅加瓦蒂的大家闺秀风范、阿罗约的小家碧玉形象，展示了领袖人物鲜明的性格特点；金大中宦海历程多灾多难及三位拉美总统出身贫寒、终成大业的人生经历，昭示了重要的生活哲理；小泉纯一郎"改造日本"、"改造自民党"的雄心及其"无禁区"的改革计划，折射出日本国家发展道路的颠簸。

　　中国现代国际关系研究所拥有一批从事人物研究的专业人员。他们有着扎实的人物研究基础，长于从时代背景、国策思想与人脉关系的角度着笔，立体地勾画人物的思想轨迹，以折射其国家走向，引导人们从新的视角观察其人、其事、其国及其时代。这些均为该书的特点，值得肯定。但因时间仓促，该书略嫌单薄，敬请读者赐教。

2001 年 12 月于京西万寿寺

注　释：

[1] 池田大作：《心灵四季》中译本之序，时事出版社 1998 年版。

[2] 晨雨：《"读人"、品味儿》，《人民日报·副刊》2001 年 12 月 20 日。

《亚太战略场——世界主要力量的发展与角逐》序[*]

已故法国战略家雷蒙·阿宏曾有一句名言：我们已经被20世纪忙得头昏脑涨，哪儿还有时间来考虑21世纪。他说这句话的时候是上世纪60年代，那时距离21世纪还很遥远。但目前人类已经掀开新世纪的盖头，过去的遥远现在已变得很近，过去被认为不合时宜的事情，现在已变成热门话题。[1]"9·11"事件作为世纪开年的预警与报晓，只是揭开了世局的序幕而已。它对国际安全形势、国际关系造成了巨大冲击，同时也导致权力因素相对重要性的变化和支配世局演变的基本因素出现变化，未来的国际战略环境较之过去，将更加复杂多变。

总体形势：稳而不定

"9·11"事件及其后续发展从深层次影响和改变着国际局势，世界陷入了局部动荡、局部战争、局部紧张的形势之中。冲突的局部性虽不至于破坏总体缓和的态势，但使世界局势从稳定

　＊ 中国现代国际关系研究所：《亚太战略场——世界主要力量的发展与角逐》，时事出版社 2002 年版；另发表于《现代国际关系》2002 年第 1 期。

的静态变为不安的动态，出现了"稳而不定"的特征。

在冷战结束后的"一超多强"格局中，随着"多强"的力量有所上升，各国彼此间的相互依赖性日趋加强。其主要原因：一是大国力量的消长。俄罗斯、日本、欧洲、中国等对世界事务的影响都有不同程度的改善。二是全球化的发展导致世界各国经济和贸易领域的互相渗透增强，以及经济和军事安全领域的相互需求增强，各国处于一种相互影响日趋加强的状态，导致各国越来越强的"维和"共识的形成。三是对现在世界政治、经济秩序中的规则，各强虽有想法，但都不愿首先去打破它、挑战它，仍能遵守，虽有"合理冲撞"，仍能"维稳"。

"稳"是相对的，它指世界性战争爆发的"燃点"正随着军事冲突成本的上升及边际效益的下降在减少。这就制约了各大力量，使其不愿轻易惹起战端，世界大战也就轻易打不起来，所以我们说，和平与发展仍是世界形势的主流。但这并不是说和平与发展是一种绝对的静态平衡。这里包含有另一种含义，即"不定"是绝对的，这也是符合辩证法的。回想起上世纪末的情况，科索沃战争、韩朝黄海之战、印巴卡吉尔冲突、东帝汶动乱、中东和东南亚地区的紧张和动荡，实际应该横向联系起来看，其中包含着更深层次的矛盾。所以总的来看，世界性的局势相对较稳，但局部形势却一直没有平静过。上世纪90年代，人们一度额手相庆，"再见了冷战"；但10年之后，谁料想再闻隆隆炮声，仍是在起伏动荡的局势中迈进了新的世纪。

如果要为当今国际局势"把脉"的话，我觉得可用"内有虚火，外感风寒"来形容。一方面，国际关系中的主要矛盾发生了显著转换，甚至更为复杂和尖锐，尽管这种复杂和尖锐的表现形式不同。冷战时期，主要矛盾是东西对抗、两超争霸，所有的矛盾焦点都集中到"两制"上，即社会主义和资本主义制度的竞争上，它深刻地影响和制约着其他一些矛盾。但冷战之后，两超争霸的矛盾消失，南北差距、民族矛盾、宗教极端、资源享有等诸多问题一起凸显出来，有些矛盾甚至一发而不可收拾。这其中，美国由于其在世界上独一无二的政治、经济、军事、安全和文化实力，客观上对世界事务的发展仍然起着决定性作用，主观上亦将"主导世界"视为其努力维护的主要国家利益，这决定了美国与其他国家存在着深刻的利益矛盾，加之美国在处理一些地区问题、热点问题上不时表现出的双重标准和多重标准倾向，使其成为国际上许多问题的矛盾焦点。另一方面，虚火总要外现，矛盾积累到一定程度总要爆发。"9·11"事件正是将十多年来所积聚的矛盾一下子释放了出来。从事件的背景看，它反映出世界政治、经济、军事、文化等各方面存在的深刻矛盾。这个矛盾的突发，有其偶然因素，也有其必然性，反映了事物从量变到质变的一系列过程。

首先，在全球安全态势图上，出现了一条动荡高发地带。一是"塔利班"的崛起与崩溃，"巴勒斯坦人"激进派别持续不断的自杀性爆炸，实质上是冲突热点的拖延恶化，积重难返，解决无望，致使弱势一方越来越多地诉诸极端手段的结果。

另外，"西雅图人"、"热那亚人"的反全球化运动反映出国际社会"弱势群体"的存在及其被"边缘化"的现状，以及构成其基础的全球性不合理的分配制度，这也表明"发达国家仍在极力维护不公正、不合理的国际政治、经济秩序"。[2]因此，综合而言，我们似可以"亚健康状态"来概括目前的世界形势。国际形势好比万花筒，"9·11"摇动了其中五彩斑斓的晶片，使它离散聚合、分化不定，处于一个流动的过程中。

（1）冷战期间，美国亚太战略的重心置于东北亚；冷战结束后，该地区被认为是有可能引发大国冲突的危险区域，因为朝鲜半岛或台湾海峡出现危机,极有可能将美日卷入。因而,中美日、中朝俄、美日韩、中朝韩等三边关系被认为具有战略意义。

首先,"9·11"之后不久,美国便大力推进以反恐怖为中心的外交路线,这给朝鲜的外交环境带来了变化。"反恐划线"将有关朝鲜半岛的和平进程划出了美国头等重要的外交或安全议程;南亚局势的动荡,使美国对巴基斯坦核设施安全的关注,一度超出对朝鲜"两弹"核查问题的注意,从而使美对朝外交的定位退居次要问题。在美朝关系进展脱力的情况下,韩朝关系、欧盟与朝鲜关系等都略显沉闷。韩国政局因大选在即而动荡,金大中的"阳光政策"已成了阳春白雪,和者甚寡。其次,日本立法通过《防止恐怖特别措施法》,将军旗打向了海外。"9·11"后,日本决策层汲取海湾战争交学费的教训,加大参与国际反恐怖与日美安全合作的力度。日本巡洋舰在战时远渡印度洋,为美国的军事行动提供支援。

(2)"9·11"之前,南亚地区一直因为印巴关系紧张而呈现痉挛性动荡,但因认为美中俄不会卷入而被定性为"单打独斗"型。在"9·11"之前,美国寻求与印度发展新的战略关系。"9·11"之后,巴基斯坦因地缘战略位置的重要性而地位上升。美国同时取消了对印、巴的经济制裁。阿富汗战争的变化,巴国内社会性动荡所显示的"宗教战争"的色彩,使得巴基斯坦核设施的安全性问题,以及克什米尔争端成为地区性的重要课题,从而使美印巴、中美巴关系具有重要的地缘战略意义。

(3)"9·11"之前,中亚的安全形势因边界问题的和平解决、打击"三股恶势力"的合作取得进展而进入新阶段,上海合作组织的成立表明欧亚大陆地缘政治格局出现重新组合。但"9·11"后,反恐怖合作关系的亲疏,在中亚国家关系中划下一条线。美国在该地区的军事存在,正在冲击中亚业已形成的安全态势。众所周知,上海会晤的模式是"5 + 1"(中俄哈吉塔 +乌);而阿富汗战争前夕,在吉尔吉斯斯坦首都比什凯克等筹建"反恐中心"之际则是"6 – 1"(中俄哈吉塔 – 乌)。如果美国在对阿富汗的军事行动结束后仍驻军中亚,恐将影响该地区国家在安全合作领域的凝聚力。

(4)东南亚国家与美国的关系处在调整过程中,美国在东南亚的军事存在进一步增强。"9·11"之后,菲美两国在军事和安全领域关系进一步增强:美国向菲律宾提供了部分武器装备,派遣了反恐专家小组,协助菲武装部队打击阿布沙耶夫组织;美菲军方还签署了"五年工作计划",并酝酿修改已签署 50 年的《美菲共同防御体系》,"以应对包括恐怖主义在内的未来的各种挑战"。

此外,印尼、马来西亚、菲律宾穆斯林人口占较大比重,战后这些国家奉行政教分离的基本国策,对多民族国家统一与经济发展有过贡献。"9·11"事件后,个别国家政局动荡,与社会转型矛盾相交织,导致激进势力抬头,威胁国家安全与稳定。

(5)中东地区的政治格局与安全形势面临调整,宗教、政局、石油将成为影响地区稳定的重要因素。伊斯兰原教旨主义的抬头,有可能危及某些国家的政权,进而引起地区局势的动荡。为此,迄今偏重于在经济和石油领域与中东国家发展国家关系的日本等国家,已将战略关注投向石油安全问题。

大国关系:合作领域扩大

理解世界局势,大国关系无疑是一个关键点。我们说国际局势总体仍比较健康,也是着眼于大国关系的变化上。毋庸置疑,大国间的竞争始终都会存在。但"9·11"后大国之间合作动力明显加大也是不争的事实。具体而言，各大国在反恐怖、反萧条、反贫困、反扩散问题上的基本态度正在趋于一致。它们虽有同床异梦的一面，但在"四反"的共识上形成了合力和动力，促进了大国关系的调整与发展，大国间合作的内涵在扩大，在某些方面，大国之间的合作已突破传统安全思维束缚的"禁区"，正向新的领域延伸。

从反恐问题上看，反恐合作促动了大国关系重组。"9·11"事件深刻影响了美国的对外政策，美与他国的关系出现了重新划线的问题。美推动建立"全球反恐怖联盟"，从而导致各大国调整外交日程与国家安全观，配合美国的反恐军事行动。

就各战略力量的安全定位而言，虽然它们在世界安全事务中的作用得到了发挥，俄、日、欧等各大战略力量在反恐思维上有了一个共同的平台；各大战略力量在改善对美关系上有了"直通车"，在参与国际安全上有了新跳板；德国、日本的战略与安全思维出现了部分质的飞跃，它们积极配合美军的军事行动，抬高自身在国际安全领域的地位，欲从配角跃居主角地位；但这是美欧、美日调整彼此间关系的一个阶梯，而非发生了剧烈的改变，在今后一个较长时期之内，美欧或美日双方仍将是安危与共。

美、欧、俄、中等国形成的松散反恐联盟，尤其是阿富汗反恐战争的进展促进了大国间高层会晤的空前活跃。近来中美、中俄、中巴关系以及美俄、美巴、美乌关系的调整都带有反恐合作的色彩。反恐战争"成为中美关系中的一个亮点，也为两国关系注入了新内容"。[3]美国国务卿鲍威尔在 2001 年 12 月 8 日访问俄罗斯前夕表示："俄支持美反恐斗争，从而把双方关系提升到了一个新的高度，美俄关系有了'根本性改善'。"

从世界范围看，继美俄、俄印之后，中俄决定成立反恐怖工作小组；俄酝酿举办"全球反恐怖论坛"。中美启动了反恐怖协商；印美首脑就加强反恐怖合作、网络反恐怖措施达成协议。此外，东盟成员国于2001年11月15日在马尼拉开会，讨论反恐怖问题。东盟与中日韩的"10＋3"峰会也签署了了反恐怖宣言；中国和菲律宾通过了签署有关引渡、打击跨国犯罪和毒品走私的协议。朝鲜决定签署作为国际社会反恐怖斗争主要手段的《制止资助恐怖主义国际公约》，并同时加入了《反对劫持人质国际公约》。

从反萧条问题看，美国经济10年的繁荣，对亚欧一些国家的经济起了直接或间接的推动作用。目前美国经济的衰退，极大地影响了与其经济关系密切的国家。从美、日、中或其他国家的贸易关系看，各市场都是处于一种大市场的外延范围内，处于"一荣俱荣，一损俱损"的状态。尤其是市场容量大的国家，它们的经济增长与否，已经足以牵动区域或全球性经济脉搏的跳动。日本经济10年起不来和美国经济经过10年增长后衰退，成为"9·11"事件后人们关注的焦点，原因在于世界经济贸易的一体化促进了这些国家在经济上"维稳"发展的共识，成为大国关系稳定或者说是国际形势稳定的又一个重要因素。

从反贫困问题看，南北关系在"二战"后讲了几十年，发达国家基本上只是拿出很少一点钱来救救急，而没有大力根除贫穷。"9·11"事件后，发达国家认识到贫穷的存在在很大程度上影响着自己国家的政治和经济安全。反贫穷将在今后一时期内成为"北南"各国的一个共识，而这又会反过来影响到各大国关系的稳定和发展。

再从反扩散问题看，它是大国关系中的一个重要领域和焦点。反对大规模杀伤性武器和生化武器的扩散，在"9·11"之前就已经是大国关系中正在磨合的一个焦点，各国安全思想不同和对所受到安全威胁的感受不同，或者说各国在自己区域和国际事务中所处地位的不同，导致了各国在总论上相同，而在对待各自具体情况上又有不同的情况。安全系数较高的国家往往重视自己的国家安全，忽略小国的安全；相反，战略武器数量较少的国家就更能感受到威胁的严重性。"9·11"之后，围绕核裂变材料的生产及核设施的安全系数问题，大国关系中的合作面在扩大。2000年11月，中美就防扩散达成谅解，最近又恢复了防扩散对话。作为"反恐怖"下一阶段的"反扩散"将成为大国间的一个重要共识。这一共识的意义将大于其他三点。

可以说，上述"四反"工作已成为新世纪国际关系调整的重要内容，以及国际安全合作的重要组成部分，它对国际新秩序的形成起着催生的作用。这势必导致美国及各大力量对外战略目标优先顺序与外交政策的再思考与重大调整，并据此提出现代"大安全"政策的任务。在2001年《四年防务评估报告》中，美国已经确立了"本土防御"的最优先性。此外，"9·11"事件也使美国改变了外交政策的思维框架。美国在阿富汗的反恐战争得到了各大战略力量的支持和协助，从而显现了国际双边和多边合作对美国的价值，这将构成美国调整其对外政策的动力，预计美国的外交思维框架将出现调整。[4]

三大隐忧

虽然从大国关系的总体发展趋势判断，未来国际局势走向的基本面是积极的，但同时也存在着许多令人担忧的方面。在我看来，这主要集中在三个领域。

第一，是地缘政治新棋局形成带来的挑战。美国从2001年10月7日发动阿富汗战争后，美军进入了中亚和南亚地区。这一恐怖活动的重灾区正是经典陆权理论所描述的欧亚板块的结合部。有专家认为，在本世纪前期，世界局势的变化、国际权力的竞争，欧亚大陆仍为主要场所。阿富汗战争的打响，使人想起了在核时代一度被遗忘的地缘政治学说，以及中国古代"假途伐虢"的典故。[5]

正如斯皮克曼所说："在国家的外交政策中，地理为最基本因素，它是永恒不变的。"[6]不言而喻，国际反恐联盟成员国具有不同的地缘战略利益与极其自然的防御本能的反应，如果从地缘战略行为来看反恐战争，它势将加速地缘政治新棋局的形成。有舆论指出，战争结束后，美与中亚国家的军事关系将影响中亚国家安全合作的凝聚力。美国在该地区的军事拓展及外交上的合纵连横，对中亚安全态势产生了影响。欧亚大陆战略格局的变动势将牵动国际关系的新一轮调整，印度、巴基斯坦、阿富汗、伊朗、塔吉克斯坦、乌兹别克斯坦、俄罗斯之间的地缘政治关系已经并将继续出现重新组合的迹象。

第二，围绕反恐怖合作的"规则之争"将现实地成为国际关系磨合的重要内容。其一，如何定义"国际恐怖主义"？目前，广义的定义有100多种，比较集中的有20多种，迄今没有形成一个统一的定义。其二，由谁来主持反恐？是由联合国安理会授权，北约援引"集体自卫"条款，还是某个国家的单打独斗？从目前看，这三种形式的反恐都有。其三，反恐怖行动衡量敌友的标准：单一标准，还是双重标准？是否非敌即友？其四，是依法反恐，重证据，打得准，还是借反恐谋私？其五，如何避免出现"第二个阿富汗"，是头痛医头，脚痛医脚，还是标本兼治，彻底铲除滋生恐怖主义的政治和社会根源？最近已有舆论认为中东是继阿富汗战场之后的"国际反恐怖第二战场"，而2001年12月23日恐怖分子袭击印度议会大厦后，国际舆论又将关注焦点锁定在印是否会开辟"国际反恐怖第三战场"？从表面上看，这是反恐怖的"规则之争",其实也是"后9·11"国际秩序的"规则之争"。[7]国家关系的重新洗牌,外交成果的积淀,及相关反恐规则的确立,孕育着一个新的国际政治格局的出现。

第三,是反扩散问题。它是冷战后美国的主要国家战略目标之一。"9·11"事件使美国的军事聚焦点集中在打击塔利班和本·拉登上,尚未安排好地区性和全球性反扩散的议事日程。但阿富汗战场尘埃落定后,美国对伊拉克的打击本身就含有反扩散的安全战略目标。反扩散成为美头等重要的安全日程后,朝鲜半岛局势将非常令人担忧和关注。

中国与世界

中国申奥成功、正式加入WTO(世界贸易组织)以及在反恐问题上得到国际好评,既说明世界需要中国,也说明中国对国际政经事务也正在采取一种积极主动的"入世"姿态。因此,如何冷静观察世界,理性处理中国的对外关系,无疑是我们今天需要认真思考的问题。在作者看来,以下几点应该是明确的。

第一,国际关系今后的发展,仍然离不开综合实力对比这一重要基础。"一超多强"的关系即美国与诸强的关系仍是矛盾的焦点。它们利益交织、矛盾重叠。因为美国首先成为与各强的交织点和碰撞面,它与各强矛盾最大。中美关系的磕磕碰碰、美俄关系的虚虚实实、中日关系的停停走走、美印关系的冷冷热热都反映了这一点。

经过反恐战争的磨合,国际关系出现了一系列新的变化。美英关系、英俄关系、美俄关系在布莱尔的穿针引线、普京的柔道组合、小布什的强力作用下,发生了化学反应。美英"特殊关系"经受了"考验",美俄关系"由冷转热",英俄两国合作加强。更重要的是，英、俄在与美大幅改善关系的同时，自身的国际地位与影响亦随之提高。此外，德、法、日、印等群雄并起，国际影响也愈来愈大。这对世界事务而言，有利于形成"群言堂"局面。国际关系中另一个引人注目的变化，是美、印、巴关系在曲折中调整、平衡，变换主角。以美国为中心看，其南亚外交主要围绕"第一"和"唯一"两个轴心转动。"9·11"之前，美国发展对印关系，其政策思想是"印度第一"，但"并非唯一"。"9·11"之后，巴基斯坦地缘战略位置上升，成为美国南亚政策的"第一"，但并非"唯一"。美国同时取消了对印、巴的经济制裁，同时提升美印防务关系，"使本来可能需要一两年时间才能发生的转变在不到一个月内就取得了实质性进展"，从而使美得以运用因反恐战争而派生的对印巴的影响力，[8]折射出美国重塑南亚权力板块的用意。

第二，区域安全态势出现新演变。欧洲自冷战结束以来，其战略环境已出现很大变化。科索沃战争在欧盟内部打出了一个快速反应部队的建军思想，反恐战争则使欧盟加快了司法一体化的步伐。"9·11"之后，国际恐怖活动成为亚太地区面临的主要威胁之一，反恐、求稳成为各国安全领域的利益所在，从而对相关的地区热点问题及其走向产生深刻影响。美国搞"反恐划线"，将朝鲜半岛暂时划出重要的外交议程，美朝关系与朝韩关系正常化日程有所迟滞。南亚局势注入新变数，塔利班全线失利后，阿富汗的政权建设与印巴克什米尔争端上升为重要的安全课题。美国的安全关注点目前在内陆亚洲，但从长远看，东北亚地区的安全合作仍是大国关系的重要内容。

第三，中国应采取积极外交。一是中美关系，包括双边的政治、经济、军事和文化等层次。目前中美双边关系中仍有许多尚未解决的问题，这决定了今后中美关系会在曲折中调整、变动中发展。但令人欣慰的是，中美两国高层对双边关系的重要性及其在区域和世界事务中的影响都有清楚的认识，对两国关系对各自国内的影响也非常清楚，这决定了中美关系的前景是乐观的。"9·11"事件为中美关系合作提供了新的渠道和平台。如打击恐怖主义演绎出了反恐行动的呼应和中美在非传统安全领域的合作；在经济领域，中国加入WTO后，随着美国资本、金融、保险等进入中国市场，经济关系将成为中美全面关系中的一个稳定器。在区域经济中，目前中美有共同的利益，对区域经济合作的认识在加深，中国不会挑战美在亚太地区的既有利益等。在国际事务中，中国也不会成为现存的以美国为主导的国际政治经济秩序的挑战者和破坏者。中国提倡"入"字当头，"立"在其中，中国要成为现存世界政治经济组织的一员，谋取平等的地位。所以，中美关系只会发展，不会倒退。正如2002年2月21日江泽民主席与布什总统举行会谈时所指出的："30年前的今天，尼克松总统访华，中美两国领导人共同结束了两国相互隔绝的历史，开始了交流与合作的进程。他们的远见卓识和所迈出的步子已为历史所验证。30年后的今天，国际形势发生了深刻变化，但中美之间的共同利益和对世界和平肩负的共同责任不是减少了，而是增加了；中美关系的重要性不是下降了，而是上升了。世界期待中美两国在维护世界和平与稳定方面发挥应有的积极作用。"[9]

再就是与诸强的关系，包括中俄、中日、中欧等关系及中国与诸强在双边关系、区域合作和全球的战略稳定和经济发展等方面的关系。从中国外交看，中美关系是中国对外关系的重中之重，而中日、中俄、中欧关系则是必不可缺的。关于周边关系，关键是如何看待中国经济的发展。目前与周边国家的关系是新中国成立以来最好的，同时也是最复杂的。最好的方面表现在，中国已在逐步与一些国家解决领土问题，建立了互信、合作的关系。另一方面，周边国家对中国经济发展的担心也在明显加深。中国作为一个负责任的大国，应该对周边国家增信释疑，解释中国与它们合作的目的；同时要与周边国家分享经济发展的红利，中国应该成为周边国家商品发展的"吸收器"和金融"稳定器"。中国提出"10＋1"合作机制、中国和东盟的地区合作计划的尽早实现，可让东盟国家放心。在东北亚地区要继续加强中日韩合作，2002年是中日邦交30周年，应加快两国社会关系的发展，增进互信，不要使两国关系成为历史问题的牺牲品，还可以推进两国在安全领域的合作。2002年是中韩建交10周年，在继续推进经济合作的同时，应当增进安全领域的合作。中日韩对东北亚地区甚至整个亚太地区的经济发展都应形成一种合力，起到积极的推动作用。

注　释：

[1] 纽先钟：《21世纪的战略前瞻》第1章，台湾麦田出版社1999年版。

[2] 刘华秋：《局部紧张，总体缓和》，《解放日报》2001年12月30日。

[3] 美《华尔街日报》2001年12月18日。

[4] 马荣升文章，香港《广角镜》（月刊）2001年12月30日。

[5] 吸取了本所学者务虚研讨的观点。

[6] 转引自纽先钟著《21世纪的战略前瞻》第3章，第49页。

[7] 《"9·11"后国际形势回顾与展望》，《解放日报》2001年12月29日。

[8] 美驻印大使布莱尔·威尔，《华盛顿邮报》2001年12月18日。

[9] 《人民日报》2002年2月21日。

《信息革命与国际关系》序 * ▌

　　"突如其来的激烈重大变革，历史学家称之为革命"；"革命的效果足以导致旧权力结构崩溃，新权力结构兴起，而产生革命的触媒通常是技术"。[1] "信息革命"即是一场如此性质的"革命"，它革的是相对意义上"机械化"之命，及其局限于生产现场的经济活动之命。如果说 20 世纪 50 年代美国领导的工业自动化带来的是"规模经济效益"，80 年代以日本为先锋的 ME 化产生的是"范围经济效益"的话，那么，目前方兴未艾的信息革命所带来的则是"连接效益"或"网络效益"。它是人类在登上"文明山脉"最高峰的"工业时代"之后，又一次峰回路转的时代变迁。

　　鉴于它将对政治、经济、社会、军事活动产生巨大的影响，并开创一个新的天地，因而人们从各个角度提出了一系列对信息革命的全新看法，形成了新型的"信观念"。2000 年在日本冲绳举行的西方发达国家首脑会议因信息技术被列为重要日程，被称之为"IT 峰会"（IT，信息技术）。因这场革命的突发性，以至举办国的森喜朗首相，误将"IT"念成了"it"。

---

　　* 中国现代国际关系研究所：《信息革命与国际关系》，时事出版社 2002 年版。

若把这场革命置于国际关系的大背景下观察，则可发现信息技术对一国的政策、政党、政体、政府的影响不谓不大；进而也对国家主权、国家关系、外交格局、地区合作、世界政治、世界市场产生影响，在总体上牵动国际战略格局发生重大改变，引起权势结构的重大变动。"革命者"将因"信功能"的强大而推动综合国力与国际地位的大幅增强、上升；"反革命"则将因"信功能"软弱导致国力地基下沉而边缘化，其战略与安全意义更以其广泛而深刻的影响力受世界瞩目。"制信息权者，制世界"，这一经典大战略意识，已成为各大国决策层的安全思维。

我们已知，"工业时代的世界秩序建立在三个支柱之上，即国家主权、国家经济、国家军事权力"。[2]主权所折射的是民族国家与领土，经济与军事权力所折射的几乎都是物质因素。在信息时代，信息成为战略资产，是一个与工业、农业、贸易、金融、军事、土地、人口、地缘同等或更重要的硬国力因素；以及与文化、文明、教育、思想、民族凝聚力等相提并论的软国力要素。所以，信息革命能够超越传统的"富国强兵"或"殖产兴业"的国策思想，提供一个增强国家权力的历史性机遇。

各国的国家经济发展战略或地区经济合作构想都是"E"味十足。在美国，从克林顿时期起，就提出了"国家信息基础设施"与"信息高速公路"构想，日本的"E列岛"构想，都有异曲同工之妙；即通过构筑信息社会的基础设施，培育具有国际竞争力的新一代产业，获取最佳经济、军事效益。印度是发展中国家IT革命的新秀，自20世纪90年代以来，印度IT产业迅猛发展、企业利润骤增、内需扩大、出口飙升，牵动印度经济走出了"高成本、低速度"的慢车道，以至印度人自豪地把"IT"解释为"印度之明天"。

IT的发展及其在此基础上形成的洲际网络，在很大程度上演绎了传统的地缘政治、地缘经济的概念,已经成为国际战略场中的一个愈益重要的权势因素,全球网络化所衍生的信息边界问题"改变了由领土、领海、领空构成的国家空间的结构"[3],或已成为有可能与陆权、海权、空权、天权以及金融权力相并列的另一个安全空间,因而也顺理成章地成为"大国家安全"或综合安全概念中的一个重要组成部分。

如果说,迄今为止,大国兴衰在很大程度上仍与海权或陆权之掌控密切相关的话,今后大国国际地位之沉浮要靠"制信息权",即国家间的信息霸权争夺战,将替代传统的对土地、矿产资源的争夺。围绕"制信息权"——信息主权、信息技术、信息资源、信息安全人才、信息规则的竞争与争夺也日趋激烈,从而使信息安全上升为国家安全战略的新重心。为此,世界各国都越来越清楚地看到发展信息技术的重要性,以"制信息权"为核心、面向 21 世纪的国家信息战略也被提上各大国的安全规划日程。美国是从关乎国家安全的战略高度来注重信息革命的。在当今的信息技术领域,美国居绝对之优势。这种"美国第一",实际上包括了多方面的内容:

其一是信息技术的发展优势以及衍生的与别国的差距(有的称之为"信息鸿沟")。在硬件开发上,除 CPU(中央处理器)制造技术日本领先外,美国遥遥领先;在软件开发上美国亦拔头筹。

其二是信息产业的竞争优势,及利用信息技术推进产业结构的年轻化、专业化、知识化,进而建立"知本经济"或"新经济",强化对外竞争力。IT 革命对社会整体生产力的推动,主要是靠所有产业与之"信交"来节约流通经费,进而提高生产率来实现的。据估算,在泡沫经济顶峰的 1990 年,一度跃居世界第三位的日本经济的潜在竞争力,今日因 IT 化的滞后而滑坡到第 16

位。中国 IT 产业与世界的差距也很大，2001 年中美 GDP 的比例是 1∶7，但从 IT 总的需求量或者总的产值来看，美国是 4000 亿美元，中国是 186 亿美元，比例是 23∶1，这表明中国的 IT 应用水平与发达国家差距颇大。[4]

其三是对信息使用或交换、传递规则的制定及掌握、对制度的国际协调的优势，以美国标准来指导、规范全世界的"信行为"。因为率先者通常就是标准的制定者和信息系统的设计者。如在因特网上使用英语和高级区域命名方式。

其四是网络安全优势。该领域的"大腕儿"，多为情报、国防、治安、科研等国家安全部门（CIA、FBI）的要人，其国家安全与战略视野决定他们对此的高度重视及远见，因而其安全系数也远远高于仅限于在企业、大学搞商业开发的日本。

当日本意识到本国的 IT 水平落后于美国，甚至落后于韩国时，不失时机地提出了新的赶超与发展战略。在 2000 年 8 月 30 日召开的 IT 战略会议上，开始研讨独具日本特色的 IT 国家战略。2001 年 1 月，政府的"IT 战略总部"提出了该领域的大战略思想，欲通过实施"E 日本战略"使日本列岛 IT 化，使日本成为世界最强的 IT 大国。其政策主攻方向有四：整治超高速网络基础设施；普及电子商务；建立电子政府；强化人才培养。据专家预计，为期 5 年（2001－2005）的"电化"计划，可创造 100－200 万亿日元；可与英国或德国 GDP 相匹敌的市场需求，成为替代传统以钢筋水泥为主的公共投资、扮演经济再生的起爆剂。

与此同时，信息革命的展开，也对现代社会带来空前的脆弱性与威胁性。一方面，通讯、交通、金融、教育等社会生活系统已普遍"触电"；另一方面，商业交易、行政管理、军事指挥也越发"信感"。国家与社会的高度"E"化，实际上也是隐形敌手香甜的饵食。在一个社会信息化程度很高的国家里，一旦受到犯罪组织和国际恐怖分子的袭击，极易出现混乱，引发危机。其后果之灾难性，远远将超过地震、石油涨价、银行呆账、金融风暴冲击。所以，在现代社会中，防患网络犯罪与网络恐怖甚至网络战争，已成为国家层面的重要安全课题。

　　基于如上思考，中国现代国际关系研究所于近年成立了信息安全研究室，从事该领域研究的学者频繁地与国内外专家交流，力图从 IT 革命对国家安全、社会发展、全球经济的影响等多种角度，解析这一更趋复杂的"新安全方程式"。本书即反映了他们对信息革命与国际关系演变的诸多分析，其中的观点和文字难免有不当之处，敬请读者指正。

2002 年 6 月 12 日于京西万寿寺

注　释：

[1] 纽先钟：《21 世纪的战略前瞻》，台湾麦田出版社 1999 年版，第 135 页。

[2] 纽先钟：《21 世纪的战略前瞻》，台湾麦田出版社 1999 年版，第 136 页。

[3] 沈伟光：《信息安全人才培养迫在眉睫》，《光明日报》2002 年 4 月 30 日。

[4] 杨古：《成功源自中国 IT 业的蓬勃发展》，《光明日报》2002 年 6 月 12 日。

《中日关系三十年
（1972～2002）》序 *

——把握变化，重视未来：
中日建交三十周年回顾与前瞻

中国与日本在历史上既有过浪漫，也动过干戈。从中我们可以得到的经验教训是：和则两利，斗则俱伤。回顾和总结历史，目的是着眼未来。

三十年起伏变化

今年是中日建交 30 周年，明年是《中日和平条约》缔结 25 周年。这都是中日关系史上值得纪念的非常重要的日子。总结 30 年来两国关系的转承启合，结合这种关系的发展特点，大致可以划分为三个阶段。

第一个阶段从 1972 年建交到 80 年代初，是双方的蜜月期。奠定这种密切关系基础的因素很多，但国内外学术界比较一致的

---

* 徐之先主编：《中日关系三十年（1972—2002）》，时事出版社 2002 年版。

看法主要有三根支柱：一是战略合作支柱。20 世纪 70 年代，国际战略态势是苏攻美守，苏联的霸权主义随其 1979 入侵阿富汗更发展到了恶性膨胀的程度，进而成为当时国际和平的最大威胁。作为同与苏联存在领土问题的中国与日本，共同反对苏联霸权主义便成为双方的最大利益，因而很自然地成为双方合作的战略基础，抑或说是一个大的安全器。当时，不仅限于中日关系，对于中美关系、中美日关系来说，共同防苏和联手反苏都是促进相互合作的一个重要战略条件。二是历史问题产生的积极作用。当时日本政界大多数人对那场日本侵华战争抱有很强的负罪感，因此决心通过建交为推动中日关系作出贡献。这种心态对日本各界产生了重要影响，一大批政界、财界、经济界的有识之士都在积极从事推动中日关系的工作。当时有一种说法称，中日关系实际上就是日日关系，即日本国内的党派政治关系。围绕对中日关系的态度，当时日本政界内部确实出现了两派势力的分野，但对推动中日关系发展持积极态度的力量，无论是日本政界，还是学界、财界，都绝对是居于主流。由此也可看出，在相关历史问题上抱持何种态度对于中日关系具有何等重要的影响。三是贸易支柱。日本属于外向型经济，开拓海外市场尤其是中国这一待开发市场，对于其经济发展自然具有重要意义；中国当时更是百废待兴，专心于经济建设，并将学习的对象首先集中在了中国的近邻日本身上，同时积极争取来自日本的官方援助、直接投资、技术转让等。正是这种相互的需求，双方的经贸合作从民间往来开始，建交以后转为官方合作，贸易额从 1972 年起迅猛增长。总之，上述三个支柱基本撑起了这段时期中日关系健康发展的根基。

第二个阶段是冷战结束至 90 年代初，双方关系进入不稳定期。这种不稳定，主要源于支撑第一阶段中日关系的内在动因发生了很大变化。首先，随着苏联的解体，苏联因素在中日关系中消失，中国作为防止苏联南下的万里长城的战略价值，在日本决策者那里明显变质。正如这一时期的中美关系一样，中日关系也处于一种调整状态，缺乏新的战略基础的中日关系亦随之进入不稳定期。其次，一个更重要的原因是日本国内政界发生了很大变化，新老交替步伐加快，一大批新生代政治家陆续步上政坛。这批人虽孕育产生于既有的政治土壤和政治文化中，带有日本旧体制的烙印，但由于成长的国际、国内环境与老一代政治家不同，加之持有较强的个人主义价值观，完全没有为了国家而怎么样的想法，更没有为别的国家做些什么的感情基础。对侵华战争基本上没有日本老一代政治家那种负罪感。这导致日本国内积极发展对华关系的力量遭到削弱，围绕中日历史问题出现了教科书问题、参拜靖国神社问题等一系列有负面影响的事情。第三，在经贸方面，随着双边贸易规模的扩大，在中国实力增强和日本经济萧条的背景下，双方时有摩擦。这些因素造成了中日关系在冷战之后出现了一段时间的停滞，进入了一个不稳定的阶段。

第三个阶段是中日关系的更新期。这个阶段与第二阶段没有明显的划分，可以说是第二个阶段的延续，因为冷战后的负面影响这时仍然存在，仍主导着两国关系的发展。但是，同第二个阶段相比也出现了很大的不同，这就是中日双方开始致力于推进新形势下的双边关系发展，寻求一些新的发展动力。为解决相互信任问题，中日双方积极开展各个领域的实质性接触，建立磋商机制，其中中日外交磋商机制已经建立，经济领域的磋商机制也呼之欲出，在安全领域也有一定级别的官员会晤。除第一轨道外，第二轨道的接触也在加大、深化。2002 年中日学者间正式启动了一个重要交流轨道，即研究探讨中日关系与台湾问题，这在过去是没有的。学者交流虽然作为第二轨道，但很多成员来自官方，这有助于缩小双方的歧异，促进相互间的信任。在这个阶段，还有一个很大的不同，就是中日的合作领域和范围在扩大。首先表现在双方积极寻求安全领域的合作，其中最重要的是 2000 年 10 月朱镕基总理访问日本时，提出实现双方军舰互访，推动双方在安全领域的对话。后虽因历史问题的干扰（小泉参拜靖国神社）未能实现，但双方致力于安全领域直接交流的热情始终未减。其次，表现在双方加强在地区事务中的合作上，如积极推动中日韩之间的合作，建立在"10 + 3"框架下的合作等。

正视现实

从发展的视角分析，"远即美、近即丑"这句中国的古话可以反映中日关系变化的一大特点。当双方蒙着面纱，或正面接触较少的时候，都对对方有一个美好的憧憬和印象。但是经过大量接触和直接的交往之后，双方会发现对方的问题越来越多。如中国文化、文明与自然魅力在日本人眼中逐渐减少，而中国人对日本的经济神话、安全神话、抗震神话的认识也在发生变化。此外，与"远即美、近即丑"相对应的是"亲兄弟、明算账"的问题。随着中国经济的快速增长和综合国力的提高，日本人开始对中国算人情账、经济账、贸易账等等，算得比较多的是援助账，认为日本提供了这么多的经济开发援助，帮助中国沿海地区建立起了经济发展所需的基础设施，中国应该表示感谢。

政治关系和经济关系发展的不对称性，或者可以说是某种程度上的经高政低，是中日关系的又一大特点。目前双方的贸易额接近 900 亿美元，经贸合作规模相当大，是全方位的发展。在政治领域，双方互为最重要的邻国，最高领导人互访非常频繁，外交层面、经济层面的交往也很密切，两国之间的游客来往数量相当多。但相对于双方的贸易规模和经济关系而言，政治关系还未达到一定高度，问题仍然很多。关键是存在一个信任问题，而信任的背后还是历史的阴影。实际上，中日政治关系一直受到历史问题的影响。

两国由于社会制度、意识形态、发展阶段的不同，加上世界观、安全观、人权观、主权观方面的分歧，以及日本国内一些不负责任的媒体的渲染和炒作，如提出所谓的"中国威胁论"等等，导致双方之间不断的猜疑。我们看到，即使在中日建交30周年之际，一方面是两国都安排了大量庆祝活动，包括民间团体、学术界、文艺团体、教育团体、友好城市之间的庆祝活动，搞得热火朝天；但另一方面却是日本舆论在所谓的中国冷冻菠菜残留农药问题、减肥药致人死地问题、沈阳总领馆闯馆事件等问题上炒作得近乎反常。

分析中日关系目前的基本特征，我们应该清醒地认识到两国各自的发展状况对这种关系的影响。从日本方面看，日本国家发展10年的颠簸对中日关系确有较多不利影响。

从1993年迄今的整整10年，可以说日本是漂流、动荡、颠簸、改革、迷茫的10年。它既是日本社会大变革、调整国家航向的10年，也是日本为适应冷战后国际战略格局变动而苦斗的10年。在这10年内，日本基本上是政权寿命短、停滞时间长、有得有失、有破有立。这是百年不遇的大变革。

15年前，当日本处在泡沫经济巅峰的时候，美国学者保罗·肯尼迪拿出了他的成名之作《大国兴衰》，该书预测日本将在21世纪争夺霸权，并提出了如下5点依据：政府的指导性产业政策；雄厚的研究开发实力；居高不下的储蓄率；政府实行的有效规则；高质量的劳动力。然而人们在今天重温书中观点时发现，除了高储蓄率还令日本人自豪外，其它的光环已经黯然失色。

　　经济上经历了失去的 10 年：随着泡沫经济崩溃以后，日本经济处在一个经济体制、产业结构的大调整过程，这种调整并不顺畅，导致经济 10 年来一蹶不振；银行坏账居高不下，私人消费低迷不起，设备投资连续徘徊。但同时也应看到，日本今天的制造工业的实力仍不可小视。一位颇有影响的日本专栏作家寺岛实郎曾撰文写道，在被认为失去的 10 年中，日本的贸易收支盈余累计高达 1.25 万亿美元，世界经济村的出口专业户仍非日本莫属。

　　政治上是溶解的 10 年：政治家新老交替，执政党离散聚合；长期执政的自民党保质期已过，其支持基础（农民、中小企业职员等）日益缩小。一位比日本人还熟悉日本政治的美国著名政治学家 G. 科蒂斯一针见血地指出：如今的自民党正走着与原社会党走向自我毁灭非常相似的路子；因为自民党正从包容一切的政党变成代表面日益狭窄的政党。

　　尽管政治中枢的永田町涛声依旧，但该党新生代议员为主的第二梯队，以及蠢蠢欲动的新右翼已经准备登船抢舵。时至今日，需要解答的是，面对已失去 10 年的日本，今后会否出现失去 20 年。

　　思潮上是保守化的 10 年：在 1999 年春夏的国会中，接二连三地通过了《日美防卫合作指针》相关法案、《国旗国歌法》、《通讯监听法》、《宪法调查会设置法》，面对长期的动荡，日本国民好比处在一个看不见出口的废坑道之中，充满焦虑、不满、急躁；挫折感、沮丧感好像积聚在地表之下、快速流动的岩浆，一旦找到出口，即会喷薄而出。受这种强烈民族主义思潮的影响，标榜改变自民党、改变日本的小泉纯一郎与标榜改变东京都、改变日本的石原慎太郎分别成为偶像人物，得到国民的压倒性支持。在政坛上，极右势力正逐步向执政权力中枢靠拢，有识之士担心法国的勒庞现象可能在日本重演。

行政上是权限大移动的 10 年：战后，在自民党长期执政形成的权力结构中，内阁会议决定的事项事先需要在事务次官会议上得到全体一致承认才能提交，真正的行政权是由官僚机构掌握的。官僚机构与自民党的政务调查会的各种小委员会结成轴心，把持着决策大权。近两年来，日本积极推进行政改革、政治改革与公务员制度改革，由此将行政权力从官僚向政治家移交；从中央向地方分散，以中央省厅各部门的精简重组为契机，日本的内阁机能得到大幅度强化。即把战后长期形成的国家上层权力的平台型构造改变为以首相为顶点的金字塔形，以内阁府为标志，建立了日本国家经略的司令塔，首相官邸有逐步发展为白宫的势头。

安全上是跃进的 10 年：作为一个活跃的战略角色，日本即将迈入普通国家的门槛。从上世纪 90 年代后期以来，日本借船出海，利用国际环境变化的风向，以及美国亚太安全战略中促日本进一步发挥安全作用的推力，实现了安全战略的三级跳。1999 年夏，日本通过了《日美防卫合作指针》相关法案，日本自卫队得以以此为跳板、以配合美军作战为由，将军力投放到太平洋地区。2001 年"9·11"事件的发生，使日本抓住机会，于同年 10 月迅速通过《反恐怖特别措施三法》，从而使自卫队舰只游弋于印度洋，完成了海湾战争以来历届内阁的安全战略目标。2002 年 4 月，日本国会开始讨论《紧急事态法》等战争法案。这一法案规定首相拥有在紧急事态下，不经过作为军事危机管理机制职能的安全保障会议和内阁，直接下令调动军队的权力。以战时立法形式突破宪法和国会限制的意图十分明显。有观点把日美安全关系视为防范日本军国主义复活的瓶盖，但实际上，日本的和平宪法才是更安全的瓶盖。

目前，小泉内阁在推进改革方面，遇到几股强大的阻力：首先是国会中代表既得利益的道路帮、农林帮与邮政帮。这些帮议员多来自自民党的大派，他们与特定官厅保持密切的关系，并在这些官厅的权限管辖领域拥有很大的影响力，扮演着特殊利益集团代言人的角色。为防止因改革触及既得利益而导致票田水土流失，他们正拉帮结伙与小泉讨价还价、抬高筹码，小泉进退维谷。如围绕本届延期国会最大焦点的《邮政相关法案》，两股势力争斗长达两个多月，小泉曾扬言，在此问题上不是自民党摧毁小泉内阁，就是小泉内阁击溃自民党，但从目前看小泉已从强硬立场后退，有向邮政帮妥协的迹象。这种要面子、不要里子的做法，势必将严重影响小泉政权的改革形象。其次，小泉的政治信任度下降。一年多来，日本政坛丑闻不断：加藤一、铃木宗男、井上裕等自民党大佬均因金钱而落马，舆论严厉追究政客的道德、政官粘连关系及小泉的用人责任。再次，处于决策中枢的要人不断出现乱放炮现象。从以上情况看，有媒体认为，小泉政权已出现森喜朗政权的末期征候。美欧媒体为此毫不客气地说，小泉是未能实现改革目标的日本的戈尔巴乔夫。

一年多之前，当小泉走上政治 T 型舞台时，与任何政权同样，是以强调与前政权的不同政策色彩来作秀的。但小泉没有意识到，他与 1993 年以来的几届内阁走的是同一条政治不归路。如小泉推行的邮政储蓄民营化与桥本龙太郎的金融大爆炸一脉相承；小泉对特殊法人的"关停并转"是桥本、森喜朗内阁中央省厅改革的延伸；森喜朗政权推出的 IT 战略则是小泉内阁重振经济战略的支柱。小泉可能会以痛苦先生在历史上留名。正如一些学者所预言，对小泉的评估可以高，但对小泉的期待不可过高。

上述经济、政治、思潮、军事及行政上的大变化等综合因素决定了日本在对华政策上的不稳定性。狭隘的民族主义情绪使得诸如沈阳闯馆事件等往往成为日本朝野宣泄心中郁闷的一种出口；日本政界能够在中日关系上负责任说话的人越来越少，而极端民族主义势力、对国家利益不负责任的政客则大有市场。

从中国方面看，中国的经济发展和中国在世界上的崛起对中日关系更多应是积极影响：

第一，中日综合国力接近有利于形成均衡，可稳定中日关系。从历史上看，中日综合国力变化有三个大的阶段。从隋朝到1894 年中日甲午战争爆发是第一个阶段。这个阶段基本上是中强日弱，隋朝时期日本派遣大量使者到中国学习文化和科学技术，唐朝时期又有大量的遣唐使，这些都表明了当时中国国力的强盛。中日甲午战争之后，基本上是日强中弱，这个态势一直持续到上个世纪的 80 年代。多数学者、专家认为，此后至今，甚至在今后一个较长时期内，可能是一个中日在综合国力上强强并存时期。单从经济上讲，中国经济要赶超日本还需有数十年的时间，但在综合国力上中国和日本可能进入一个强强并存的时代。衡量综合国力的因素很多，包括国土面积、人口素质、民族凝聚力、经济发展潜力等等。

第二，日本坚持走和平发展道路，大多数国民爱好和平，成为亚太地区稳定的宝贵公共财产；中国坚持和平方略，中国的崛起是和平崛起，中日两国和平相处本身就是地区稳定的重要因素。

第三，与日本经济 10 年沉寂相比，中国经济是高速增长的10 年，这为日本提供了一个历史性的发展机遇。日本名列第一一类的书已从日本人的书架上拿了下来，代之以摆上了以中国为题材的书籍，如《转向中国》、《中国制造》、《中国制造的冲击》等。这些书代表了人们两种心态，一是看到了中国市场对日本的历史性机遇，呼吁日本到中国去投资、经商，或同中国结成互补性贸易投资关系。另一种心态，则是担心日本的资金、产业流向中国，日本会出现产业空心化的危险。但许多有识之士认为，这种影响实际上是不存在的，日本经济的空心化实际来自它从上个世纪80年代自身产业结构调整的滞后、对国内低效高成本落后产业的过度保护，以及日本政界、财界过多的保护主义。正如小泉首相在博鳌论坛所讲，中国经济不是威胁。我想这种观点代表了日本决策层正确的中国观。

第四，两国在推动地区经济合作方面具有正面意义。如中日韩经贸合作、中日韩和东盟国家之间的经贸合作。日本赞同中国和东盟建立"10＋1"自由贸易区，中国也不会反对日本在亚太地区开展多边贸易合作。除此之外，中国和日本在金融方面也出现了积极的合作，如中日已经签订了货币互换协议，双方承诺一旦一方遭到金融风暴的袭击，另一方则利用本国的金融力量给对方以稳定支持。有分析家认为，这种合作实际上已经超出了纯经济上的意义，含有更深刻的政治含义。

第五，中国的崛起对日本外交的多方位调整是一种正面影响。战后长期以来，日本外交以对美关系为基轴，或说是对美一边倒，对亚洲外交只是日本对美外交的一个补充。今后日本对亚洲外交有了一个更大的回旋空间，日本可以在继续维持对美基轴关系的同时，加大对亚洲外交的力度。因为没有中国的崛起，或没有中美关系的稳定，也就无从谈起中日美关系或地区安全合作。

着眼未来

正视现实才能更好地着眼未来。经过建交后30年的发展，双方关系的确存在着不少问题。这种客观情况的发生需要中日双方提出对策建议，如果突破了这些瓶颈，中日关系将走上一条新的、宽阔的发展道路。从建交不久就存在这样一种基本看法：中日关系是一种合则两利、斗则俱伤的双边关系。这种判断现在仍然起作用，有远见的政治家和冷静的学者都看到了这一点。从经贸上看，双方的需求基本上是一种互惠的关系。中日全年 900 亿美元的贸易额基本上平衡。日本是中国最大的贸易伙伴，中国是日本第二大贸易伙伴和最重要的商品出口国之一。此外，中国需要来自日本的直接投资。中国的经济分为两大块，一是沿海经济，二是内陆经济，内陆地区的开发需要来自日本的国家资本和民间资本的参与。中国从 1979 年开始利用日元贷款，至今已利用了 4 批，累计总额不小，主要用于交通、能源等基础设施建设的重点骨干项目。日本政府除了向中国提供低息日元贷款之外，还从 1981 年开始向中国提供了 98 个无偿援助项目，金额颇高，居向中国提供无偿援助国家之首。这些援助对中国的经济建设起到了良好的促进作用。从日本角度看，中国经济发展为日本提供了广阔的商品与资本市场，没有中国这么大的市场，日本经济会出现更严重的生产过剩和资本过剩。据中国政府有关部门统计，截至 2000 年 7 月底，日本企业在中国直接投资的项目为 19542 个，合同投资总额为 370.26 亿美元，实际投资资金总额达 265.80 亿美元，在各国（地区）对华直接投资中名列第三，仅次于香港和美国。中国投资环境的改善，使日本绝大部分在华投资企业获得了丰厚的回报。经贸领域虽是双边关系的一个重要支柱，但不是全部内容，900 亿美元的贸易额并不能独立支撑中日关系的大厦。1996 年，中日贸易规模达 600 亿美元，当时是历史最高记录，但这一年中日政治关系是建交以后最差的。这说明经济关系的发展未必自然会带来政治关系的同步发展。中日经贸合作的重要性在于它对政治关系的调节作用，可以减缓、防范中日政治关系的恶化。换言之，如果两国今天没有高达 900 亿美元贸易规模的话，两国的摩擦可能会更大一些。

总结过去 30 年的经验，展望今后的发展，双方在以下几个方面需要有突破：

首先，要解决相互信任问题，真正让中日人民互相客观地了解对方，对对方有一个正确、客观的认识，这可以抵消或减少"近即丑"的负面影响。在这方面迄今双方已经做了大量工作，今后还需要继续推动。其中双方媒体的作用很重要。其次，应在各个领域建立经常性的第一和第二交流渠道。第一渠道包括继续保持在安全领域和外交领域的磋商机制，尽早建立经济领域的磋商机制。第二渠道的交流应该保持一定的密度和频率，使双方能够加大沟通和交换意见的力度。第三，强化地区事务合作这一动力。中日建交 30 年后的今天，双方合作的范围已经超出了纯双边的范围，并向地区事务层次的合作范围发展，这种合作是一种积极的推动力，应该成为支撑双边关系在较长时间内发展的基础。从而使中日关系从双边走向地区，真正实现亚太地区中的中日关系。中日韩之间可在经济界、政界、官员和学术界建立定期论坛。

从地缘政治上看，中日互为重要邻国，周边安全离不开稳定的、发展的中日关系，这应是双方的一个基本认识。为此，双方还需要在以下三个方面做出努力：

首先，推动中日美三边关系的平衡发展。中日签订了"和平友好条约"，同时又都面临着一个和美国的关系。日美是安全同盟关系，中美是建设性合作伙伴关系。这里面每对双边关系如果静止地来看都没有问题，但把这三个双边关系联系起来看，就出现了战略上的潜在冲突和逻辑上的矛盾，因为日美安全关系的周边条约，是把中国作为假想敌。作为一个和平条约的对象成为另一个双边关系中的假想敌国，这本身就存在着不对等的因素，或说是埋下了潜在的导火索。所以，从中日关系的长期发展来看，日美安全同盟应该与时俱进，弱化其中的安全因素，而加强其政治合作因素。如果有一天日美同盟变成日美友好条约的话，中日友好条约与之是可以联系起来的，中国可以加入已经改变性质的日美同盟，那时的中日关系可能会获得一个更直接的推动力。

其次，积极开拓新的合作领域。从今后看，中日在地区问题上，有几个大的合作领域，如能源合作。中国已经成为世界上数一数二的能源消费大国，日本也是世界上的能源消费大国，这两个国家如何确保它们的石油来源，如何确保它们石油供应渠道的稳定，如何稳定世界石油市场油价，都是应该进行很好磋商的问题。此外，还有亚太地区的环境保护合作、亚太地区的金融合作等，都是中日关系长期发展中的一些重要课题。

最后，妥善处理双边关系中的敏感问题。我曾经在其他文章中谈到中日之间的四个大问题，其中的两个，一是台湾问题，二是历史教科书问题。历史问题从现在看更加明显是中日关系的一个瓶颈。这并不是中国人总想用历史问题敲打日本人。江泽民主席曾经说，以史为鉴，面向未来。以史为鉴是借历史这面镜子来矫正国家走向的偏差，并不是要让双边关系永远停留在那一段阴影下面，而是要走出历史阴影，面向一个更美好的未来。这需要日本政治家拿出勇气来。在台湾问题上，日本一定要有一个清醒的认识，台湾实际上想把日本卷入中国大陆与台湾的冲突中去。台湾在不断对日本施加压力，宣扬大陆如何欺负日本，意思是日本软弱。这种手法就是挑拨中日关系。日本不要为陈水扁最近出台的"一边一国论"所迷惑，在李登辉访日等敏感问题上一定要慎之又慎。

《周边地区民族宗教问题透视》序[*]

有人说"欧亚大陆是地球宽阔的胸膛"。那么，源自中国的古丝绸之路，及其延伸到欧亚大陆各个角落的分支，就是这"广阔胸膛"的经络血脉。一部浩繁的丝路春秋史，不仅仅是盐茶丝瓷、汗血葡萄的通商史，也是宗教、文化吸收融合的交流史。

这条连接欧亚的纽带，历史上经历过无数次民族大迁移和大规模的征伐战争。战争和征服是野蛮残酷的，但往往也会"干戈化玉帛"，不同文化的相互碰撞及进一步融合，导致丝绸之路沿途地区不同人种、语言、文化的交错重叠。可以形象地说，丝路地区，尤其是历史上东西方民族、文化碰撞最激烈的中亚地区，是"文明大广场"，是"民族博物馆"。世界性的宗教，诸如佛教、基督教、伊斯兰教等都先后传入这一地区，并且与当地原有的宗教文化广泛地融合，形成了地区色彩浓厚的宗教信仰和民族文化。[1]

历史远去了，但漫长的丝路上却留下深远的足迹。这些历史和文明的遗迹，仿佛是一个年老而睿智的向导，悠悠地把我们带

　＊　中国现代国际关系研究所民族与宗教研究中心：《周边地区民族与宗教问题透视》，时事出版社 2002 年版。

进遥远的历史空间。凭吊一座废墟，宛若走进一座城市、一个国家、一个王朝；摩挲一件兵戈，犹如置身于古战场的大漠烽烟之中。凭借古代文明的碎片，我们有可能描绘历史发展的轨迹，触摸历史跳动的脉搏。[2]

从 20 世纪中、后期起，欧亚大陆上接连爆发了一系列足以改变地缘政治格局的"宗教革命"。1979 年伊朗宗教领袖霍梅尼领导了伊斯兰革命，建立了伊斯兰共和国；1981 年阿富汗游击队发动反苏"圣战"，1989 年苏联撤军后，塔利班乘势而起、乱中夺权；同年极端分子在埃及暗杀萨达特总统，显示出埃及国内极端势力对世俗政权的严重威胁；90 年代初，土耳其的"繁荣党"势力迅猛发展，1998 年该党虽被定性为违宪而解散，但由此可明显看出土耳其奉为立国之基的"凯末尔主义"受到了严重挑战。在印度 1996、1998、1999 年的三次大选中，印度人民党连续三次蝉联第一大党，分析家的一致看法是，"该党是一个具有浓厚民族主义印度教教派色彩的政党，它通过唤起广大民众对印度教传统文化的热忱而赢得了政治上的支持。"[3]

冷战结束之后，在中国的周边国家中，阿富汗、塔吉克斯坦、吉尔吉斯斯坦、乌兹别克斯坦、哈萨克斯坦、俄罗斯、巴基斯坦、印度、印度尼西亚都曾因民族与宗教矛盾而爆发过冲突。分裂主义、极端主义、恐怖主义的作乱，一度使中国周边地区这一传统安全棋盘出现了新的态势。中国、俄罗斯、中亚五国都明显地感受到极端主义势力对国家安全与社会稳定的危害。

震惊中外的"9·11"恐怖袭击事件，使国际战略背景出现了新的色彩，甚至驱动了"时代"在某种程度或意义上的变化；美国在阿富汗发动反恐战争，使我国周边安全环境发生了较大变化。国际形势风云陡变，一方面显示出宗教与国际政治关系的愈益复杂，另一方面还折射出宗教因素对国际政治格局与地缘战略形势的巨大影响。它促使人们思考，宗教这股力量究竟会将本地区或世界引向何方？

专家认为，从地理和文化两个角度看，边疆既是一个地理上的分界线，又是一个不同文明、文化之间的分界线，它是随着国家文明、民族文化的形成和发展而逐渐由模糊变得明确起来的。中国的边疆地区都是少数民族集中聚居地区，宗教文化构成边疆地区社会生活的组成部分，尤其是在西部地区的少数民族中，宗教信仰是其民族文化的重要组成部分。

中国边疆地区地域广阔，民族众多，不同民族间的血缘关系以及历史渊源纷繁芜杂。这些跨界民族是在殖民者入侵中国及其周边国家的过程中形成的，这种现象又增加了中国边疆地区民族问题的复杂性，[4]进而导致了我国与周边国家"文化边境线"上的一些"模糊地带"的产生。而围绕这些"模糊地带"发生的民族关系问题，自然就成为我国与周边诸国之间多方面关系的重要一环。

我们研究中国周边地区的民族宗教问题，一方面是要展现中华文化的和平本质，推进中华文化与周边国家各民族文化融合，建立互相借鉴的"文化纽带"，进而为营造和平与发展的周边或国际环境创造条件。另一方面，则是强调民族团结是一个关系国家稳定和繁荣的重大问题，各民族必须以平等、谦虚的态度进行"文明对话"。

正如2002年8月国务院总理朱镕基在会见第十一世班禅额尔德尼·确吉杰布时的讲话中所说："维护我国的民族团结，使大家认识到五十六个民族谁也离不开谁，汉族离不开少数民族，少数民族离不开汉族，各少数民族之间谁也相互离不开的观念已经深入人心。信仰宗教的人和不信仰宗教的人，信这种宗教的人和信那种宗教的人，团结合作，互相尊重。"[5]

中国现代国际关系研究所于 2000 年初正式成立了"民族与宗教研究中心"，并于翌年出版了《全球民族问题大聚焦》一书，受到各界好评。受其鼓舞，并为加强及深化对民族、宗教问题之研究，该中心在不长的时间里，又集中力量，一气呵成了《周边地区民族宗教问题透视》一书。

这本书是该中心专家长期搞基础积累、厚积薄发、辛勤笔耕的成果；同时也是他们集思广益、紧追动向、内外调研的结晶。作为第一读者，我从书中看到了作者的战略与安全意识，加深了民族宗教问题对国家与国际安全重要性的认识。故为之作序，向大家推荐。

2002 年 8 月 20 日于京西万寿寺

注 释：

[1] 固风：《丝路春秋》，山西人民出版社 2003 年版，第 8、71 页。

[2] 孙培钧、华碧云：《印度国情与综合国力》，中国城市出版社 2001 年版，第 239 页。

[3] 傅道彬：《晚唐钟声》，"导言"第 1 页。

[4] 马大正等著：《20 世纪的中国边疆研究》，黑龙江教育出版社 1998 年版，第 33－34 页。

[5] 《朱镕基总理会见第十一世班禅额尔德尼·确吉杰布的讲话》，《解放日报》2002 年 8 月 1 日。

《全球变局：美国与伊拉克》序[*]

——跳出"打伊"视野局限，把握全球战略态势

新世纪之初，国际战略环境空前复杂。

美伊关系已经成为全球关注之焦点、变局之触媒、大国关系之石蕊试纸，是全球战略场之新一轮角逐。海湾战争结束十余载，伊拉克继阿富汗塔利班和"基地"组织之后，又被美国列为全球反恐战争第二回合的拟定打击对象，萨达姆再次成为撼动国际战略格局的风云人物。毋庸置疑，事态演变与结局的影响，已超出美伊双边关系或中东安全格局的范畴。

2002年11月8日，联合国安理会通过关于伊拉克武器核查问题的1441号决议。同月13日，伊拉克宣布接受安理会1441号决议。换言之，伊拉克受到了"双规"——必须在规定的地点、规定的时间交代大规模杀伤性武器问题。联合国武器核查小组在伊核查工作进展良好，约一周后，伊拉克向联合国安理会提交了有关此类武器的"万页书"，各方也对提供的报告进行了认真

　　*　中国现代国际关系研究所：《全球变局：美国与伊拉克》，时事出版社2003年版。

研究。

伊拉克被联合国"双规"起因于十余年前的"海湾危机"（1990 – 1991 年），期间，随着军事对抗的加剧，美国发起了对伊全面经济制裁与武器核查。当然，美伊关系亦有其历史纵深，即两国虽是"仇家"，但也有过"蜜月"。上世纪 80 年代，在长达 8 年之久的"两伊战争"中，"伊拉克人从美国人那里得到了绝佳的情报支援和充足的后勤供应，又从富有的阿拉伯人那里获得了优厚的财政支持"，于是打败了伊朗，大获全胜。之后，伊拉克计划将其积蓄的巨大军事力量向科威特释放，故而于 1990 年 8 月长驱直入科威特，占领且兼并之。[1]

伊拉克算得上是一个战略大国、军事强国。为了打赢伊朗、科威特两场战争，巴格达的决策者们曾经在政治和军事层面反复斟酌，估算得失，酿制出了必定获胜的战端。从旁观者的角度看，"战略运筹不外乎体现在两个方面：一为审时，一为度势。审时而知历史发展阶段，度势而知天下大势。对天下大势的洞察是制定正确的政治、军事决策的前提。"[2] 伊拉克虽算得上军事强国，但其战略眼光尚不甚广阔，其庙算既有胜算，也有失算。对"两伊战争"，伊拉克政治谋划无误，军事估算失当，即未料到是一场持久战。相反，对伊科战争则是政治估算错误，军事谋划正确。即闪电速决攻陷科威特，却招致诸强联手干涉。显然，一着不慎，满盘皆输。伊拉克当前的处境，并非完全是因为海湾战争在军事对抗上的失利，其根源是输在对全球战略格局的把脉错误。[3]

所以，对今天力避战争、安国全军的伊拉克而言，"绝觊觎之心，无危亡之患"（此处引用略嫌牵强），不失为图存之策，进而严格遵守安理会有关决议，在联合国框架内寻求政治解决的途径，认清"亲仁善邻，国之宝也"的道理。在此书付梓前夜，我们注意到，伊拉克近期多次向科威特正式道歉，并较好地配合了联合国武器核查小组的活动。

综上所述，美伊是老对手遇到了新问题。这对关系跨越了三个时代，即"冷战时代"—"后冷战时代"—"亚冷战时代"；贯通三场战争，即"两伊战争"—"海湾战争"—"反恐战争"；涉及三个联盟，即两伊战争中美伊的"临时同盟"—老布什纠合29国结盟打伊—小布什领导的反恐联盟。

时代不同，参与的"Player"也不同，"Player"之间的关系更不同。但是，这三场"逐鹿""game"却是靠敲击同一块"键盘"、通过同一个"操作系统"进行的。参与者按照地缘战略、能源战略、安全战略、经济战略、外交战略的"击键规则"，各展所能，尽己之力敲击着军事、外交、经济、能源、民族、宗教的按键，力图让自己成为这场大角逐中的执牛耳者。

一年多来，"9·11"之尘埃尚未落定，国际恐怖主义活动发生了变化；主要大国安全战略发生了变化；大国应对"威胁"的基本手段发生了变化；各大力量的相互关系发生了变化；地缘战略格局发生了变化。总而言之，国际战略大格局正在发生变化。

新一轮恐怖浪潮凸显反恐斗争的复杂与多变，促使美国把反恐提升为国家安全战略核心。为此，美国国家安全与战略思维进行了调整，着手重新整合大国关系，拟重塑国际安全环境，军事上投棋布子，向战略要冲集结，把主要军事资源投入中东、中亚一线；集结大军、整兵习武，加强对欧亚大陆的地缘战略优势。显然，随着现阶段国际战略形势"段情"的演变，不同地域的地位和战略意义也在发生重大变化。

现在，世人最为关心"战争是否会爆发"？打不打、何时打、怎么打？是速决战，还是持久战？小布什近年来经常有意泄露他正在读的书，从而为研究人员揣摩美国的战略谋划提供了可循的线索。如，在反恐战争如火如荼之际，媒体披露小布什在读罗伯特·卡普兰（华盛顿"新美国基金会"资深研究员，《大西洋月刊》特派记者）所著《东至鞑靼》。这是一本跳出传统媒体刻板框架，以游记方式描述中亚地缘和能源重要性的畅销书。该书对各政权兴衰交替之际的攻取大略颇为留意，对不同地区兴起的种种势力所采取的战略及其所处时势之间的关系多有揣摩。美军事力量先后进驻中亚、高加索、南亚、东南亚等地缘战略枢纽，正可谓"布局天下"，有深远的全球战略设计思想蕴含其中。

又如，小布什有意透露他最近正在阅读《最高统帅》一书。该书作者极力鼓吹攻打伊拉克。而布什正是急用先学、活学活用、学用结合。其攻读此书，实际上是在暗示美国肯定会攻打伊拉克，会"利用一切方式改变萨达姆政权"。而小布什本人不仅希望借此机会推翻萨达姆政权，更希望借战争之机实现其总揽美国军政大权的目的。据此看来，打伊符合美国的全球战略，也符合小布什对权力的渴望。既然是一次"快乐点击"，那么"打还是不打"则不言而喻。对于经历了十余年国力消耗和封锁制裁的伊拉克来说，美国的军事实力占压倒优势。于是，这场随时可能爆发的战争之决胜，应该不难预见，说其是布什的"政绩工程"也不无道理。

这究竟是中东问题或反恐战事的结局还是开始？军事上的胜利者未必能够达到其最初的目的。美国如果真的通过战争手段以武力推翻了伊拉克政权，那么，随之而来的对遗留问题的处理及一系列后续行动，才是美国中东战略的重头戏。如果"主角"被"双开"了，那么"后"伊拉克"谁来治、怎么治"？与美国结下不解梁子的极端宗教势力会否继续发动"不对称战争"？"新海湾、新中东、新伊斯兰世界"究竟会被整合成什么样？美国怎样排定新的"海湾秩序、中东秩序、世界能源秩序"？可见，这一连串问号在警示世人,尽管仅是局部动荡,但"动之致易,安之致难"。

所以,如果跳出"打伊"的视野,不被军事对抗所局限,即能展望"打伊"后的中东地区战略与政治格局、国际安全格局、大国关系、能源供求态势甚或文明关系动向,收"百里见秋毫"之效,更有助于把握当前的形势。

参与本书撰写的多为中国现代国际关系研究所的年轻学者,是本所"研究方阵"的骨干力量。他们在加快编书的过程及提高内容的质量方面倾注了心血,可以说是学术 T 台上的一场"实力秀"。我不研究中东问题,对伊斯兰教、美国的中东政策等也未曾涉足。主编与作者力邀我为本书的出版写一段话,为表敬意,"实话虚说"。

是为序。

2002 年 12 月于京西万寿山庄

注 释:

[1] 柏纳·路易斯:《中东》,郑之书译,台湾麦田出版社 2000 年版,第 567 页。

[2] 饶胜文:《布局天下》,解放军出版社 2002 年版,第 314 页。

[3] 柏纳·路易斯:《中东》,郑之书译,台湾麦田出版社 2000 年版,第 567 页。

《国际危机管理概论》序[*]

——全面与永远的危机管理

现代社会是一个紧密关联、牵一发而动全局的大系统。好比一块尖端精密的集成电路，其中任何一个微小环节发生故障，都会引起整个电路的瘫痪。在日常生活与社会生活中，人类经常遭遇危机：手纸危机、食物中毒、石油冲击、核电站事故、金融风暴、龙卷风、大洪水、大地震、禽流感、疯牛病、口蹄疫、"9·11"事件等，危机如同滔滔巨浪，扑面而来。可见，危机已非现代社会中异常或罕见的"新款时装"，而是一块钩织现代社会的面料。

自 20 世纪 90 年代以来，危机爆发的间隔缩短，频率急剧上升。战争危机、外交危机、政府危机、财经危机、社会危机、宗教危机、信心危机、市场危机、金融危机、竞争力危机等等，真是天有不测风云，危机四布，防不胜防。危机的产生或来源多种多样，主要分为如下几种：

第一，危机意识不强，不能从社会稳定的高度关注危机，以全不能将其"扼杀在萌芽之中"。20 世纪 70 年代初发生在日本的"手纸危机"，因当时有石油危机与恶性通货膨胀的背景，谣言惑

---

* 中国现代国际关系研究所危机管理与对策研究中心：《国际危机管理概论》，时事出版社 2003 年版。

众，影响立现。电视可十日不看，焉能一日无纸，家庭主妇人心惶惶，上街抢购手纸，一时"东京纸贵"，酿成了严重的社会经济后果。

第二，对涉外与国际事件应对不当而转化为国内危机。例如2001年2月9日，美国核潜艇撞沉了日本渔业实习船"爱媛号"。当时的日本首相森喜朗在第一时间闻讯后，却置若罔闻，照打小白球作乐。此事被媒体曝光，造成挂印走人的政权危机。

第三，发生影响较大的自然灾害及恶性事故。如20世纪90年代中期以来，陆续发生的韩国百货公司坍塌、土耳其大地震、日本神户大地震、中国石家庄特大爆炸案、塞内加尔夺去700多条生命的大海难等等。

第四，全球化背景之下金融风险的传染。1997年发源于泰国的东亚金融危机在、印尼、日本、韩国、香港引起连锁反应；2001年阿根廷的金融危机也对拉美各国经济形势产生巨大冲击。

美国前总统肯尼迪在其幕僚与汉学家指点之下，对"危机"概念的解释颇具哲理。他说，汉语中的"危机"一词由两层意思组成：前一字表示"危险"，后一字表示"机遇"。危机与机遇，一字之差，天渊之别。危机具有严重的危害性、媒体的轰动性、事件的突发性、发展的不确定性。危机处理失误，可能造成社会不稳定、人心不稳定、政权不稳定、对外关系不稳定以及安全环境不稳定，进而引发国家全面崩溃。机遇在于洞烛先机、抓住时效、妥善处理、消弭和化解危机。

因此，转危为安、化险为夷，成为战略家、政治家、外交家、企业家为实现"政府零危机"、"国家零危机"、"企业零危机"的管理指南。美国前国防部长罗伯特·S.麦克纳马拉的那句名言——"今后的战略可能不复存在，取而代之的将是危机管理"——几乎成了"地球人都知道"的警句。

危机、时机、契机、转机四者的关系，包含了现代危机管理的全套程序。失败在于危机、成功在于转机的哲理，促使危机管理在"二战"后应运而生，成为一门新兴学科。许多国家的决策层为掌握怒海行舟之道，都设置了危机处理班子，希望在急迫而又影响国家稳定的突发重大事件上，能采取迅速而又适当的行动方案。同一时期国际政经舞台上发生的一系列危机——柏林危机、古巴危机、"匈牙利事件"、"布拉格之春"、伊朗人质事件——刺激、推动了有关国家对现代危机管理的研究，并使危机管理研究的视野开阔起来。

美欧等国研究此类问题的着眼点主要如下：其一，在于获得更具普遍意义的危机管理规律，为有效地预测、监控和防范危机提供理论依据。其二，在于把握危机爆发的特殊性，以区别、比较、发现在不同环境之下，造成差异的根本原因。可以说，西方国家的危机管理研究，对外是为趋利避害、谋求国家安全和外交主动服务的；对内是为有效缓和、抑制社会与政府危机，避免动荡。在长期的研究与实践中，这些国家"擅长以数据分析来计算危机的概率，以严密的逻辑思考一网打尽危机事件的所有状况"，使得危机处理不再是"头痛医头，脚痛医脚"的简单处置，而是从预防、治疗、休整等综合治理的高度，建立包括预警、反应、恢复三个子系统在内的管理大系统。

很多学者根据经验提出，在危机管理过程中，组织和人的因素尤为重要，科学技术因素则是第二位的。换言之，危机管理的真谛在于预案在先、机制灵活、临"危"不惧、处变不惊、令行禁止、指挥到位、发挥合力。

各主要国家的危机管理机制，一般地讲，都具有小核心、大范围的特征。所谓"小核心"是指指挥中枢位高权重、反应迅速、决策灵活、处置果断。所谓"大范围"是指一个包括了军队、外交、情报、警察、消防、医疗、防化、交通等职能机构的庞大体系。该体系能在第一时间"紧急出动"，贯彻指挥系统的决策，调动所有社会资源，按照预案控制、化解、战胜危机。

国情、国力以及外部安全环境或国内社会发展"段情"的不同，决定了不同国家危机管理机制形态各具特色。总统制的国家一般建立以总统为核心的机制；议会制的国家往往建立以总理为核心的机制。此外，每个历史时期所面临威胁的变化，往往造成危机管理中心任务的不同。比如"9·11"后，美国突出了本土防卫在危机管理中的地位；俄罗斯则因车臣剿匪而相应成立了北高加索地区安全问题局。

"强总统、大协调"是美国危机管理机制的特征。它是以总统为核心，以国家安全委员会为中枢，中央情报局、国务院、国防部、白宫办公室、白宫情况室相互协作的综合体系。根据美国《国家安全法》，国家安全委员会是美国协调国家安全战略、对威胁本国安全利益之各种因素进行决策的法定机构。尽管由于历任总统的管理和利用方式不同而造成国家安全委员会的组成、作用和特点相应发生变化，但从总的发展趋势看，它的危机管理作用在不断增强。

"大总统、大安全"是俄罗斯危机管理机制的特征。所谓"大总统"，是指俄总统比美国拥有更为广泛的权利，它不仅是国家元首与军队统帅，还掌握着广泛的行政与立法权力。所谓"大安全"，是指俄罗斯设有专职国家安全战略的重要机构——俄联邦安全会议。该机构设有12个常设跨部门委员会：宪法安全、国际安全、军事安全、信息安全、经济安全、生态安全、社会安全、国防工业安全、独联体安全、边防政策、居民保健、动员准备。为此，安全会议既是俄罗斯国家安全决策的最高机构，也是俄总统现实政治生活中的"权杖"。

　　与美俄这两个"战略大国"相比，韩国、以色列的危机管理机制战时色彩浓厚，凸现"小核心、小范围"的特征。韩国自金大中入主青瓦台后，设置了国家安全保障会议，替代了原先的统一安保政策协调会议，成为金大中直接控制并制定外交、安全、对朝政策以及危机管理的最高机构。以色列长期处于战争及冲突状态，其危机管理特征是总理一竿子插到底。即总理作为政府首脑和军队最高统帅，每逢重大危机事件发生，便紧急召开安全内阁会议，提出具有最高权威的决议。

　　很多人会发问，为什么"9·11"会发生在情报收集与危机管理能力首屈一指的美国呢？实际上，美国情报部门与危机管理部门早在一年前就进行过针对劫机自爆的演习，并在预案中列入总统可酌情下令击落被劫飞机的程序。但演习未预想到两点：其一，恐怖分子的"同步波状攻击"；其二，军事与运输当局未能默契合作。事发后，运输部门向国防部的通报延误了12分钟。从危机管理的理论上讲，美国掉进了见树不见林的"局部化"陷阱：未能周详考虑，以偏概全；只考量了已知情况，未研讨未知的部分。

　　中国自古以来就重视对危机的预防，在博大精深的中国古代文化中，对危机管理有过充满辩证思想的论述。例如，"存而不忘亡、安而不忘危、治而不忘乱"；"思所以危则安矣，思所以乱则治矣，思所以亡则存矣"；强调的是"居安思危，思则有备"的思想。又如，"长将有日思无日，莫等无时思有时"，强调的是"无时防有，有备无患"的思想。再如，"凡大事皆起于小事"，"听于无声、见于未形"，强调的是未雨绸缪、预防在先，"从小危机防患大危机"的思想。

　　此外，谋划也是危机管理思想的重要内容。《孙子兵法·计篇》指出："夫未战而庙算胜者，得算多也；未战而庙算不胜者，得算少也。"庙算而胜，实际也就是"先为不可胜"了，先"立于不败之地"，先做好一切准备了。用现代危机管理理论讲，就是预案在先，从各级政府部门、各个企业都应有一套危机处理预案，遇到紧急情况可以自动运作，避免危机扩散。

近年来我国也曾遭遇过一些不同类型的危机，在党中央的领导和有关部门与地方的紧密配合下，危机得到有效控制，但我们的危机意识还比较薄弱。首先，"危机"一词被认为是一个贬义词汇，危机不应发生在我们身旁。其次，未能从政权和社会稳定高度关注危机管理，从各级政府部门到企业、个人，往往仅看到"出事了"，而不能从国家安全的高度来看问题，忽视了小问题也可能最终酿成严重后果的"蝴蝶效应"。对我国近期危机的主要来源、涉我危机的主要类型和形式没有足够的认识。

此外，同西方现代危机管理理论相比，我国古代的危机管理思想尚未形成较完整的理论体系。关于危机和危机管理的理论研究尚属空白。结合古今中外的危机管理理论与实践看，可以说，危机管理是一种全面与永远的管理艺术。中国现代国际关系研究所于 2002 年初成立了危机管理研究中心，中心同仁的初步工作是对过去的典型危机个案加以分析，以从中找出战胜危机的答案。也许会有人讥笑说，这是在准备应对过去的战争，无法应对新型危机。但我却以为，从中外危机管理案例中总结经验教训，对建立适合我国国情的危机应对机制是大有裨益的。相信此书定能成为排列此类书籍架子上的一本畅销书。

2002 年 11 月于京西万寿山庄

《世界宗教问题大聚焦》序*

——国际冲突中的宗教因素

在国际政治与经济的发展中，宗教影响是重要的因素。从上世纪中、后期起，欧亚大陆上就爆发了一系列足以改变地缘政治格局的"宗教革命"。1979 年，伊朗宗教领袖霍梅尼领导了伊斯兰革命，建立了伊斯兰共和国；1981 年，阿富汗游击队发动反苏"圣战"；1989 年，极端分子在埃及暗杀萨达特总统，显示出埃及国内极端势力对世俗政权的严重威胁；同年，苏联从阿富汗撤军，反苏圣战力量陷入内战，塔利班于 1994 年乘势而起、乱中夺权；20 世纪 90 年代初，土耳其的"繁荣党"势力迅猛发展，1998 年虽被定性为违宪而解散，但由此可明显看出土耳其立国之基的"凯末尔主义"受到了严重挑战。在印度 1996、1998、1999 年的三次大选中，印度人民党连续三次蝉联第一大党，分析家的一致看法是，"该党是一个具有浓厚民族主义印度教教派色彩的政党。它通过唤起广大民众对印度教传统文化的热忱而赢得了政治上的支持。"此外，波黑冲突中的穆斯林与基督徒、基督徒之间的塞族（东正教）与克族（天主教），在北爱尔兰问题、印尼

---

* 中国现代国际关系研究所民族与宗教研究中心：《世界宗教问题大聚焦》，时事出版社 2003 年版。

的马鲁古群岛与亚齐问题、印巴克什米尔纷争等一系列政治、经济、军事冲突中，无不有愈益复杂、愈益增强的宗教因素之影响。

因而，可以说，国际形势瞬息万变，万变不离其"宗"。宗教、民族问题是"9·11"事件后驱动国际政治变化的一股重要动力，并引起国际局势的痉挛性波动。从"9·11"事件美国纽约世贸大楼被撞到印尼巴厘岛的大爆炸，以及莫斯科的剧院人质事件所代表的两轮国际恐怖浪潮，一方面显示出国际政治舞台角色的交替、国际安全面临威胁的变化，以及相应的战争形态的变换；另一方面，又推动了国际关系的重新组合、地区安全局势的不断演变，以及大国国家战略的再次调整。

"马克思主义宗教观认为，宗教的发生、发展、消亡有一个过程"，"可能比阶级和国家的消亡还要久远"。"纵观我国和世界的宗教历史，可以发现一个共同的规律，那就是宗教都要适应其所处的社会和时代才能存在和延续"。[1]

宗教是人类童年时代为自己创作的一种精神食粮，在一个儿童的心目中，超自然的力量神秘而不可捉摸。故而认为人类社会就是"天人关系"，上帝的魔杖决定世界一切事物。在那个时代，宗教成了人类心灵的压舱石，其疲惫的心灵只有在云光雾海里，才能躲进"壳"而进入睡眠之中，这种睡眠像吗啡一样麻醉着她的痛苦。

宗教因此成了中世纪唯一的意识形态，基督教、佛教、伊斯兰教形成为世界三大宗教，垄断了人类的精神王国，进而取得世俗世界的权威，成为封建社会的强大政治力量和经济力量。人们坚信"人命天定"，战战兢兢地膜拜崇奉这种超自然力量。[2]

时间像流淌的河水，它永无止息的波浪，将许多个"现在"演变成"过往"。在经历了中世纪漫漫长夜之后，欧洲文明进入了一个"狂飙疾进的时代"——文艺复兴运动时期。16 世纪上半叶，在德国、瑞士、英国等许多欧洲国家，先后掀起了宗教改革浪潮。1517 年 10 月，马丁·路德在德国点燃了基督教改革的火种。1523 年，乌尔德利希·茨温利在瑞士领导了宗教改革运动。此后，法国的约翰·加尔文领导了茨温利的宗教改革事业，形成了加尔文新教。这一系列改革说明，宗教都要适应其所处的社会和时代才能存在和延续。

在这绵延的 300 年期间，科学和理性的幼芽从宗教坚硬的"壳"中顽强地破壳而出。人类文明程度逐渐提高，宗教思维也在逐渐从低级向高级阶段发展。直至 19 世纪，以费尔巴哈"不是上帝创造人，而是人创造了上帝"的惊世结论为标志，才终于以"人本主义"替代了"神本主义"。[3]

宗教总体上是温和、多元的，它是文化以信仰形式表现出来的部分。决不能把恐怖活动、分裂主义与任何一种宗教等同起来。笔者非常欣赏美国著名伊斯兰学者约翰·埃斯波西托的一句话："宗教极端主义在今天仍然是一种威胁，如同在过去一样。但它并非局限于或固有于某一宗教之内"；"应当把大多数人（不论他们是印度教徒、穆斯林、锡克教徒、基督徒还是犹太人、阿拉伯人、以色列人、泰米尔人和佛教信徒）的信仰和活动与少数极端分子以宗教、种族或政治意识形态的名义确证其侵略和暴力的行为区别开来。"[4]

冷战结束后，宗教极端思潮再度兴起。这种思潮一方面被极端势力所利用，他们利用信徒的虔诚信仰，以教干政，来实现其政治目的。俄罗斯车臣危机的形成，就是被国际极端势力所利用，车臣非法武装仰仗外部的支持，才敢于起兵作乱。另一方面，宗教极端思潮也经常被一些国家作为干涉别国内政的武器。此外，宗教色彩正在越来越多地注入全球各地的重要选举。在欧美、中东、西亚、南亚、东南亚，宗教成了"政治人"凝聚复杂多样社会不可或缺的"社会水泥"；在标榜"政教分离"的美国，宗教的影响极大，总统在演说中言必称"上帝"。上世纪90年代中后期，土耳其、印度和以色列保守的宗教政党在选举中取得重大进展。在东北亚的日本和韩国，新宗教在不断创生，其名目达数百之多，成为"社会人"在激烈竞争、角逐中平衡心理的休歇处。其精华、糟粕绝非一两句话就能讲得清楚，但肯定对世俗政权和社会构成潜在的危机。

在现代社会，国家、国民、宗教三者的关系愈益复杂、微妙。就一个国家而言，她既可以与宗教无关的某个民族为特征，称之为"民族国家"；也可以占国民多数的穆斯林为前提，称之为"穆斯林国家"；同时又可以所有法律和统治依据的伊斯兰法而称之为"伊斯兰国家"。由于政治与宗教的关系在不同的国家有不同的特征，不少国家都具有世俗与宗教的两重属性。

宗教冲突实际上不仅仅是"神神战争"（宗教内部的结构或派别之争，以及作为其沉淀的各种流派的存在），人类社会没有"纯而又纯"的宗教战争。"宗教战争"的原因不外乎是政治或经济、人类各种政治集团和社会力量围绕利益的争夺。

换言之，它是某种意义上的"人神之争"，或在更大意义上的"人人之争"。因为宗教问题"总是与政治问题结合得很紧"，所以，"宗教问题是很复杂的。从世界历史看，它往往同政治问题联系在一起。统治阶级总要利用宗教来加强统治。"[5]从中国的角度看，"国内外敌对势力一直把利用宗教进行政治渗透作为他们对我国进行和平演变战略的一个重要手段"[6]，打着"泛伊斯兰主义"或"泛突厥主义"旗号，在我国某些地区煽动分裂。[7]

总之，"正"与"邪"、"政"与"教"、"人"与"神"、"过激"与"温和"、"改革"与"保守"、"世俗"与"教旨"，一直是国际政治中的一个不变音符，或敏感与棘手的问题。所以，不懂得宗教就把握不住国际形势的说法，不能说是没有道理的。

中国现代国际关系研究所民族宗教研究中心继编著了《全球民族问题大聚焦》、《周边地区民族宗教问题透视》这两本畅销书后，又趁热打铁，编著了该书的姊妹篇——《世界宗教问题大聚焦》。应该承认，该中心的学者并非宗教研究领域的"大家"，他们编书立论，一是为了提供一个平台，抛砖引玉，活跃宗教问题的研究，就正方家；二是从政治高度出发，使读者认识到"宗教问题具有长期性、复杂性、群众性、民族性、国际性等特点"[8]，为执政兴国服务。中心的同仁邀我写序，故而翻阅了全书，作为读书体会，在此多说几句，是为序。

2002 年 11 月于京西万寿山庄

注　释：

[1] 《江泽民在全国宗教工作会议上的讲话》（2001 年 12 月 10日），《江泽民论有中国特色社会主义（专题摘编)》，中央文献出版社 2002 年版，第 375 页。

[2] 徐伟新：《新社会动力论》，经济科学出版社 1996 年版，第25 页。

[3] 易杰雄：《文明的狂飙疾进时代》，华夏出版社 2000 年版。

[4] 〔美〕J.L. 埃斯渡西托：《伊斯兰威胁——神话还是现实?》，东方晓、曲红等译，社会科学出版社 1999 年版。

[5] 江泽民：《一定要做好宗教工作》（1990 年 12 月 7 日），《江泽民论有中国特色社会主义（专题摘编)》，中央文献出版社2002 年版，第 365 页。

[6] 江泽民：《保持党的宗教政策的稳定性和连续性》（1991 年 1

月 30 日),《江泽民论有中国特色社会主义（专题摘编)》, 中央文献出版社 2002 年版, 第 370 页。

[7] 江泽民:《加强各民族大团结, 为建设有中国特色的社会主义携手前进》(1992 年 1 月 14 日),《江泽民论有中国特色社会主义（专题摘编)》, 中央文献出版社 2002 年版, 第 377 页。

[8] 江泽民在全国统战工作会议上的讲话 (2000 年 12 月 4 日),《江泽民论有中国特色社会主义（专题摘编)》, 中央文献出版社 2002 年版, 第 370 页。

《阿拉伯新生代政治家》序[*]

——治大国若烹小鲜

在东起伊拉克西至摩洛哥这一广袤地域内，人们大多使用同一种语言，信仰同一种宗教——这就是阿拉伯。

"阿拉伯"并非针对特定人种而言的概念，而是一个特殊的文化、政治符号，千余载过去，家族与王朝、部落与国家、驼群与轿车、油井与清真寺、酋长与国王构成了"阿拉伯"独特的民族内涵、地方意蕴、历史文脉、文化特质，散发着浓郁的地方韵味儿，也演绎着她——阿拉伯——的美妙。

阿拉伯人以大智大勇、文化辉煌、热衷征服、骁勇善战而彪炳史册。"阿拉伯人"的意识，萌生于伊斯兰教兴起之前，即公元7世纪前后，生活在阿拉伯半岛上的闪族族系土著居民贝都因人守候着千百年来一成不变的游牧生活方式，以"草原牧民"、或"射雕英雄"之身游离于周边罗马、萨珊两大帝国的战略角逐，避世求存，安身立命。

目前世界上约有22个阿拉伯国家。这些国家的起源—形成—兴衰是人类文明发展变迁的结果。公元622年9月，半岛上的阿

　＊　中国现代国际关系研究所：《阿拉伯新生代政治家》，时事出版社2004年版。

拉伯人几乎可谓绝路逢生，冲出死亡之谷，以世界为舞台创造了一个新的宗教——先知穆罕默德及其信徒从麦加迁徙到麦地那，决心通过军事手段实现半岛统一。自公元610年穆罕默德创立伊斯兰教至公元632年6月8日穆罕默德病逝的短短23年中，一盘散沙的阿拉伯各部落经过宗教革命的洗礼，熔铸成坚强的民族统一体，打破了氏族制外壳，奠定了民族国家的基础。

阿拉伯人在征战中，善于运用沙漠的力量，犹如西方人善用海洋的力量那样。从公元632年阿布·伯可尔就任哈里发起到661年（第四任哈里发阿里去世），四任哈里发完成了由麦地那公社向世界帝国的战略大转折，崛起在全球战略地平线上。

公元661－750年，穆阿维叶建立倭马亚王朝（我国古代称之为"白衣大食"），迁都大马士革。7世纪后半叶至8世纪初，倭马亚王朝南征北战，打出了一个阿拉伯帝国。这个帝国东向深入亚洲，远及印度及中国边界；西沿地中海沿岸直抵大西洋，南部锋线伸向黑非洲，北部进入欧洲地域。这种独特的地理位置与态势，使它拥有了重要的地位和显赫的身世。

公元752年，伊拉克大贵族艾卜勒·阿巴斯推翻倭马亚王朝，建立起阿拉伯人和波斯人并立的阿巴斯王朝。11、12世纪之交，阿拉伯帝国受到了东西两面战略围攻。在欧洲，基督教世界的军队从西西里和西班牙节节推进；在东方，亚洲的草原民族发兵西向。13世纪初，蒙古旋风骤起，势如破竹，1258年，蒙古铁骑突进西亚，攻陷巴格达。

公元1282－1326年，阿拉伯和突厥两大民族共同创立了奥斯曼帝国，并于1536年征服整个阿拉伯半岛，成为地跨欧亚非三大洲的帝国。

1919年，土耳其的凯末尔发动资产阶级革命，1922年召开国民议会，宣布废黜苏丹；1924年，土国民会议废除哈里发制度，致使几个世纪以来联手的阿拉伯人与土耳其人分道扬镳。

自从 1924 年摆脱奥斯曼帝国统治后，经过 20 世纪 50 年代中期风起云涌的阿拉伯民族解放运动至 70 年代初阿联酋摆脱英国殖民主义宣布独立的半个多世纪中，阿拉伯国家相继独立，自成一国，共出现了 20 多个一莲托生、血脉相承的阿拉伯国家。以埃及收回苏伊士运河主权为历史契机，阿拉伯人以巨大的力量冲开了现代史的大门。

在国际政治大格局中，阿拉伯国家是一个巨大的战略方阵，其所处的中东地区向来是美国、俄罗斯等大国战略利益攸关之要塞。世界离不开石油，石油离不开中东，石油提升了中东的战略地位与价值。

追溯上世纪 50 年代，在阿拉伯民族主义的驱使下，在恢复大一统阿拉伯帝国之宏伟目标的刺激下，以利比亚、伊拉克、埃及等国为首，阿拉伯世界追求民族统一的呼声和要求此起彼伏。他们提出"全体阿拉伯人要变成一个人、一个声音、一个目标"的口号，以激民族之情、垂山河之恋、立生死之盟、圆帝国之梦，从伊拉克到阿尔及利亚，凝聚整个民族的力量，联合横跨亚非大陆的每个阿拉伯国度，建立"大阿拉伯联邦"，再造昔日辉煌，于是，爱国主义、民族主义如火如荼。

翻阅阿拉伯的历史长卷，似乎阿拉伯人真的握有"阿拉丁神灯"，任何愿望与目标均能实现。但是，"大阿拉伯联邦"的种种构想却因内部争斗而夭折。虽然阿拉伯国家生活在同一"民族"屋檐下，但它们彼此心存芥蒂、同床异梦、兄弟阋墙，久而久之，国与国间植下了不和的种子，因而"大阿拉伯联邦"的美好理想与一盘散沙的现实相去甚远。

加之，上世纪 60 年代石油被广泛开采以来，以石油换取的巨大财富从根本上冲击了阿拉伯世界的思想，它们分裂成两大国家集团：一夜暴富的大亨与囊中羞涩的阮郎。财富的不公，似一把利刃，不仅割裂了国家之间、地区之间的关系，更割破了阿拉伯人的心灵。这种难以医治的创伤，仍然在流血。

述往事，碧血黄沙、刀光剑影、战马嘶鸣、马革裹尸；思来者，一代英雄、扬名立万、威加海内，孕育了诸如纳赛尔、阿萨德等号称"阿拉伯雄狮"的民族英雄。

上世纪80年代末期，阿拉伯国家政权中枢出现交接班现象，传奇式"偶像型"、"强人型"、"铁腕型"国家领导人开始倾心培养新一代掌权者。1994年1月21日，内定的叙利亚总统阿萨德之长子巴西尔·阿萨德因车祸身亡，其后阿拉伯各国的接班人问题便越发为世人关注。1999—2000年仅一年间，就有4位阿拉伯元老相继逝世。从当时的情况看，除叙利亚外，约旦、沙特阿拉伯、科威特、巴勒斯坦、利比亚、阿联酋、也门、巴林、埃及等国无一例外，都存在权力的和平移交问题。

上世纪90年代，政经军财大权开始向阿拉伯新生代领导人过渡。于是，整个阿拉伯国家圈内不断出现新旧统治者更替的现象。所谓"五百年必有王者兴，其间必有名世者"的箴言，在这块多情而神秘的中东大地上似乎应验了。当代阿拉伯领导人将新与旧、本土与外界、过去、现在和将来有机地融合起来，立足历史，拥抱未来。此英雄，乃彼英雄？

历代阿拉伯的领袖们，经历了饮驼奶—咖啡—牛奶—墨水等不同历史时期的文明背景熏陶，身经战火、兵变、夺嫡、归流等非凡的锻炼，执掌权柄、问鼎社稷、治人将兵，无所不宜。而新生代阿拉伯领袖们在世界观、价值观、文明观、战略观以及执政风格、文化素养等方面则不同先辈，可谓"习相近，性相远"。那么，阿拉伯新生代领袖果真能带领阿拉伯国家走进绿洲吗？

人之升降，与政隆替。中东各国政权交接之际，正是内外环境乱云飞渡、前景扑朔迷离之时。中东阿拉伯国家的政治、社会状况已不能与二三十年前同日而语。从国际环境看，中东地区局势持续混乱，与美国关系急转直下，昔日的盟友关系出现裂缝，阿拉伯国家不得不重新思考自己的战略安全与发展威慑力量。抛开冷战结束、国际战略结构发生变化及海湾战争之后美军驻扎沙特等外部影响，最主要的还是阿拉伯国家自身的社会结构和经济环境发生了巨大变化，人口剧增与财政拮据问题愈益显现，严峻的经济形势与迫切的结构改革课题摆在了新生代领导人面前。

阿拉伯各国领导人敏锐地嗅到时代变化的气息，迅即调整施政重心，将"推进经济结构改革"与"应对经济全球化"列入基本国策，提到重要位置，而这种政策取向与传统的阿拉伯民族主义与经济民族主义相悖。新秀出炉的滋味，必然是"痛并快乐着"。

中国现代国际关系研究所李荣女士主编的《阿拉伯新生代政治家》一书似英雄榜，似军机卷宗，有 12 个阿拉伯国家的 19 位要人金榜题名。作者启封这份要人档案，从阿拉伯新生代领导人的思想形成、内外政策入笔，着力刻画出一张张鲜活的面容，目的在于帮助我们读懂"阿拉伯"。

"真积力久则人"（荀子·劝学）。《阿拉伯新生代政治家》一书是一项扎实的基础研究成果。作者们饱蘸敬业之热忱，辛勤笔耕，从资料的搜集、整理、积累、去粗取精到多方交流以至撰写成文，无不融会了作者的经验与智慧。此书，实乃作者们勤于学并勇于坐冷板凳而后得之矣！

2003 年国庆于京西万寿山庄

《全球化：时代的标识》序[*]

　　人类历史发展的"年轮"，清晰地记载着漫漫历史长河中每一时期的特征，静静地诉说着每一历史时期及其特征的沧桑……

　　若说流浪＝诗人，咖啡＝白领，时装＝美，长发＋激清＋奔放＝摇滚乐手，那么，"全球化"则＝当今时代。弗朗西斯·福山说，"全球化"一词之所以迅速为人们所接受，是因为她能够更加准确地表现当今时代的特征。随着人类历史的脚步跨入新的千年，"全球化"亦迎来了蓬勃的青春年华。

　　上世纪90年代，当人类打破了冷战墙垣，"两个阵营"、"两个市场"间的"楚河汉界"便不复存在，全球也就"化"成了一个村落……

　　现代媒体和通讯技术的突飞猛进，重新定义了传统意义上的空间和地方等概念，相对地改变了传统区域的范围：由有形的外围（地理距离、海洋屏障、崇山峻岭）与无形的网络（以语言文化为标志和由卫星着陆点、无线电波决定的"传递空间"）构成的空间成为人类的"活动场"。于是出现了"无国界经济"、"信息化经济"、"跨国政治"、"非政府组织"等一系列与冷战时代迥

　　* 中国现代国际关系研究所全球化研究中心编译：《全球化：时代的标识——国外著名学者政要论全球化》，时事出版社2003年版。

异的政治、经济、军事、文化现象。不仅资金、商品、劳务、人口在全球范围流动，而且文化思潮、生活方式、宗教信仰也在世界范围内对流、碰撞，甚至在新形态的战争中，"全球化"的冲击痕也历历在目。上世纪90年代以来爆发的三场战争——科索沃战争、阿富汗战争及伊拉克战争即证明了这个观点：参与者中不乏来自各国的记者、名目繁多的非政府组织、无国界医师组织以及各种国际机构等等。

"全球化"成了国际政治与经济领域中谈论最多的话题，一句"地球人都知道"的流行语，生动地道出了"全球化"这一历史发展的动态过程。"全球化"正改变着世界，影响着全球60多亿人的生活。这一历史潮流，冲击着社会生活的每一个角落、每一个方面。一个"全"字，包括了人类赖以生存的蓝色星球的整体，涉及了经济、政治、文化各个层面的问题，成了历史新阶段的特征。直面全球化，任何隔离、封闭、孤立的做法都是不现实、不明智的。

"全球化"是客观的历史进程，任何国家都无法置身其外；但是，"全球化"又是一个充满矛盾和冲突的进程，不同民族和国家之间的竞争不曾停止并且不会休止。因而，直面"全球化"大势，南北双方的宣传和政策疏多同寡，人类社会在触摸到历史脉搏跳动的同时，也面临着"全球化"带来的困惑。

不言而喻，"全球化"是一把双刃剑。作为意义积极的一面，它促使各国决策层从"环球同此凉热"的高度来思考人类生存的问题，力求在全人类达成共识、寻求共同利益的基础上，采取联合行动，实现"共同安全"。作为"民族国家"的政府则在此大背景之下，把握新时期国家安全的内涵与特点，考虑自身的"球籍"问题。作为消极面，全球化也有其冲击各国现行经济、文化、安全机制，对"国民经济"、"民族文化"、"国家主权"等方面构成挑战，甚至有令人胆寒的一面。有人提出，全球化与国际恐怖之间在本质上还有一个共同点，就是都不接受国家或国家体系的概念，也不愿受民族国家的束缚，是一种冲破地理疆界、突破文化外壳，活跃在跨地区空间的力量。

恐怖主义与全球化之间，确实存在着很复杂的关系。事实上，恐怖组织恰恰是随着全球化进程而"国际化"的。无远弗届的通讯技术、政治空间，为恐怖组织迅速募集人员、转移资金提供了条件。例如，"基地"组织如同一家大型跨国公司，虽然总部设在阿富汗，但却以整个世界为活动半径，以跨国、跨地区的地理空间为作业场，选址设点、构建网络、分配资源，其实质是全球性的暴力化组织。此外，诸如"非典"等传染病在较短时间内蔓延到30多个国家和地区，也可说是"全球化"的后果。

历史发展有其自身的逻辑，动静开合，往往出人意料。惊天动地的"9·11"、风起云涌的反全球化、炮声隆隆的以巴冲突等，好比成长发育中的全球化肌体突然感染了"非典型性肺炎"，难免使时代的"眼球"将全球化视为"陷阱"。

"一页风云散，变幻了时空。"阿富汗战争与伊拉克战争、西雅图和热那亚的示威浪潮令人切实感到了国际恐怖活动、反全球化力量、现代社会间的"零距离"。在此背景下，塔利班人、西雅图人、巴勒斯坦人这"三种人"的出现，似乎是对"全球化"的一种反动：并非每个人都喜欢可口可乐、麦当劳、迪士尼乐园、好莱坞、MTV等美式生活。

第一种人，是为了一个政治目标而走到一起来的。在兴都库什山脉和苏来曼山脉沿线，出现了阿拉伯阿富汗人、车臣阿富汗人甚至美国阿富汗人。据估计，"基地"组织至少在60多个国家建立分支机构，其成员至少来自20多个国家。他们基于文化、宗教方面的相互认同而结合起来。

第二种人，活跃在西雅图、热那亚、华盛顿、达沃斯、布拉格、巴塞罗那街头，既有美国人、欧洲人、亚洲人，也有黄种人、白种人、黑种人。他们在民族、宗教上没有共同的认知，是"五湖四海"的全球化"弱势群体"走到一起来跳"街舞"。显然，不同的利益观从各个角度推动他们结合起来。

第三种人，同文同种，为建立一个独立的"民族国家"而坚持不懈地斗争。他们的对手以色列实际上是个民族国家，其左派支持全球化，主张融入全人类的熔炉，融入现代生活；其右翼势力则将以色列的存在与保持强有力的国家体制以及发展宗教传统联系在一起。

国际形势似万花筒中的五彩晶片，随着客观情势的跌宕流动而离散聚合、分化不定。按照中国古代战略家的说法，冷战是"分"、是"阳"、是"刚"、是"动"；冷战之结束是"合"、是"阴"、是"柔"、是"静"。刚柔相济，动静有常。冷战后的十多年，全球化进程中政治、经济发展不平衡加剧，诸多矛盾逐步激化。而"9·11"事件、反全球化，则一股脑儿将十多年来所积聚的矛盾释放出来，既带来了国际恐怖主义、民族分裂主义、宗教极端主义，也引发了"反恐战争"。两年前，日本人以"战"、"乱"、"恐"、"崩"四个汉字较为恰当地表现刚走出冷战死谷的世界和平与发展所面临的深层矛盾。总之，全球化是一个非常复杂的问题，足以引起人们对人类社会这一年龄段的"长相"说长道短，对这一时代"年轮"特征评头论足。

全球化确实可能导致南北贫富差距的扩大，造成人类生存环境的恶化，影响国民经济的健康发展，破坏民族文化的"贞洁"。但全球化能够更好地配置资源、持续促进发展、更快地推动经济增长、更多地创造财富、更密切地合作处理共同面临的难题，这已是一种共识。问题在于如何提高自己的安全系数。"'9·11'

令人得出了一个耐人寻味的结论，即'民族国家'的重要性。从某种程度上看，它证明了国家的权力是有限的。但就市场开放而言，国家的权力从未这么重要过。"因为"市场开放是世界经济的发展潮流，而开放的节奏则由每个国家自己来决定"。[1]

自 1979 年起，中国的改革开放已近 25 年春秋。作为发展中国家参与全球化进程，中国面临如何寻找全球化与经济安全之平衡、如何把握国家主权与全球化的关系、如何协调民族文化与外来文化的共生等一系列问题。总之，对中国而言，全球化是不可回避的历史潮流，是一个"卡夫丁峡谷"（"卡夫丁峡谷战役"是马克思借用过的一个历史典故），只有乘上这趟时代列车，中国才能求得生存与发展。笔者非常喜欢《西游记》里那句话：赶路要紧！

在全球化研究中，许多学者主张要区分全球化的不同面相，因为全球化既是一个客观事实，又是一种发展趋势，同时还是一种价值观念和意识形态。为此，有学者将其区分为"全球化"、"全球性"和"全球主义"三个层面。[2]国内外学者在谈论此问题时，多认为全球化可从经济、技术、政治、文化、国际组织等多个角度展开讨论。[3]有一千个观众，就有一千个哈姆雷特，人们需要从多个方面来认识全球化这个概念。

他山之石，可以攻玉。向国内推介国外最新的研究成果，一直是中国现代国际关系研究所的传统。"全球化"是一门显学，敝所两年前成立了"全球化研究中心"，专门负责研究相关问题。这本书就是嘱其编译的。全书共汇集了 20 多篇论文，作者均为国外知名学者、政要，如萨米尔·阿明、弗朗西斯·福山、小岛清、罗伯特·基欧汉、约瑟夫·奈、弗雷德·伯格斯滕、欧内斯特·塞迪略等。这些文章以国际局势的新变化为大背景，以全球性视野，从经济、政治、社会、人文等多角度，对诸多理论和现实问题，如时代特征、新帝国主义、文化与民主、贸易和金融、国际恐怖主义、反全球化等，都有相当深入的分析。笔者喜欢海明威的一句话：我的目标是以最好、最简单的方式，将我的所见、所思写下。鉴于这本书的内容相当丰富，作者中亦不乏大家，有很高的学术水平和权威性，很乐于向大家推荐。是为序。

2003 年 5 月 1 日于京西万寿山庄

注 释：

[1]《分享'麦肯锡经验'》，《解放日报》2002 年 6 月 27 日。

[2] 奉子义、杨学工：《马克思"世界历史"理论与全球化》，第184 页。

[3]《分享'麦肯锡经验'》，《解放日报》2002 年 6 月 27 日。

《美国思想库及其对华倾向》序*

——徜徉华盛顿"K街"：美国思想库巡礼

笔者访美，有同仁介绍，华盛顿"K街"思想库云集，号称"智库一条街"，系美内外政策构想的一大诞生地，颇得美政界的青睐和关注。美政界因此乐于为其慷慨解囊投以巨资，并且政界人士前往研修已成惯例。

阿姆德拉克车站附近的传统基金会总部似一方磁石，吸引议员帮手、国会秘书们聚集那里研政谋策；国际战略研究中心（CSIS）堪称"K街王子"，基辛格、施莱辛格、布热津斯基等当今美国头号智囊人物在此组成了一支雄壮的"梦之队"。

徜徉"K街"，一句治策箴言不觉浮上心头："善治天下者，必明于天下之情，而后得御天下之术。"

所谓"情"，喻世势风云；所谓"术"，喻治策方略。两千年前，我国大军事家、战略思想家孙武曾经教诲："知可战与不可战者胜。"能谋者、善谋者参与全局性、高层次重大问题的决策，是举事、成事的重要条件。华盛顿"K街"之所以成为美国政治力量的基础并对政治运作方式产生影响，实因为思想库能够参与

---

　　* 中国现代国际关系研究所：《美国思想库及其对华倾向》，时事出版社 2003 年版。

国家战略与安全决策。

智者政治洞察力敏锐，认识客观事物由表及里；智者熟谙历史，可从历史纵深审视时局；智者参与战略研究，可使政治家、战略家切实、清晰、周密地谋划国家发展航向，"不畏浮云遮望眼"，立足大战略的"最高层"，以决策去驾驭势态。可以说，思想库是古今国家高层的思辨装置、决策中枢。

华盛顿"K街"乃一"智场"。"知者"与"治者"汇聚"智场"，对话、切磋、运筹，所思、所论，结果即为治国方略。这方"智场"可谓"智力"与"治策"的联结扣、"治人"与"治于人"的反馈窗。思想库是美国政治权力结构的组成部分，欲研究美国国家安全战略，必须研究其决策机制；欲研究美国的决策机制，必须研究其思想库。

思想库乃一"产业"。其发达与否，并非仰赖经济发展水平。上世纪90年代之前，日本决策体系呈"官高智低型"，官僚为"脑"，政党为"肠"，智者为"肢"。日本政府部门所在地"霞关"一言九鼎，思想库只是政府机构内部的附属或外围。官僚决策者因多出自同一师门、校门和部门而埋头为同"脉"上司唱颂歌，"头脑旋风"难度"霞关"；国会所在地"永田町"充其量是"橡皮图章"或"吉祥物"。

而在美国，思想库权重位高，左右美国政治、经济、军事、外交等一系列重大决策。在其决策体系中，政党是"四肢"，智者是"心脏"。"政府、国会、法院以及政党在相当大的程度上受到主要思想库的影响"；"政党丧失了提出政策与决策的功能"。[1]

美国的思想库名目繁多，林林总总，大约分为6类：①论坛型。大腕云集，构成网络，交换信息，讨论政策，形成看法。美国外交政策全国委员会、阿斯平研究所等即属此类。②人才贮备型。《易经》言之为"见龙在田，利见大人"。即智囊潜心钻研、厚积薄发，但尚未登上政治舞台，而一旦政权更迭，"旋转门"开，必将崭露头角，携思想嫁妆，入主殿堂。③教育启蒙型。向决策权圈有关人士提交政策建言或研究报告，务虚研讨，调整思路。在这方面，传统基金会的做法较有独到之处。④行动型。直接将政策研究成果推向社会，让普通国民参与社会或政策的改革。⑤研究机构型。如出席议会听证会，与阁僚论谈、在记者会上发表言论、以著作包装"点子"出售等。⑥课题驱动型。[2]

思想库是美国国家安全战略的决策"外脑"；学界与政界交流的"旋转门"；外交官的"孵化箱"；研究报告的"增值器"。

"旋转门"有三道机关：一是"投笔从政"。一朝天子一朝臣，政权更替，大批内阁成员、局长、处长等各级官员换马，而诸届新任官员多选自智库。故学者潜心钻研，翘首良机，自不待言。诸如美国前经济顾问委员会主席劳拉·泰森（克林顿政府）曾是伯克利加州大学的经济学教授；助理国务卿帮办谢淑丽（克林顿政府）曾任教于伯克利洛杉矶大学；现任白宫国家安全顾问赖斯出道于斯坦福大学。现阶段对华政策的决策者亦不乏学者出身之人。这种人事变动的周期性、循环性，应为必寻之方向。

二是"辞政治学"。政治家退出政治舞台后，常为智库所接纳。这是美国政治耐人寻味之处。某些著名阁僚挂名于某智库，有些尚兼任常务理事。他们的人脉关系庞大复杂，其言论可影响白宫。例如，克林顿政府的成员和部分智囊虽已离开白宫，但他们在华盛顿思想库中仍颇具影响：负责不扩散武器事务的前助理国务卿罗伯特·艾因霍恩现任国际战略研究中心国际安全项目高级顾问；前副国务卿斯特罗布·塔尔博特现任布鲁金斯学会会长；原国防部负责亚洲和太平洋事务的助理国防部长帮办库尔特·坎贝尔现任国际战略研究中心国际安全课题组的主任。[3]

三是"学商结合"。基辛格、黑格于1982年解甲后就任了联合科技公司董事长；伊拉克战后第一个重建项目终在投标中被美国贝克特尔集团夺走。该公司与白宫和军方关系密切，善于对各种"人才"特别是对"政治人才"进行长线投资。诸如里根政府的国务卿舒尔茨在进入政府前曾为该集团高级顾问；另一位里根政府的国防部长温伯格任职前曾是该集团一下属公司的总经理。

"孵化箱"是指美国雄心勃勃的年轻一代政治家。他们大多首选进入战略智库学习制定政策提案的"技能"，继而寻找与政治家合作的机缘，重在及时表现才华。思想库圈内有句名言：华盛顿的政治气候似秋日之空，变幻莫测，拥有似动物般的直觉，可预感天气变化者，容易在华盛顿寻得出人头地之路。

"增值器"是指从"思想仓库"到"政策用户"的转换。历届美国政府的外交哲学、决策力学中深寓着思想变物质、产品变商品的辩证和飞跃：智库的能量释放，改变着美国社会的主流意识形态，影响着美国的政治运作方式。"9·11"后，美国国家走向的"民主帝国化"潜念即新保守主义东山再起，大批新保守派进入决策核心，并且不少思想库为新保守主义提供了理论支持。"美国新世纪计划"、"美国企业研究所"、"亚太安全研究中心"、"卡内基国际和平基金会"等重要思想库，几乎都由新保守派主导。

学术思想的活跃，有利于战略思维的发展。中国对国外思想库的研究始于上世纪 70 年代。当时敝所编辑出版过诸如《美国重要思想库》、《日本脑库》等思想库研究入门书籍，可说是为国门开放之初的中国观察、研究外国思想库的运作与管理，呼吸来自国外同行的"新鲜空气"，借鉴经验，活跃研究打开了一扇小窗，开始将美国的兰德公司、布鲁金斯学会和日本的野村综合研究所、综合研究开发机构等著名思想库纳入中国研究机构的视野。

　　研究美国思想库，一方面可以从中发现美国对外战略、对华政策的决策流程，把握"出将入相"的规律；另一方面，借鉴其决策机制中的科学成分，活跃我国思想库的决策思维水平，从而在建设中国特色的现代领导科学体制和决策体制以及实现决策的科学化、民主化过程中发挥作用。这种受不同大思维方式熏陶的研究机构之间的思想碰撞，对活跃战略思维无疑是有益的。

　　近几年，中国学者对国外思想库之研究，突破了类似情况介绍的简单重复，把思想库放在对象国主流思想与意识形态的变化、思想库与政治运作的关系以及在国家安全决策机制或国家危机管理机制的大框架中加以研究，拓宽了研究半径，使研究水平有了飞跃。

　　本书是现代国际关系研究所对美国外交政策研究的"探索之旅"。敝所美洲研究室的青年俊秀们敏感地觉察到主导美国外交的思想与意识形态的变化和思想库对美国政治运作方式的影响，故不辞繁重的工作压力，辛苦梳理出有关美国思想库的脉络，编成此书。此集所收内容难谓完美，但望能为美国研究提供一方平台。欢迎读者提出宝贵意见，以臻不断完善。

2003 年 6 月于京西万寿山庄，夜雨

注　释：

　　[1] 李强：《新保守主义与美国的全球战略》，《书城》2003 年 5 月，第 34 页。

　　[2] 铃木崇弘、上野真诚子：《世界的思想库》，日本萨以马尔出版社 1993 年版，第 29 - 31 页。

　　[3] 乔舒亚·艾森曼：《布什政策值得等吗》，香港《南华早报》2003 年 5 月 29 日。

《国际重大恐怖案例分析》序[*]

——国际恐怖活动动向及其对
中国国家安全的影响

一、当前国际恐怖活动的动向

"9·11"事件迄今两年有余，强烈的"冲击波"未平、"放射尘"未落，5月中旬又闻中东、北非、南亚爆炸之声。各个大案系列排开，究其指使组织、活动范围、攻击目标、执行人员与攻击手段，结论只有一个：从事国际恐怖主义发生了变化。从事国际恐怖活动者人数不多，但其不显山、不露水，"以小搏大"，令人防不胜防。其组织内部职能分工明确，既有军事或准军事等"行动"部门，也有"合法"的经济和政治部门，凡可生存之地，恐怖组织皆如水银泻地无孔不入，制造恐慌效应，引发社会动荡。反恐战争何处是尽头？

埃及总统穆巴拉克说过，美国打伊"将催生100个新拉登"。

---

* 中国现代国际关系研究所反恐怖研究中心：《国际重大恐怖案例分析》，时事出版社2003年版。

此话言中。美伊战争似汤浇蚁穴，火燎蜂巢。惊恐之余，恐怖分子加紧巩固原有"基地"网点，强化与各地极端势力的联系，逐渐站稳了脚跟，也更加猖獗。"基地"组织已经发展至第三代。他们自我隐蔽、自我支持、自我发展、自我行动，已在全球建立起新的"网络"。恐怖之火不仅使美国世贸中心大楼化为灰烬，还将染指所有世界文明之厦。冷战结束十余载，"全面战争"这柄"达摩克利斯"之剑似已移离人类的头顶，代之另一种威胁——古老而"新潮"的恐怖袭击——却悄然登场，对世界安全构成重大威胁，人类和平被蒙上阴霾。

恐怖组织系以极端宗教思想为意识形态、以"基地"组织为核心、以西方国家或亲西方伊斯兰国家为打击目标的"恐怖同盟"。这个无疆界、无领土、无固定基地、无标识的"死亡同盟"，打碎骨头连着筋，聚在一起干"大事"，化整为零好藏身。"死亡同盟"主要包括：东南亚"伊斯兰祈祷团"、菲律宾反政府武装"阿布沙耶夫"、巴基斯坦"穆斯林联合军"、"基地"组织、车臣非法武装等。巴厘岛、车臣、肯尼亚、土库曼斯坦、利雅得、卡萨布兰卡等地发生的恐怖事件均有国际背景。

恐怖活动方式系为追求轰动效应和制造心理恐慌，经过周密策划、于不同国家和地区，集中连续进行。新一轮恐怖浪潮显示出国际恐怖活动呈"波浪"型趋势，手段更加多样化，目的是"要更多人死，让更多人看"。5月中旬的连环爆炸案显示，恐怖组织连环作案一是要造成爆炸遍地开花，引起民众普遍恐慌；二是将局势搅乱，加大救援难度，尤其是采用自杀性爆炸，基本上切断了侦破线索；三是竭力造成最大杀伤。在恐怖分子面前，即使各国军警装备精良、训练有素，但平民永远是软肋。

二、中国周边恐怖活动的蔓延与影响

中国周边地区动荡无穷。阿富汗、塔吉克斯坦、吉尔吉斯斯坦、乌兹别克斯坦、哈萨克斯坦、俄罗斯、巴基斯坦、印度、印度尼西亚等国，都曾因分裂、极端、恐怖等三股恶势力作乱而产生动荡。美国在伊拉克的军事行动加剧了国际安全形势的跌宕起伏，影响到我国东南与西部方面的安全。

地缘宗教因素的影响不可低估。从世界范围来看，阿富汗与伊拉克两场战争之后，美虽结束了军事行动，但因不能有效控制局面，大批"基地"组织成员潜逃，使中东、南亚、中亚成为恐怖主义生存的温床，"基地"组织与其他极端势力的勾结增强。从恐怖活动的分布范围来看，高加索到中东、南亚、中亚以至东南亚形成一条恐怖活动高发"弧形地带"，流血冲突不断。此时，克什米尔、阿富汗及费尔干纳谷地等极端势力的三大活动基地紧逼我国西线。

地缘战略因素与恐怖活动互动。美把"打伊"与反恐搅和一气，激化了西方与宗教极端势力的矛盾，于是更多的恐怖活动发生了。南亚的反恐斗争尤为艰巨。2003年4月，美国公布了《2002年全球恐怖主义形势报告》，称2002年世界发生严重恐怖事件199起，仅南亚一地就达78起，约占40%。目前，"基地"组织及部分塔利班分子即藏身于阿巴边境地区。

（1）在阿富汗，"基地"组织和塔利班余党联合前总统希克玛蒂尔再度活跃。近来，他们发表声明，要"重建军事领导系统"，发动新的"圣战"。原蛰伏于巴阿边界部落地区的"基地"组织和塔利班余党也不断越界袭击，渗入东、南部各省，制造恐怖，其规模和数量与2002年秋冬相比，可谓有过之而无不及。目前，喀布尔政府的掌控能力仍较薄弱，各种极端势力活动频繁、军队内部分裂、毒品泛滥等导致政治社会不稳，形势严峻，难于言表。因而，阿富汗有可能再次成为地区动乱的温床。这种恐怖威胁是长期的。

（2）在巴基斯坦，极端势力抬头。2002年大选后，巴原教旨主义色彩浓厚的宗教执政联盟（MMA）取得了西北边境省的领导权。2003年6月初，MMA又在该省通过沙里亚法案（伊斯兰教法），并试图强制推行。

（3）在中亚，极端组织活跃。主要包括："乌伊运"、"伊解党"（音译为"伊扎布特"）、"突厥斯坦伊斯兰运动"（前身是"乌伊运"）。目前，有影响的"东突"恐怖组织多在中亚地区活动。"东突"分子已连续三年在吉尔吉斯斯坦制造多起针对我国的恐怖事件。

"伊解党"被视为继塔利班和"基地"组织以后的又一严重威胁，引起中亚各国及俄、美情报部门的高度警惕。设在布鲁塞尔的"国际危机组织"警告说，该组织可能发起恐怖运动。

（4）在东南亚，日本赤军、泰米尔之虎、真主党和"基地"等恐怖组织将该地区视为藏身所、中转站和采购点。美国联邦调查局局长米勒指出："该地区国家可能是'基地'组织繁殖的沃土。"当地反恐专家认为：伊斯兰祈祷团是"基地"组织网络的一部分，专职攻击在亚洲国家内的西方目标。据2001年12月在新加坡被捕的"伊祈团"成员透露，他们原本建立"印尼伊斯兰国家"的目标已扩大为"马来群岛伊斯兰国家"，版图包括马来西亚、印尼、菲律宾棉兰老岛、新加坡和文莱。

三、中国国家安全面临的新形势、新任务

（1）一系列国际恐怖活动显示，我国周边反恐形势更趋多

变、复杂。反恐与经济发展和社会稳定的关系密切。因为恐怖活动造成的直接冲击与间接心理影响，以及造成的投资环境的负面形象，可阻碍经济发展，危及社会稳定。从国外情况看，大中城市是恐怖袭击的主要目标和反恐斗争焦点，多数恐怖组织善于以大城市为活动中心，隐蔽、策划和发动恐怖袭击。政府机构及国际标志性建筑常为恐怖活动的首选目标，关键性基础设施极易受到恐怖袭击。随着反恐斗争的深入展开，我国面临的恐怖风险与安全成本在不断增大。

（2）美实施"改造伊斯兰"的战略步伐加快，其作为"新帝国战略"的重要环节及相配套的全球军事力量大调整，必将对全球战略形势与我周边安全局势产生重大影响。美在军事上将驻军重点从沙特移至伊拉克，对伊朗、叙利亚实施前沿威慑，重点镇防高加索、中亚、南亚、中东、东南亚等"极端主义活跃带"。恐怖活动重灾区又是经典陆权理论所描述的欧亚板块结合部。不言而喻，反恐战争亦为重大地缘战略行为，势将加速新地缘政治形成。伊拉克改朝换代，将与土耳其、阿富汗、巴基斯坦等国相链接，形成战略犄角，对欧亚地缘板块构成战略挤压。

（3）国际反恐斗争开展以来，美逐渐推行以反恐为核心的国家安全战略，并将之扩展到其他国际安全领域。这些领域包括防范大规模杀伤性武器扩散、洗钱等国际有组织犯罪，海上通道、集装箱运输等国际交通运输安全问题。2003年2月14日，美出台《抗击恐怖主义国家战略》报告，将"国家恐怖主义"问题纳入美反恐战略，强调要把战斗引到恐怖分子所在之处，必要时单独行动。可见，我国正面临传统安全与非传统安全交织、非传统安全威胁与危害不断上升、国际安全问题更加多元化的新形势。

（4）面对"恐怖性非对称战争"，各大国重新审视国家安全环境，加大对非传统安全的关注，探索该领域安全新机制、新内涵；思考安全目标优先顺序，积极调整相关战略，赋予军队反恐职能，组建以反恐行动为任务的新军事单位。针对恐怖主义具有跨国威胁的特点，各国在反恐实践中高度重视国际合作。所以，我国也必须把反恐作为国家安全战略的重要任务，运用政治、经济、外交、军事、法律等综合手段加以应付，并据此调整军事、执法等相关机构。

中国先贤有言："不可以边陲不耸，恬然便谓无事"、"为之于未有，治之于未乱"（《老子》六十四章），是预警、施政的重要任务。中国现代国际关系研究所"反恐怖研究中心"结合国际恐怖活动与安全形势的发展，从国家安全高度与反恐专业的角度，对上个世纪80年代以来爆炸、绑架、暗杀、劫持、投毒等国际重大案例加以梳理、分类、归纳、分析和对比，拟从中找出有助于打击黑手、黑枪、黑钱、黑道、黑帮、黑势力的线索和规律，广引深远，以明治乱源；所谓"同病异治，异病同治"，就是这个道理。反恐中心就此研讨、推敲、落笔之日，正值京城众志成城，抗击"非典"之时，诸同仁"不言春作苦，常恐负所怀"，辛勤笔耕，终结硕果。为表敬意，特作序。

2003 年 7 月于京西万寿山庄

《非传统安全论》序[*]

——船到江心补漏迟

　　当我们伟大的祖国和伟大的人民同仇敌忾、齐心协力驱逐了"非典"病魔，而再歌一曲《送瘟神》之际，我们不能不审慎地追索"华佗无奈小虫何"之根由。于是，20世纪90年代中期登陆中国的"非传统安全"之"观与论"越发成为学界、媒体及为政者"眼球"的聚焦点。

　　新生旧故皆成景色。在国际形势跌宕起伏、瞬息万变的大背景下，传统是曾经的现实，现实是未来的传统。今天，人类未曾经过的非传统、非典型、非对称、非常规的"另类安全"问题蔓延、肆虐已经成为不辩之现实。世界正在面临非传统安全威胁不断加剧、国际安全问题更加多元化的新形势，人类所处的安全环境更加复杂。

　　欲追索"华佗无奈小虫何"之根由，就必须认识非传统安全的重要性，就需要借鉴国外应对此类威胁的经验，就要系统、全面地研究这一领域的问题。"非传统安全"系20世纪90年代中后期逐渐见诸于美国、加拿大、英国以及东盟主要国家关于国际

---

　　* 陆忠伟主编：《非传统安全论》，时事出版社2003年版。

安全问题的战略报告、政策文件、文章及专著中的新词汇。如，1997 年克林顿政府的《国家安全战略报告》就强调了美国面临的"新威胁"。中国现代国际关系研究所的专家们对"非传统安全"做出的简明定义是：它是由非军事因素引发、直接影响甚至威胁本国发展、稳定与安全的问题。这些威胁的一个基本特点是：涉及国家众多，必须通过包括军事手段在内的多种途径及多国合作加以解决。

美国等西方国家将以下问题视为非传统安全问题：恐怖主义、毒品和武器交易、有组织犯罪、难民与环境问题、大规模杀伤性武器的扩散、民族宗教冲突、邪教猖獗、社会动乱、金融动荡、信息网络攻击、基因与生物事故、非法移民、传染病流行、地下经济及非法洗钱等。重大的非传统安全问题往往以危机突发的形式爆发，其产生的影响和后果会"内传"、"外溢"；有些问题甚至能造成大范围的连锁危害效应，造成民众心理恐慌、社会动荡。

多数非传统安全问题是从传统安全问题演变成"新"问题的。在国际形势发展瞬息万变的时代背景下，旧问题、旧矛盾呈现出新花样、新特征。换言之，即老问题、新面孔、新危害。诸如恐怖主义、非法移民、生态恶化、流行疾病、水资源匮乏等问题并非"新生事物"，而是问题的严重性加剧了，人们视其为威胁而予以高度警惕。此外，在全球化背景之下，一些老问题的危害具有了新特点（如恐怖主义的全球化、网络化）并造成跨国性威胁。如信息网络攻击，既损害各国公民的权益，还威胁到信息基础设施的安全运行。

中国战国时代哲学家惠施关于同异观的著名命题："大同与小同异，此之谓小同异，万物毕同毕异，此之谓大同异。"即事物之间的关系有大同，也有小同，大同是指性质基本相同，小同则指性质基本不同；大同则小异，小同则大异。这个道理确实在一定程度上诠释了事物的共性与个性、统一性与差别性及同与异的矛盾，看到了它们的相对性。从惠施的异同观来看，传统与非传统这两类安全问题并非"大同异"，而是大同小异。传统与非传统、主流与非主流、典型与非典型之间的威胁因素相互交织，界限正在随之发展而模糊。目前及今后非传统安全问题将直接涉及国家发展、政治稳定及社会安全，其造成的影响不亚于传统安全问题。

"世异则事异"，"事异则备变"（《韩非子·五蠹》）。鉴于非传统安全问题发生的原因既有外部的，也有内部的，更有内外因素相互作用的，其具有潜在性、突发性、扩散性等特征，因而各国政府认识到只有在非常宽广和综合的层面上，才能确保国家安全。为此，他们从如下三个方面转变安全观念，即确立风险意识、确立预防意识、确立应急意识。

2002 年至今，美国相继出台了《反击大规模杀伤性武器国家战略》、《网络空间国家安全战略》、《国土安全国家战略》和《反击恐怖主义国家战略》等一系列战略文件，反映出美国决策高层从战略高度看待应付非传统安全问题。

中国政府从 2001 年起开始在一些重要的文件中使用"非传统安全"概念，如 2001 年《国防白皮书》、2002 年 5 月"关于加强非传统安全领域安全的中方立场文件"等。中共十六大报告更明确地将打击恐怖主义等非传统安全议程提上日程。

中国政府引入的并不仅是一个新名词，而更是一种新观点、新思维、新境界，即大安全观的树立——从更大范围、更多领域、更宏观层面审视国家安全；国家安全与社会安全并重，传统安全与非传统安全并重；经济发展与社会发展并重，其目标只有一个："国泰"（政权安全与主权安全）"民安"（发展安全与人的安全）。这说明我国对构成国家安全威胁的原因、特性和解决方式有了重新认识，强调运用政治、经济、外交、军事、法律等综合手段加以应对。

党的十六大将"全面建设小康社会"作为本世纪头20年的国家发展目标。在建国之前或者更为久远的动荡年代，人们往往把消弭战争看作小康的一个重要标志。换言之，只要能够休养生息，就是小康。而在现代，除衣食住行外，和平的环境、安全的社会、心情的愉悦等也构成小康的重要内容。一个国家，除应该发展为政治大国、经济大国、军事大国、体育大国、文化大国外，还应是健康大国及安全大国。可见，非传统安全问题关系到执政党的地位，关系到全面小康发展目标的实现，关系到中华民族的崛起。它要求的是国家治理能力的与时俱进；它需要具备更强的"预防性"安全意识及应对、驾驭复杂局面的能力。

我们强调"非传统"安全，并非"传统"安全不重要了或军事安全地位下降了。相反，以IT为代表的现代科学技术的突飞猛进，基于地缘战略意图的对海权与陆权的争夺加剧，国际安全构想中单极与多极思想的较量等多种因素，无一不在催生广泛而深刻的世界新军事变革，致使军事力量发展阶段不同的国家之间，出现了"时代差"，而不仅仅是"时差"、"落差"或"代差"。

因此，"兵备之可否，亦安危之大机栝也"。军事斗争仍将是国际政治的重要手段，在地缘战略争夺、海洋通道安全、国家统一、主权完整等方面，还得靠"传统"的"拼刺刀"。正如党的十六大报告所示："建立巩固的国防是我国现代化建设的战略任务，是维护国家安全统一和全面建设小康社会的重要保障。"

阅读了本书清样之后，深感时代在前进，形势在变化；国家安全概念的内涵在充实、外延在扩展；国家长治久安必须兼顾传统与非传统两方面的内容以及在此基础上构建大安全观之需要，加强全民安全意识之重要，及加大安全投入之必要。本书所涉及的"非传统安全"问题，还有漫长的路要走，乱者思理，危者求安，我们仍将孜孜以求：思索国家安全的重大危险，寻求具有长远价值的预防战略。

功崇惟志，业广惟勤。本书是敝所同仁合作的心血，书稿杀青、付梓之时，正值京城打响"防非"攻坚之役。参与者不辞辛苦，坚守岗位，对书中章节、文字、数据、立意和论点反复推敲，无一日之懈，他们的姓名会出现在书中。同事邀我为《非传统安全论》写几句，为表敬意，故动笔墨。

是为序。

2003 年立秋于京西万寿山庄

《2003 年世界大事备忘录》序[*]

  当前的国际形势是与"9·11"事件联系在一起的。电视连续剧《三国演义》片尾曲唱道，"一页风云散，变幻了时空"。"9·11"对国际战略形势的影响具有分水岭的作用，也可以把它叫做历史的里程碑。

  影响过去两年国际战略形势的最重要因素是"9·11"事件与因之而起的反恐战争。"9·11"事件发生两年多来，国际恐怖主义发生了变化；阶段性国际主要矛盾发生了变化；美国国家安全战略发生了变化；应对威胁的基本手段发生了变化；大国战略关系发生了变化；地缘战略形势发生了变化，以及国际战略格局发生了变化。

  "稳而不定"是当前国际形势的主要特点：反恐与反霸、零和与双赢政策思路的较量；对战略资源、地缘位置、政治主导权及发展样板的争夺构成了现阶段国际关系的重要内容。过去的一年，是各类政治矛盾激化、大国剑拔弩张的"危机年"：回览地球，联合国安理会因伊拉克战争而一时处于"开店停业"状态；世贸组织"坎昆会议"无果而终；倒萨战争、朝核危机、巴以冲

---

  * 中国现代国际关系研究院：《2003 年世界大事备忘录》，时事出版社 2004 年版。

突、"反美圣战"等热点问题层出不穷。以连环爆炸为特征的恐怖活动猖獗一时。中国周边一些国家成为恐怖活动重灾区。从高加索到中东、南亚、中亚以至东南亚形成了一条恐怖活动高发的"弧形地带",流血冲突不断。加之,克什米尔、阿富汗及费尔干纳盆地等极端势力的三大活动基地紧逼我国西线。

另一方面,从危机、转机、时机、契机这一危机动态的全过程看,深思去年,亦可谓各大力量面对危机频繁斡旋的"外交年"。伊战前后,大西洋、太平洋、欧亚大陆这"两洋一带"风起云涌,动荡加剧,调整加速。

当前国际战略格局的特点是:综合国力对比上的"一超多强"。美国是唯一的超级大国,欧盟、日本、中国、俄罗斯各算一强。欧、日政要形象地讲:美国是格列佛,世界是小人国。美国开始对世界进行"格列佛"式的统治。美元、美援、美资、美军,这四件工具使美国霸气、虎气十足,"太平洋的警察——管得宽"。因为美国开了两大工厂:一是"帽子工厂",如无赖国家、流氓国家、破产国家、失败国家、邪恶国家等;二是"修理工厂",欲改造中东、改造伊斯兰,改造朝鲜、伊朗等等。

美国是矛盾的焦点,是主要的碰撞面,是各强的重要周旋对象。超与强之间矛盾交错、利益交织,外交上连横合纵、远交近和、既较量也商量成为大国关系的主旋律。围绕打伊战争,美欧关系的风风雨雨、美俄关系的停停走走、中美关系的虚虚实实、美中日韩俄五方关系的嬗变等,都是这一战略格局的投影。

强与强之间,联手制美,合力不可小视。中国的国力增长并未停止;日本虎瘦雄风在;俄罗斯军事科技战略、战略和战术核武器的威慑力量仍在,令美国不敢小视。所以,基本上是一个群雄逐鹿的战略格局和合纵连横的外交格局。

"9·11"事件成为影响国际战略格局的重要因素。人们越来越强烈地感到，随着美国反恐战争的扩大，它与伊斯兰世界的矛盾还将激化，一旦反恐路线走偏，爆发文明冲突的危险将急剧上升。

从目前看，美国对伊斯兰世界的"改造"战略已大体成型。具体而言有三部曲：第一，推翻萨达姆政权，在伊拉克建立亲美新政权；第二，重新收拾中东河山，即长期占领伊拉克，震慑伊朗、叙利亚、利比亚、苏丹，敲打沙特、埃及等国；第三，迫使巴勒斯坦变更领导人，按美国意图解决以巴冲突。

在美国"改造"伊斯兰思想的指引下，美把主要军事资源投入中东、中亚、南亚、东南亚一线。美在军事上投棋布子、向战略要冲集结，挺进阿富汗、兵临巴格达，以加强对欧亚大陆的地缘战略优势；"反恐战场"与其长期觊觎的战略要地"重叠"。

"打伊"是冷战后美国对外发动的第三次局部战争，但局部战争具有全局性影响。受其牵动，国际战略格局及相关态势正经历更深刻的调整，出现了许多新的矛盾。美国对伊拉克之战，使得太平洋变窄了，大西洋变宽了，欧亚大陆变高了。换言之，美日关系贴近了，美欧关系疏远了，欧亚大陆的地缘战略性更突出了。

基于上述分析，我国正面临传统安全与非传统安全交织、非传统安全威胁不断上升、国际安全问题更加多元化的新形势。国际因素会对国内社会问题产生影响，国内的稳定、发展会因国际形势动荡而出现起伏。"发展大竞争"将成为时代主旋律。此类竞争看不到终点，异常残酷。对各大民族而言，既是政治智慧的较量，也是发展意志的考验，任何挫折与弯路，其后果也无可挽回。

审视大国关系，中国不是世界主要矛盾焦点，总体战略环境于我利大于弊。但同时也须看到，在中美日、中美印、中美俄等大三角关系中，我国还有较大补强空间。我国对外战略应继续坚持韬光养晦、有所作为。要看到我强国、复兴的时运已到，不出意外，崛起之势不可阻挡。

2004 年 3 月 15 日

《反恐背景下美国全球战略》序[*]

——全球恐怖活动"基地化"与美国反恐战争

从2001年美国纽约的"9·11"恐怖爆炸，到2004年西班牙马德里的"3·11"列车遇袭事件，是巧合，还是谋划？间隔正好911天。在这911天里，围绕恐怖与反恐的大气候，风云突变，腾浪拍岸。国际安全的海岸在全球恐怖活动"基地化"与美国全球安全战略两股浪潮的撞击扑打之下，一片迷茫，风声一阵紧似一阵。

从"9·11"到"3·11"的两年半以来，国际恐怖势力在精神引导上出现了"总部经济"现象，即恐怖组织在动机、体系、手段、类型、区域、成分等方面都发生了重大变化，出现了一个向"基地"总部集聚、靠拢、效仿的动向。

（1）恐怖活动空间"全球化"。继美国本土的"安全神话"破裂、亚洲成为"恐情高发地带"后，欧洲防线再被恐怖分子撕开，美、欧、亚三大洲面临全面受到恐怖袭击的危险，法、德、

---

[*] 中国现代国际关系研究院美欧研究中心：《反恐背景下美国全球战略》，时事出版社2004年版。

英险象环生；日、韩提高戒备等级、伊拉克战争的周年祭，成了恐怖分子的重大"节日"：在巴格达、马德里，卡车炸弹变成了背包炸弹，核生化武器袭击的危险愈益逼近。较之袭击目标的战略意义，恐怖袭击的血腥场面更为恐怖组织所重视。从莫斯科、雅加达、伊斯坦布尔、卡萨布兰卡到马德里，行凶手段多为"基地学校"滥杀无辜的速成手法。

（2）恐怖组织的"基地化"。如果说美伊战争好比捅了马蜂窝，造成恐怖分子满天飞的话，那么，在伊战一周年之后，"基地"组织已成"一团分散的星云"。传统恐怖活动划地为界、隔街下雨的现象为"全球圣战"所替代。从臭名昭著的东南亚"伊斯兰祈祷团"到初露狰狞的"摩洛哥战斗旅"，谓语变了，但主语未变。"全球圣战"成了带雨星云的碘化银，全球恐怖势力以"基地"为龙头，呈团队式、捆绑式地在全世界寻找"作业场所"。

欧洲反恐专家分析，"基地"组织目前在三个层面上活动："基地"组织创始成员，或是20世纪80年代参加反苏圣战的"阿富汗阿拉伯人"；"基地"授权的地方组织，根据全球"圣战运动"的规律，"基层"保留一切主动权；作为"基层"和地方组织之间关键联系的新"皈依者"。[1]

（3）"9·11"后初具格局的国际反恐联盟因"3·11"而发生重大调整。大西洋两岸关系或美与新、老欧洲的"两岸三地"关系，以及太平洋两岸关系可能出现新一轮变局。因为，一方面"9·11"打烂了美国，美国重拳打恐，反恐谋霸；"3·11"炸醒了欧洲，牵动欧洲安全战略的调整，欧盟15国将很快出现一个统一的情报中心、指挥中心和行动中心，新、老欧洲的"代沟"会因之而缩小；美、欧会"换位思考"各自的安全处境。

（4）"3·11"是欧洲的一场政治"大爆炸"，各国在恐怖主义面前暴露出新的致命弱点。恐怖分子在"玩政治"，欲通过血腥的恐怖袭击来影响投票意向，进而打击华尔街、唐宁街、永田町的政治凝聚力。马德里"屠杀"导致西班牙政局出现"恐怖演变"。

2004 年是个选举年，"政权更迭"、"恐怖演变"会否发展为"恐流感"进而影响东京、汉城、堪培拉、罗马、华沙、海牙及伦敦的政局，已成为人们不得不面对的一个严肃课题。

研究一个成熟的胚胎要比研究一个成熟的细胞容易得多，沿着 2001 年"10·7"阿富汗战争、2003 年"3·20"倒萨战争拾级而上，人们对"反恐时代"的美国全球战略、反恐与谋霸的关系、反恐与地缘战略的关系、外交与国内政治的关系等，会有进一步的理解。

美国是在综合国力对比"一超多强"的格局及军事"一枝独秀"的态势下打响反恐战争的，美国决策者以实力求安全的传统战略思维和"战争股份公司"特殊股东集团的身份拍板，决定了这场全球反恐行动的开场。

美国综合国力的绝对优势、军事上的一极态势、强硬单边主义立场，以及在阿富汗、伊拉克的强力扫荡，虽然带来"铁锤砸豆腐"或"快刀斩乱麻"的快感，使塔利班作鸟兽散、萨达姆成阶下囚，但人们也看到"巨人踩水坑"的另一种效应：一方面，"水"渗入地下、化整为零，越发难以捕捉了；另一方面，"水花四溅"，恐怖分子满天飞，国际社会的不安全感增强了。继莫斯科、马德里之后，波士顿、华盛顿、旧金山、芝加哥的安全官员们将面临无数个不眠之夜。

以伊拉克为基地的"改造中东计划"反而导致了"超级恐怖主义"的出现。埃及总统穆巴拉克曾指出，美国打伊"将催生100 个新拉登"，此话不幸言中。"世界并未因美国炫耀武力而变得顺从"，美国民主党候选人克里指出，"马德里爆炸事件是布什反恐政策失败的一个证明"。

美国有由雄厚的政治与学术精英组成的谋划方阵，为美利坚"帝国"的由盛世困惑踱方步、解疑难。一些专家注意到：一年多来，在布什政府内，关于收敛进攻性战略锋芒的议论有之；关于收敛单边主义势头的议论亦有之；关于加强"软力量"建设的建言、关于重视大国合作的反思等思想不时闪现；"渐渐出现的多边主义正在取代严格的单边主义"。

在伊战周年祭时，美、英各地爆发了声势浩大的反战示威。回头看，人们可以发现，美国外交政策的变化还是有的："多了些谨慎，少了些霸气"；在全球外交战略指导思想未有根本变化的同时，局部性、策略性的调整显而易见；在伊拉克问题上寻求联合国的帮助；试图为美国在世界政治舞台上的行为方式重新定位，通过相对温和的外交渠道行事。

震荡之后是盘点，险滩之后水势缓。"基地"总部作为全球恐怖主义的精神和思想来源，正对世界各地的恐怖组织进行"企业式接管"，并与"布什战争股份公司"[2]形成"非对称"的大比拼、大豪赌态势。美国的全球反恐战略与行动也面临重大转折。

中国先贤所言："善治病者，必医其受病之处；善救弊者，必寻其起病之源。"中国现代国际关系研究院美国研究所于2003年夏诚邀京、津、沪、穗等地高等院校在美国研究上崭露头角的青年才俊相聚北京郊区怀柔，选取反恐背景下的美国全球安全战略为题，以论立文，以文会友，刮头脑旋风、撞思想火花，以宏观视野、微观剖析，对之进行了系统、全面、深入的研究分析，得出了客观的结论，许多见地令人深思。

本书结集付梓时，远方传来马德里及乌兹别克斯坦等地的隆隆爆炸声，展读之际，笔者既为"恐情"严峻而担忧，又真替美国操心：美国如何排解"盛世困惑"？"战争股份公司"的经营理念会否出现调整？公司董事会是否会改组？追求"绝对安全"的政策蓝筹股是否还有升值空间？……如果2004年夏继续办会，这些问号无疑都是热点话题。看来，美国的国际地位及其全球安全战略将是一个长效议题，此类研讨还要继续办下去。

2004年4月8日于京西万寿山庄

注　释：

[1] 佩佩·埃斯科巴尔：《超级恐怖主义的出现》，香港《亚洲时报》在线，2004年3月17日。

[2] 杉浦茂树等译：《布什的战争股份公司》，日本沟通出版社2004年版。

《北约的命运》序*

——总把新桃换旧符

"江山依旧，人物皆非"。北约东扩这一地缘政治行为，通过对地理空间及地理要素的控制和利用，实现了以权力、安全为核心的特定权力，可谓实力大增，"旧貌换新颜"。地理因素虽似一成不变，但蓝色地球村里家家户户的生存方式显然在经意而又不经意间不断变换，以适应着接受地理环境的影响。实实在在的"江月年年只相似"，"人生代代无穷已"。

一条多瑙河横贯中欧，深沉丰沛，一路流泻捷克、斯洛伐克、匈牙利、保加利亚、罗马尼亚等国，汩汩向东，注入黑海，身后留下一道宽阔、绵长的脉迹。而当北约东扩的急风卷过，这些原来华约集团中东欧国家的地缘政治定位发生了变化，新桃换下旧符，改换门庭，变换旗帜，不再坐南面北，而是开始了坐北朝南的日子，攀上了高枝。这一切正应了现代地缘战略学家的基本观念："地理大致决定在何处制造历史，但制造历史的还是人。"这是地理的政治化过程，也是政治的地理化过程。

在全球战略格局变化，大国盛衰再度轮回，恐怖活动狼烟弥

　＊　中国现代国际关系研究院美欧研究中心：《北约的命运》，时事出版社2004年版。

漫的大背景下，北约迎来了 55 周年祭，其以更高的调门声称要将东扩"进行到底"。在此"坐五望六"之际，这个军事巨人脑中大量的、活跃的战略和政治细胞急剧向全身扩散，不仅积极为军事全球化推波助澜，进而逶迤东来，七十二变，频频亮相，大有脱欧入亚之势！老北约乎，新北约乎？然而，盛宴尾声透出的疲倦和嘈杂，纵令盛装浓抹也无法掩饰。大势所趋。

55 年前，当欧亚大陆烽火四起，一道"铁幕"徐徐落下，将欧洲乃至世界切割为两大阵营时，大西洋两岸面对共同的敌人与安全威胁，携手为伴，指天盟誓，双双步入布鲁塞尔舒曼广场，缔结一纸契约。如此，北约成为欧美协调外交政策的桥梁和共同采取军事行动的武场；而美国则成为盟主、"大家庭"中的首富、大户，其政治影响与军事权力直楔欧洲大陆心脏。

冷战后，国际战略格局由"两家人"变成"多家村"。大国关系错综复杂、利益交织。俄罗斯国力衰败、战略西靠，昔日促成跨大西洋联姻的反作用力不复存在。有人说，"天下没有不散的宴席"，北约是过了气的冷战"活化石"，必将因其原有战略价值随风渐逝而退出历史舞台。但是，出人预料，在欧美战略大师的精心打造之下，北约实现了转型，跟上了时代变迁的脚步。

冷战后，北约先后直面三场战争：1999 年的科索沃战争、2001 年的阿富汗战争及 2003 年的伊拉克战争。这三场战争严重暴露出北约同盟内部安全战略思想的歧见及军事力量的悬殊。尤其是在军事技术领域，美国的"一枝独秀"与其欧洲盟国的"花拳绣腿"形成鲜明对照。在北约对科索沃的军事打击中，绝大多数的地面目标情报来自美国；在出动的战机架次中，美国所占比重绝对之高。

岁月不饶人，北约年事已高。当其亮相于冷战后的国际战略 T 台时，君已不见昔日模样。那么，北约能否改变安全概念和政策，从军事组织转变为政治组织，提升魅力起点、寻机发挥"余热"呢？

北约在本质上仍然是西方控制世界的政治、军事工具。其作为军事集团的硬件仍威风不减；其远程奔袭与投放能力仍底气十足。如果说前苏联主要靠"十月革命的故乡"之意识形态样板、玫瑰加面包的经济生活水平，以及无远弗届的军事打击与战略投放能力这三块金牌凝聚"党兄党弟"的话，那么北约昔日"'留美、逐俄、抑德'的作用对心有余悸的中东欧国家来说尚颇具吸引力"。新入约的中东欧国家脚踏欧洲和美国两条船。它们的外交与安全政策重点将与大西洋两岸相协调；它们所选择的是行走的路线和姿态。

罗马尼亚等北约新成员国认为，加入北约一是为了回归欧洲，重新找到自己的位置；二是要获得安全保障，背靠北约和欧盟，获得国家安全、政治安全、经济安全和边疆安全等多重保险。当罗马尼亚、匈牙利、波兰等 7 个新成员国坐入伊斯坦布尔北约峰会的会场，即会感觉到与昔日站在会场外的情形是多么不同！它们会为摘掉"旧帽子"、背靠"新椅子"、奔向"好日子"而兴奋。

"走出门外去吆喝，引得客人纷沓来。"北约从东扩中找到了自身位置，迎来了"第二春"。北约正式东扩始于 1997 年。自那时起，北约进行了两次扩员，第一次在 1999 年 3 月，第二次则在 2004 年 4 月。不纠姓"资"姓"社"，北约正式接纳 7 个中东欧国家，使集团成员国一举扩增至 26 个，势力范围随之向东推进了 1800 公里，形成了一条自北向南、连接波罗的海与黑海的战略防线。目前，其势力范围已覆盖前华约集团领地，逼抵乌拉尔山脉以西的安全敏感地带，大踏步向欧洲的地缘战略纵深挺进。

好一个北约，寨内战旗兵弩，寨外彩旗鲜花。波、匈、罗等国的街头巷尾飘扬着北约会旗，这预示着：北约东扩不会止步，既没有"编制"限制，也不受地理约束；第三轮、第四轮在扩，克罗地亚、马其顿、阿尔巴尼亚、乌克兰等，均将纳入北约的目标版图；埃及、阿尔及利亚、摩洛哥、约旦、突尼斯等地中海沿岸国家，以及中亚、高加索地区国家亦将会被北约视为"大周边外交"对象。北约将通过经济与军事合作对这些国家和地区施加影响，最终形成连接中亚、高加索、中东、地中海、北非的欧亚安全体系。

北约的东进序曲牵动了欧亚大陆乃至全球地缘政治的神经，引出了有关欧亚大陆战略角逐、欧洲安全、美欧关系、美俄欧三角、中国在美"两洋"战略中的地缘战略处境等一系列重大问题，即同盟（美欧）、融合（欧洲）、遏制（俄中），其主题紧紧围绕着"地缘＋资源＋反恐"。

俄罗斯面对地缘平衡与战略平衡的抉择。北约步步紧逼，挖俄战略墙脚，大有逐鹿欧亚、气吞强虎之势。相形之下，俄罗斯则因其地缘政治心脏移至乌拉尔山脉以东，所有财富及财政来源集中在西伯利亚和远东地区而被欧洲"边缘化"，被国际政治中枢"边缘化"。可以说，沿俄罗斯东南边境已经形成了一个新的地缘战略场——中亚地区，这搅得俄罗斯烦躁不安，更加担心新入盟成员的"感情"。

大有大的难处。随着家族人丁日渐兴旺，北约内部矛盾也愈发突出。有说法称，在地缘战略取向上，德国的眼睛"向东看"（中东欧地区），法国的眼睛"向南看"（地中海与中东地区），英国的眼睛"向西看"（大洋彼岸的美国），美国的眼睛"向下看"（俯瞰全球格局），中东欧国家"向前看"（发展与安全）。各成员国的安全与战略"眼球"随心所欲，骨碌碌乱转，北约很有可能因此而迷失方向。

2002 年北约布拉格峰会和 2004 年伊斯坦布尔峰会，基本上是在探讨如何使北约与时俱进，加快变革，以适应新的战略环境，并在改革进程中赋予自身维和、管理危机和打击恐怖主义三项新使命。从布拉格到伊斯坦布尔，北约积极地将战略转型精神落实为战略行动。伊斯坦布尔峰会的落幕，吹响了北约将战略前沿向中亚——高加索地区推移的号角，突出了北约全球战略大布局的蓝图。

同年 7 月底，在布鲁塞尔召开的北大西洋理事会上，北约展示了它的战略走势，部署了下一步行动计划——指向阿富汗和中亚，通过为伊拉克部队提供武器与培训的方式介入伊拉克问题。北约以维稳为名的军事活动，其主力虽部署在巴尔干地区，但在阿富汗的国际安全行动将成为其主要任务。在 2004 年底之前，北约将结束在波黑的维和行动，而将阿富汗作为战略投放的首要目标。

北约东扩是与美欧、美俄、欧俄以及欧欧关系调整相同步的。美欧双方将在北约的改造与扩大上寻得利益共同点；美俄关系将在第二轮东扩完成之后，因美国地缘战略上对俄"软包围"的形成而锋芒内敛；欧俄双边关系将会出现暂时的平静；在欧欧关系中，乌克兰等国会因长期申请加入却得不到准许而产生怨恨。罗、波、捷、匈等国则以入约为自豪，并以欧洲人自居，要给俄罗斯、乌克兰、白俄罗斯做榜样。

北约东扩也与全球战略力量从西方向东方转移，或东方力量崛起的国际大背景相同步。小序落笔之际，传来美国决策层根据"动态防御"思想，展开欧亚大撤军行动的消息。美决定从德国和北欧撤出部分部队，将部署在欧亚大陆的 7 万美军换防，其中部分兵力将重新部署在俄罗斯周围的战略腹地——波、罗、保、匈等北约新成员国境内，再渐向波罗的海三国挺进，形成一个后冷战时代的战略部署态势。

对中国而言，北约东扩的影响还需观看。北约既然可扮演"锤子"，也可扮演"手套"。重要的是，应对北约说一声：放慢脚步，走对路。

中国现代国际关系研究院欧洲研究所早在几年前已经将中东欧国家纳入欧洲研究的"版图"，着手梳理相关资料。在北约东扩的动态过程中，该所同仁不为"墙外市井"的喧嚣浮华所动，潜心钻研，锲而不舍，终成正果，其间的辛劳、毅力颇不寻常。"长安何处在，只在马蹄下"。

水激而跃，人激而奋。受我院欧洲所仲平所长之邀，冒昧为其力著《北约的命运》作序，故在不谙欧洲问题之下，只得发奋学习。尤其是拜读此著清样，顿感自己才学疏浅，故而小序只作心得体会，就教方家。对我而言，邀我作序也是一种鞭策，"迫"我研究领域"西扩"，"染指"欧洲研究。我亦有心借此结识专家、虚心求教、熟读深思，努力将研究视线从"东洋"扩展至"西洋"。

2004 年 8 月秋凉于京西万寿山庄

《国际恐怖主义与反恐怖斗争年鉴（2003）》序*

——谁乱我清平

在"9·11"连环恐怖袭击事件发生三周年之际，国际安全形势一言以蔽之，即恐怖黑旋风与反恐强台风的撞击，跨国恐怖"死亡同盟"与国际反恐联盟的绞杀。正是风生水啸，云腾雨泻，我们迫于暴风骤雨。恰如国际刑警组织秘书长罗纳德·诺贝尔所指，"在全球恐怖主义日益猖獗的今天，任何国家都不能存在侥幸心理。"[1]

从外高加索到中亚、南亚，从中东到东南亚，这条以恐怖活动猖獗而闻名的高危地带，"恐患"尚未抹平，"恐情"又在向欧洲、东北亚、西亚地区蔓延。国际"恐情"扩散愈发加快，恐怖活动的受灾面愈益扩大，正在侵蚀整体和平与全面稳定的基础。"3·11"的马德里列车爆炸尚未尘埃落定，巴格达、费卢杰、俾路支、塔什干、利雅得、昆都士、印古什、伊斯坦布尔等地又枪声大作，炮声隆隆。据美国 2004 年 6 月中旬公布的《2003 年全

＊ 中国现代国际关系研究院反恐怖研究中心：《国际恐怖主义与反恐怖斗争年鉴（2003）》，时事出版社 2004 年版。

球恐怖主义形势报告》指出，该年全球重大恐怖袭击事件多达175 起，为1982 年以来次数最多的年份。

国际恐怖活动变化多端，被各国强力部门在地图上圈定的目标——高加索地区的潘杰西峡谷、中亚的费尔干纳盆地、巴阿边境的南瓦济里斯坦部落地区虽仍处于执法铁拳的掌风所及范围，但恐怖分子与组织改变传统的"隐于山"策略为"隐于市"，从农村、山区隐身入城、入市，致使卡拉奇、伊斯兰堡、孟加拉等南亚城市与地区成为恐怖活动的策划中心，恐怖势力如无数暗流涌动。

"9·11"事件后，美国经过长达三年的清剿，摧毁了"基地"组织与塔利班政权；2003 年3 月，美军针对萨达姆发起了"斩首"行动，其强大的军事力量摧枯拉朽，闪电般占领了伊拉克全境。但"火力不能消地力"，三年后的今天，恐怖活动的频率反而增强，恐怖组织出人预料地强烈反弹：塔利班死灰复燃、招兵买马、扩充地盘，与驻阿北约军队形成战略僵持；伊拉克成了"基地"宣传、招募、筹资的新天地。恐怖活动仍在不断制造惊天血案，其动机明显分为三大类：

一是以恐怖制造政治危机，影响选票流向，"改变政权"，"并向西方发出信息：他们在中东的存在要付出沉重的政治和人员代价"。西班牙政权易帜、日本执政党自民党在参院选举中惨败等，都是"恐流感"传染所致。笔者执笔之时，美国民主党全国党员大会的会址——波士顿亦拉响反恐大动员警报，全城刻意加强了安全戒备。与此同时，"基地"组织威胁袭击意大利、日本，要贝卢斯科尼总理下台，日本撤军。

二是以恐怖破坏经济重建，令掌政者无法巩固政权基础，为乱中夺权创造条件。恐怖之矛也对准了中国。中国工人和技师披星戴月、任劳任怨、逢山开路、遇水搭桥，所到之处，留下一片赞美。但瓜达尔港爆炸、昆都士喋血，两起惊天大案迷雾重重，至今未破，凶手逍遥法外，幕后黑手神秘莫测。中国公民在境外受到的袭击使人感到了恐怖分子的残忍。巴基斯坦、阿富汗、中亚和伊拉克等地区和国家成为我国一类"高危地区"。

三是以"斩首"画面动摇占主流的政治思潮和公众舆论，逼迫驻伊联军撤兵：西班牙撤军了，泰国撤军了，菲律宾为"化解人质危机"也撤军了。韩国、保加利亚政坛则因"人头落地"而掀起轩然大波。

局势糜烂之快，令各国政府把反恐作为国家安全的重要任务之一，并重新审视内外安全环境，加大对反恐工作的关注与投入；积极调整相关战略，赋予军队反恐职能；组建反恐行动新单位，频频开展反恐演习。各国军警枕戈待旦，朝朝马策、暮暮刀环，为确保海外利益与公民安全而处心积虑。

世人不禁要问，为什么反恐、反恐，"越反越恐"？美国人在自问，"我们是谁？"恐怖分子为什么恨美国？美国"更安全"了吗？中国人肯定也在问，中国人招谁惹谁了？看来，人们逐渐认识到，弄清恐怖主义根源是何等重要。

在严峻的"恐情"背后，人们看到全球"反美"情绪的高涨。特别是一些国家主流媒体中充斥着憎恨美国的言论。反恐激起反美，这恐怕是美国朝野未曾预料到的。首先，伊拉克战争偏离反恐主题，使美国浪费了宝贵的资源和时间，国际反恐共识遭到破坏。其次，布什政府的"先发制人"战略受到"情报门"、"虐俘门"冲击，美国"高大全"的形象因此而大打折扣，它的魅力也就在无形中减弱了。巴基斯坦总统穆沙拉夫指出，"在穆斯林和西方国家之间，一道铁幕似乎正在形成。"

来自南亚反恐第一线的一位东方智者直言不讳地指出，伊拉克的"武装反抗正显出民族主义的特征"；"反抗单边的先发制人产生的后果，在伊拉克是很明显的。"这位智者还说，美国强调加紧在中东改革，为的是同这个"危机弧"内盛行的挫折和绝望做斗争，因为它相信这个"危机弧"地区缺乏自由和民主，从而滋生对西方的仇视，孕育着恐怖主义。[2]

在阿拉伯人眼中，美军占领伊拉克，是奥斯曼帝国瓦解后穆斯林世界发生的最重大事件。一个由"一超"政军摄政、处于"改革"进程中的伊拉克，将对"大中东"范围内的国家构成重大冲击，迫使这些国家进行政治改革。面对西风东渐，阿拉伯领导人认为，"政治参与和自由改革必须考虑他们社会的特殊情况和传统，因而改革只能是渐进式的和累进的。"[3]

"9·11"事件使美战略决策层把"恐怖主义"提升为国家安全的首要威胁。其逻辑是，恐怖主义是美国的头号安全威胁，极端主义是恐怖主义的最大祸根。反恐必须对伊斯兰世界进行政治、经济、文化改造。如果按这种逻辑思考——事态也确实在朝这一方向发展，即等于把整个阿拉伯世界、整个伊斯兰文明推上了国际政治前沿。

溯历史长河而上，伊斯兰与西方世界两股浪潮之间曾经有过无数交锋。从1095年到1291年，罗马教廷联合基督教国家发动了长达两个世纪的"十字军东征"。这种十字架与新月的"神神战争"在伊斯兰教和基督教之间埋下了长期仇视的种子。对穆斯林来说，西方的入侵瓦解了传统的伊斯兰政治制度，使穆斯林的宗教感情和民族精神受到伤害；而对西方来说，十字军远征促生了基督徒征服异教徒的观念，故远征失败而形成的痛恨使欧洲的反穆斯林宣传甚嚣尘上，情不自禁地编织出"伊斯兰威胁"的神话。

一些西方学者在对"基地"组织进行深入分析后指出，"基地"组织已演变为类似跨国公司的组织，本·拉登扮演着宗教极端分子之"教父"的角色。"西方国家要想赢得反恐战争的胜利，就必须连根铲除敌人而又不制造新的敌人，必须把军队这个硬实力与文化这个软实力结合起来。"[4]

由此看来，具有政治视野的东方智者、西方贤者都看到了反恐战争背后的历史纵深。特别是半岛电视台和阿拉伯电视台已使美国决策层明白了"软实力"其实不软的治策真谛。若以"软实力"的尺度来衡量，"反恐"已从美国的战略财富变为不良资产，其"道义制高点"面临失守的危险。总之，这是一场包括硬软两方面的战争，将持续十几年，甚至几十年。这正应了中国古代治策箴言："但得将军能百胜，不须天子筑长城。"看来，综合治理，不失为上策。

此处牵出了有关两种战略文化冲突的问题。作为农耕民族的中国，受地理环境或传统文化的影响，"在战略手段的选择上，表现出突出的重战而又慎战的文化心态"；而航海文明则表现出扩张、尚武的战略文化倾向。[5]美英等西方国家似乎开始反思战略手段的选择。特别是在经过诺曼底登陆60周年祭、八国集团海岛峰会、伊斯坦布尔北约峰会等一系列眼花缭乱的外交活动，跨大西洋与跨太平洋两岸的安全合作关系似乎在升级。

前者是指在加强机动打击能力、扩大军力覆盖范围、突破传统地理局限、增强预防性防御等方面，美欧双方的安全观出现了较大的接近；后者是指美日关系因反恐合作而得以提升，日本在反恐的背景音乐中，马不停蹄地推出一连串法案，一步一个脚印地将军旗指向海外，进军国际政治舞台。总之，反恐战争引出了有关地缘平衡、战略平衡等一系列问题。

"虑天下者常图其所难"——镌刻于中国现代国际关系研究院大厅石壁上的这句古训，陶就了院内专家、学者的人生、职业底色。"9·11"事件以来三年多的时间里，他们与国内外大师、同行对话，陶冶正、勤、精三昧真火，而后殚精笔耕，撰写了不少反恐书籍。

他们研究国际恐怖主义问题的方法是与时俱进的。"9·11"事件前后，反恐专家也在不断地转变研究、预测的方法。他们对国际恐怖组织的"户口"、"基地"组织的"新面孔"、恐怖分子的作案手法，以及恐怖组织的交联手段、宣传方式等研究颇深。我满怀信心地期待着拜读更多的反恐大作、力作。愿《年鉴》的出版能使国人更多地关心国家安全与社会稳定。

对恐怖主义，我们要说，太平世界、朗朗乾坤，善有善报、恶有恶报。

对霸权主义，我们要说，道高益安，势高益危，国大而政小者，国从其政。

是为序。

2004 年大暑俄雨于京西万寿山庄

注　释：

[1] 拉美社哈瓦那 2004 年 3 月 19 日电。

[2] 阿迦·夏希：《"和平共处五项原则"与当代国际关系》，2004年 6 月，北京。

[3] 阿迦·夏希：《"和平共处五项原则"与当代国际关系》，2004年 6 月，北京。

[4] 贾森·伯克：《"基地"组织》，美国《外交政策》2004 年第5—6 期。

[5] 宫玉振：《中国战略文化解析》，军事科学出版社 2002 年版，第 11、21 页。

《欧洲思想库及其对华研究》序[*]

——欧洲战略文化的智慧之光

  世界思想库有 3000 余家，而欧洲竟然占到五分之一，即约 600 家。在世界"思想库"体系中，美国似乎当然拥有国际社会公认的"思想库大国""专利"，可谓"超级行星"。较之美国，欧洲诸国的历史、社会背景、传统文化以及"政府"的作用各不相同，故其思想库的规模、性质亦别有特色。欧洲思想库大体可以分为三个"星系"：英国、德国属于"早而全"，起步早、历史长、机构多、人数众、阵容大，是政策研究"大国"；法国因其国际关系和战略理论"独树一帜"而呈现"少而精"的特点，起步晚、发展快、气象新，成果不逊同行；意大利、瑞典、荷兰等国思想库是突出重点、独具风格。

  欧洲是一片具有数百年文化和外交技巧老练世故的神奇土地。从伦敦的圣詹姆斯广场，到巴黎的 VARENNE 大街；从莱茵河畔，到罗马的尤迪尼大厦，欧洲这棵枝叶繁茂、常青不老"思想库"之树，得天独厚地沐浴着欧洲战略文化的智慧之光。欧洲各国各民族的发展与安全凝结着人类共同的智慧。这一方面决定

---

  * 中国现代国际关系研究院：《欧洲思想库及其对华研究》，时事出版社 2004 年版。

了伦敦、柏林、巴黎的各类思想库姓"欧",另一方面又说明它与美、俄、中的思想库一莲托生,既出思想,又出人才。

欧洲思想库兴起迄今,历经百年:英国于 19 世纪后期(1884 年)成立费边社,于 20 世纪初叶(1920 年)成立皇家国际事务研究所,到 20 世纪末叶(1998 年)成立了英国外交政策中心,面对乱云飞渡、扑朔迷离的国际政经情势,它们在欧洲各国外交、经济、军事、文化、社会等各项政策形成中,扮演着重要的"观察家"、"设计院"、"信息网"与"人才库"的作用。

上世纪 70 年代,欧洲迎来建"智"立"库"的黄金时期,约有半数的思想库成立于这一时期,且其中的许多思想库倾向于吃"中餐",越来越重视对中国的研究,有关经济模式、外交思想、决策机制、发展前景等涉华政策研究成为其"才智人生"的重要组成部分,涌现出一大批中国问题专家,与中国的大学和思想库建立起广泛的联系。"汉风"劲吹,显然与中国综合国力的发展及国际地位上升密切相关。欧洲思想库的"崛起",离不开时与势的背景。换言之,变幻无常的国际安全局势与地缘战略环境,以及国内层出不穷的政治社会问题,使上世纪末叶成为欧洲思想库的高速成长期。

思想库本身也是国际品牌,拥有巨额无形资产。例如,谈起英国,人们会想起《经济学人》周刊、披头士、BBC、苏格兰威士忌等一系列傲视全球的品牌。尤其是英国的"伦敦国际战略研究所",更以宏观视野、睿智建言、权威预测在国际政治研究界享有不逊于美国兰德公司的知名度。该所号称"战略思想库",延揽了欧美等 80 多个国家多达 3000 多人的工作会员,研究范围覆盖了国际战略格局、地区安全、国别政经及单项课题,其年度"战略评估报告"受到各国外交决策层及学术界的普遍重视,"含金量"颇高。

政策为何物？有西方哲学家认为，"政策是一项含有目标、价值与策略的大型计划"，"参与政策过程的利害当事人包括最高统治者、政策执行者、政策受惠者乃至一般'顾客'等"。[1]中国有关"谋略学"的经验之谈中，有"用师者王"之说。谋略在付诸实施之前，基本上是静的、阴的。当权者把握情况变化，目的在于销患于未形，保治于未然。可见，"师"与"王"的关系，好比海与船的互相渴慕，又似"知"与"治"的纽带，对话与思考的平台。

早在二战结束后不久，欧洲有远见的政治家就开始为欧洲大陆描绘和平与发展的蓝图。例如，英国的丘吉尔、法国的舒曼、意大利的加斯佩里、比利时的斯巴克和德国的阿登纳。这些彪炳欧洲史册的执政者、战略家，深谙"与知之者谋之"的治策思想，其超越常人的见解、机敏应对的韬略、解疑醒世的良言，可谓"不畏浮云遮望眼，只缘身在最高层"。

决策程序即从出现灵感火花到政策形成的"工艺流程"。欧洲的思想库相对重视政策研究，多数思想库凭借其广泛的国内外人脉、雄厚的人才方阵，以及与政财界的密切关系，参与政府、企业的中长期决策，不断扩大对决策的影响。

古人所云，"世易时移变法宜矣"，讲的是"变通"这个道理。"变"是指客观事物的绝对变化；"通"是讲政策和策略根据客观情况变化而不断调整。决策者既要与时俱进，更要审时度势，运天下于掌上。

从事政策研究，参与决策过程，提出替代方案或选择设计，供政府决策之用。政策研究报告闪烁的重要思想，将对国家发展与外交战略、国际政治与经济气候等产生重要影响，在战后推动欧洲一体化合作、冷战时代谋求在东西抗衡夹缝中图存求强等方面，为国家决策定向。

立足方寸，远思千里。思想库的舞台有多大，思维空间就能拓展多大。欧洲思想库在加强跨国研究，将"知"放到国际社会中推敲，在建立政策调整基础方面，不亚于美国，有其特点，并由此得出一个结论——思想库的国际化将是重要的发展趋势：

一是各国思想库通过人员交往、国际研讨或正式结成思想库网络，就某一区域性、跨国性课题开展合作研究，如伦敦国际战略研究所就与世界 55 家研究机构建立了合作研究关系；二是扮演外交安全思想接触的"第二轨道"，如讨论亚太安全问题的新加坡"香格里拉对话"，是由伦敦国际战略研究所所长约翰·奇普曼博士发起组织的，但同时又是英、美思想库联手合作的产物；三是在双边关系中发挥"助推器"作用，如中国与欧盟首脑会谈商定建立"中欧思想库论坛"，首次会议将于 11 月在海牙召开。

研究外国思想库是中国学术界今年的热点之一。2003 年我曾应邀为敝院美国研究所同仁所著《美国思想库及其对华政策》一书作序，今又应欧洲研究所同仁之邀为其姊妹篇《欧洲思想库及其对华政策》执笔作序。古人云，"文章合为时而著"。在欧洲一体化为世人瞩目、大西洋两岸关系渐行渐远、中欧关系发展方兴未艾之际，加强对欧洲思想库的研究确乃时与势所需。

笔者不谙欧洲研究，"雾里看花，终隔一层"，但感作序系学习、接受新刺激的一个过程，其收获当然是受惠于与本院专家共事。"学问无大小，能者为尊"。特作小序，与作者诸君共勉。

2004 年中秋京西万寿山庄

注　释：

[1] 朴贞子：《政策行为与哲学》，《光明日报》2004 年 8 月 17 日。

《美国官场胜经》序[*]
——通往美国、通往国会、通往白宫

美国是一个很政治、很"经济"、很势利的国家。美国的政治制度是立法、行政、司法三权分立。美国的立法、司法、行政既一分为三，又合三为一。美国的政治基本上是金钱政治。"拜金"与"拜票"是主宰美国官场的无形之手：政客为选票而忙，为钞票而狂；钱不是万能的，但筹不到钱，捞不到票是万万不行的。

《美国官场胜经》一书，乍闻其名，似颇有介绍官场制胜法术、"卖官"价码，忽悠"跑官"、"买官"之嫌。但读后却感到该书既介绍"官"，又分析"场"；既着墨"政坛"，又刻画"人物"，是一本比较全面地介绍分析美国政治及官场运作过程的著作。

狭义的"官场"在美国仅指联邦政府各级官员。美国宪法规定，行政权属于总统。200年来，共有43人当过白宫"宫主"。美国行政部门由白宫及国家安全委员会、国务院、国防部、商务部、国土安全部、中央情报局、联邦调查局等内阁部委构成。在

---

* 魏宗雷：《美国官场胜经》，现代出版社，2005年版。

高级官员的任命上，基本上是一朝天子一朝臣，一人得道，鸡犬升天。部级官员的产生无需"组织部门"推荐，而是由总统提名，参议院批准，因而具有不可确定性。可谓"今年落花颜色改，明年花开复谁在？"美国国务卿、国防部长、财政部长、中情局局长、国家安全事务助理等重要职务，基本上属"空降兵团"，即一般不从本部门获得直接任命，就连副国务卿、助理国务卿、驻外大使之类的副部与局级官员也基本来自前政府官员、知名学者、专家、思想库总裁，甚至总统的同窗、校友、朋友或世交。

广义的"官场"指建立在各股政治势力连横合纵基础上并保持微妙平衡的权力结构。美国国会是美国联邦政府的三大权力部门之一，掌有预算权、拨款权、驻外大使的任命权及条约的批准权等，是十足的说客角力场。国会议员是民选官员，属"国家干部"。他们与行政当局是一种配合与制衡的关系，共同维护美国的制度、安全和利益，既有特殊的部门利益，也有其所代表的选民和利益集团的利益。党外有党，党内有派，国会内部也有党派权利和利益的斗争与妥协，而跻身国会靠的就是"两票"——选票与钞票。

美国"官场"是争权的"战场"。场上敌友关系错综复杂，瞬息万变，敌中有我，我中有敌，像一场永无休止的激战，很是刺激。每隔四年，一声令下，各路诸侯旋风般冲向选举重地，先在新罕布什尔州搞预选，然后论剑华山，奔赴各地的"政治约会"，展开历时数月的竞选活动，一个州接一个州，马不停蹄地奔波，口若悬河地演讲，上演一幕幕驴象之争。有的候选人（如里根）在战场上曾多次被"杀"，屡败屡战，最终获胜；有的则"驴"革裹尸，一蹶不起。

2000 年与 2004 年的两场总统竞选，民主党与共和党势均力敌，"肉搏血刃"，以点小票决胜负，竞争之惨烈在美国历史上亦属罕见。因而，对选举结果产生决定性作用的佛罗里达、俄亥俄、宾夕法尼亚、密歇根、密苏里和威斯康星、内华达、艾奥瓦、新罕布什尔、新墨西哥等州被称为"战场州"：选票交替增长，欢呼此起彼伏，最终"一锤"定音、王冠有主，胜者为王败称臣。

"官场"又是逐利的"商场"。说白了，"官"与"商"拆了墙就是一家。2004年的大选，不少百万富翁、亿万富翁利用新竞选资金法的漏洞，向两党总统候选人提供竞选费用，以影响总统选举，2004年总统选举的费用超过10亿美元。富人捐款好比做投机生意，今天掏出的银子，期望日后会得到丰厚的回报。一俟驴象角逐定局，官场政治经济学即刻生效。有人形象地说，"白宫像地铁，投币就开门"。

投之以琼，报之以桃。买了"地铁"入场券的大企业、大公司、大银行可谓"出将入相"、"藏龙卧虎"。华尔街更是美联储主席、总统经济委员会主席、财政部长、商务部长等财经大员的储备所。历届政府在调整经济班子时，都会借助"华人"的"才智人生"。往深里说，官与商不拆墙也是一家。军工、能源行业是美国"官场""铁三角"的一个硬角。美国在伊拉克战后重建的首任负责人、三星将军杰伊·加纳是一位武器供应商，1994～1996年间曾担任美军太空和战略防御司令，这段经历为他今后在政财界的发展编织了一张绝对派用场的关系网。

"官场"还是影响国际局势的"战略场"。学术圈内有句话说，"国际形势看美国，美国局势看大选。"讲的就是美国政治、经济、军事、外交、文化诸项力量对国际战略格局举足轻重的影响。因为决定这个超级大国盛衰沉浮的就是这些活跃在华盛顿、华尔街的上得厅堂、下得书房的御用学者、显赫官员和"红顶"

商人。所以美国"官场"又成为全世界大多数国家关注的"磁场",赚足了世人的"眼球"。

当然,美国"官场"又是生产政治与生活丑闻的"垃圾场",不间断地上演着现代版、西方式"官场现形记"。君临白宫的主人,时时有权柄丢失的危险。四年的任期,是关乎权力之得失、社稷之安危、个人之损誉的"风险管理期"。每个总统随时都可能因其厨房(内阁班子)、书房(决策侧近)、卧房(私人生活)、账房(政治资金)的失误而被曝光,栽进国内政争的下水道。性丑闻、兵役记录、捐款交易、吸毒酗酒是危及政治生命的烈性毒药。从尼克松的"水门"、里根的"伊朗门"至克林顿的"拉链门"事件,真可谓"年年岁岁花相似,岁岁年年人不同"。

"松下问童子,言师采药去。只在此山中,云深不知处。"美国的权力山脉从白宫、国会山所在的华盛顿宾夕法尼亚大街与智库云集的K街,延伸到纽约的华尔街及地方各州,进而涵盖了从东部的斯坦福大学到中西部的丹佛大学等名门学府。

美国已有17位总统是由州长或前州长当选的:25年来的5位总统中有4位是通过"从地方到中央"的仕途入主白宫的。卡特、里根、小布什、克林顿都是打入华盛顿的地方军;现在越来越多的州长一进入州长官邸,就瞄准波多马克河边的白宫。看来,未来的美国总统还要有一大部分将出自50位现任州长或上百位前任州长之中。

又如,小布什政府的国家安全事务顾问赖斯出道于斯坦福大学,于丹佛大学获博士学位。赖斯的战略观、安全观基本上是在丹佛形成的。老布什的国家安全事务顾问来丹佛演讲时,赖斯的一个提问打动了这位战略大师,于是开始了赖斯与布什家族的交往。

"美国有多大,专家告诉你!"欲通往美国,不能只盯着华盛顿、纽约等东部地区，还要重视有可能飞出金凤凰的"农村"与"山沟"。这些政客、谋士在登堂入室之前，往往富在深山，不穷居闹市，在远离权力中心的"郊外"隐居磨剑、积累资本、等待时机，一展雄才。

换言之，要了解美国，通往美国，就必须了解官场游戏规则，掌握"官场图鉴"，把握人脉动向，与华府的显贵和精英们零距离接触。此外，还必须了解并接触影响美国对外政策的"六大政策族群"：美国政府、美国国会、学者精英、美国媒体、跨国企业、民间团体，并娴于与这6种人打交道。

国内学术界对美国官场的研究基本上散见于有关美国政治或外交决策的研究著述中，聚焦"官场"的相对较少。《美国官场胜经》是关于美国政治的又一本著作，书中轻松讲述了"学而优则仕"、"官网恢恢"、"怎样玩政治"、"老虎尿"等一系列有关官场及其"运动员"的趣闻轶事。很多故事取材于第一手材料，每个故事的结尾又是另一个故事的开端。通读之后，收获不少。特以"通往美国、通往国会、通往白宫"为题，推荐此书。

2004 年深秋于京西万寿山庄

《海上通道安全与国际合作》序[*]

——巍然海上作金城

　　2004 年 2 月 7 日，人类借助"勇气"号火星车在火星岩石上钻孔，以探询是否曾经有水存在的线索。同年 3 月 23 日，美国宇航局科学家说："机遇"号火星车的最新探测结果显示，火星表面曾经海涛拍岸。人类的这种"水性"可能与地球表面大部分都是水或地球上的第一个细胞生成于海洋有关。若从太空遥看这颗蓝色星球的话，其四分之三为一片汪洋。可见，海洋对人类具有巨大的诱惑力。

　　涛声向人类发出生命的请柬，人类给大海系上祝福的丝带。人类活动在很大程度上是一部"人海关系"史。因为"海洋既是世界交通的重要通道、人类生命支持系统的重要组成部分，又是人类可持续发展的物质基础"。

　　中国自古就是"海上人家"，是世界上开发海洋资源、发展海外交通较早的国家。承载中华文明之船行驶了数千年，使华夏民族从洞穴、山林、黄土高坡走向湖泊、江河、海洋。"通远顺达"是中华海洋文明的内涵。战国时期的韩非子总结治国经验时

　　* 中国现代国际关系研究院海上通道安全课题组：《海上通道安全与国际合作》，时事出版社 2005 年版。

说："历心于山海而国家富。"古代这种开发海洋的"官山海"理论领先于当时各国的治国方略。

大海是谋划战略的智场，是合作的摇篮。几千年"人海关系"的演变已使海洋权益、海上通道、海运安全、海洋资源、海权体系等概念成为国家战略的重要思考对象。人类以海洋为舞台而展开的经济、战争、交通等活动，是这部历史长卷的片断或折子，"人海关系"其实质是"人人关系"或"国际关系"。

大海总是那么深邃、那么宽广；在大海边思考问题，总是那么深远。一生致力于海军战略理论研究和著述，并以"海权论"而蜚声地缘战略研究领域的历史学家马汉对海权的概念有明确的定义。老马说：海权所指的不只是海上的军事力量，而是指远较其广大的一套活动。海洋是一条高速公路，而海权是要控制这条公路——其所要求的不仅是强大的海军力量，而且也要求庞大的贸易船队及海外基地。

从马汉的海权观切入，从递进的关系看，海洋是国际运输的大动脉，海上通道是一国的生命线；确保海上通道畅通无阻，维护机动兵力和战略物资运输的快速便捷，关乎国家安全。可见，海上通道安全是一国综合国力作用在海上的延伸，各国均致力于以海面为活动平台，发挥国家影响，角逐"海的权力"。

进入全球化时代之后，诸如陆权、海权等传统地缘战略是否已失去其重要性？回答是否定的。因为进入后冷战时代，各大力量对战略要地、战略资源、战略通道的争夺并未放弃。相反，区域或全球经贸互补关系的形成，活跃了全球性的物流，使之规模迅速膨胀。发达或发展中国家利用海洋发展大经贸的战略思想仍然根深蒂固。

老马把海洋定性为"高速公路"。根据这一观点，可以说参与高速公路环球之旅的国家，均被国际安全与国际经济两大体系的两端所连接："宽广的海面是天然的交通道路，不太受时空条件的限制。从地中海到大西洋，又从大西洋到太平洋，遥遥数万里，甚至从东半球到西半球都能畅通无阻。"

日本是"听涛声"长大、"走海路"强身、"发海财"致富的国家，海上通道安全与其资源链、粮油链的运转关乎其国运盛衰。其经济安全态势取决于两大海上通道：一是"E"型航路，即通往美国西海岸和东南方向的澳大利亚，进口粮食、饲料、铁矿石和煤；另一是"S"型航路，即经马六甲海峡、龙目海峡，从中东、波斯湾、印度等购取原油、煤、铁矿石等。

波斯湾的霍尔木兹海峡和东南亚的马六甲海峡被公认为是海上的"咽喉要道"，这些从印尼、马来西亚、新加坡之间通过的狭长航道，是世界上最繁忙的航道之一。对任何拥有巨大海外利益的海洋国家而言，保证航道安全、防止咽喉被掐及全球化供应链"掉链子"，是国家安全战略的重要使命。中国、日本、韩国、新加坡、马来西亚、印度尼西亚从中东进口石油的安全与否，基本上取决于从波斯湾经马六甲海峡到朝鲜半岛的海上交通命脉。目前，中、日、韩所需石油的九成，世界所需原油的50%通过该海峡运输，世界贸易的四分之一也通过该海峡。每年经过该海峡的大型油轮超过5000艘，排列起来长达800公里。

这条海上通道分为西太平洋与北印度洋两部分，或印度洋、东南亚和东北亚三段航线。这条大通道的特点是：地形复杂、沿线地区和国家关系不稳定因素丛生、安全不确定性较大、"事故多发"，特别是霍尔木兹海峡和曼德海峡的狭窄通道更是险情四伏。据国外专家分析，这一带常有海匪出没的地区主要有两大海域；一是从苏门答腊到亚齐附近的水域；二是菲律宾海峡至苏禄湾附近水域。这些海峡成了"基地"组织和恐怖分子破坏全球经济秩序的天然猎场。

海上通道安全不能仅将"眼球"盯在"海上",还应注意沿海、海空等各个层面,实际上是一个立体的安全概念。行驶于这条高速公路上,需要打开"交通台",收听相关路况:"路灯"、"治安"、"车速"、"坡度"及相关的维护、抢修等情况。总之,围绕海上高速公路的总体环境,是危机与机遇、冲突与合作并存。换言之,海上通道安全实际上就是两大工程,是由传统和非传统安全两个部分组成:一为"畅通工程";一为"安全工程"。

传统安全主要指围绕海峡、航运、航线等兵家必争的范围,这是军事领域的角逐、国家权力的碰撞。进入 21 世纪后,基本上是美国以其绝对领先的军事优势,加强了对海上运输通道的控制,世界上的重要运输咽喉多为美国所掌控。

非传统安全则指恐怖活动、大规模杀伤性武器扩散、海盗活动猖獗、跨国有组织犯罪、沿海经济设施安全等。几年来,各国海员闻盗色变,把马六甲海峡称之为"恐怖海峡"。为此,新加坡等周边国家投入了大量人、物、财力,强化了打击海盗的力度。

2004 年马德里"3·11"恐怖袭击后,反恐专家预测:"下一次袭击将来自海上","基地"有可能正在策划一次从海上发动的大规模袭击。2004 年 4 月 24 日,伊拉克南部港口城市巴士拉的石油输出码头和停靠码头的油轮遭三艘快艇发动的海上自杀式袭击。美国官员警告说:恐怖分子可能将亚太地区极为重要的海上运输航线作为袭击目标,因为"基地"组织在也门和阿拉伯海地区对商业航运发动的袭击已证明该地区黄金水道并非安全可靠。

传统与非传统两类安全问题并非直接分开,而是相互交织、互为影响。如马六甲等地海盗活动的猖獗与该地区小武器扩散关系密切,海盗装备了自动武器,助长了该地区的恐怖活动和有组织犯罪,进而影响到马六甲海峡等海上通道的安全航行。

好比车辆增多，交通事故亦相应增长的道理一样，随着我国GDP的持续高速增长及"走出去"战略的开展，我国对海外资源、能源及商品市场的依赖程度不断提高。东西南北做生意、四面八方搞资源，我国拥有的海外利益越来越大，融入经济全球化的劲头越来越足。海上通道愈益成为国民经济的大动脉。

首先，海运负荷的剧增及海上交通流量的快速增加，致使中国绵延漫长的海域成为全球最繁忙的海区之一，事故概率亦将随之增大。其次，鉴于海运的条件远优于陆运（石油陆地管道运输成本是海运的15倍），诸如油、气、矿、粮、铁等"重厚长大"型商品的运输，必须依靠海洋、借助南海—印度洋—中东的运输通道。

国际安全专家认为，对任何一国而言，"要想对广大海域作24小时的监控，并维持良好秩序，确保国家安全，包括阻止他国的侵权行为，以及制止走私、恐怖、海盗、盗采、污染等违法行为在内，那实在是一种相当沉重的负荷"。

在一个国家难以有足够实力加以维护时，通过国际合作增进安全是必行之路。在海上通道安全方面，大国都有合作的愿望，如包括反扩散、反海盗、反走私、反恐怖的"四反"合作；战略智库关于海上通道安全理论的讨论、情报交流、技术交流等合作；各国舰队就通道的保护、分段管理、避免通道堵塞进行联合演习，合作打击海盗与国际恐怖主义等。中国古代"四海一家"的哲理，指出了维护海洋安全的国际合作方向。

中国作为发展中国家，建国以来经过了贫油国、产油国、石油出口国、石油进口国等阶段，目前已经成为石油消费大国及进口大国。我们已经注意到本国经济增长与国际安全的关联性，维护海上通道安全这一重要性，以及海上通道安全已经成为能源外交、能源安全问题的另一面。并进一步认识到：只有在共同推进和维护这一通道安全的过程中，才会与别国产生共同的利益观，并借此增进与各国在安全领域的信任，为区域与国际安全提供更多的安全服务。

对中国而言，美国、印度、东盟、俄罗斯、日本、韩国是海上通道安全合作的重要伙伴。2003 年 11 月 14 日，中、印海军在中国东海领域首次实施了海上联合搜救演习，演习的目的是确保海上贸易安全，并提高海上搜索与救援行动的相互配合。2004 年 4 月 26 日，共有 18 个国家的 20 艘军舰和 1600 人参加了在新加坡举行的大型海军演习，重点在于通过研讨与演习，推动各国建立多边合作和维稳协调，加强安全措施，保护亚太海上通道畅通。中国也参加了这次海军演习。2004 年 5 月 25 日，中国海事巡视船首访日本，并参加了随后在东京湾举行的联合演习。这项演习的主要内容包括：打击海盗和反恐，追击走私、可疑船只，搜查运送大规模杀伤性武器的船只。

"海水不可斗量"。通过以上方方面面的分析，我们感到从事"海上通道安全"的课题沉重。大海是战略家心中的舞台，战略家心胸有多宽，这个舞台就有多大。天高任鸟飞，海阔凭鱼跃。具有"大、深、远"特征的大海，不就是我们这些"玩海者"的广阔舞台吗？

中国现代国际关系研究院的同仁围绕海上通道安全问题曾多次开会研讨，虚心求教于国内外学者、专家。我们深知：在社会科学领域，特别是在风云变幻的国际问题研究方面，任何一本学术著作都是"中间报告"，要达到"最终报告"的水平和目标，还得靠诸君赐教。

是为序。

2004 年冬至于京西万寿山庄

《全球能源大棋局》序[*]

——"油能载舟，也能覆舟"

1975 年日本著名经济学家屋太一撰写了一本取材于石油危机的长篇小说《油断》。[1] "油断"在日语中意为疏忽大意。该典故取自于印度史诗《罗摩衍那》：一个主祭的婆罗门举行火祭时，由于疏忽大意，手头缺少酥油，没能继续投入火中，神仙生了气，把他的头砍掉了。屋先生以"油断"命题，有双关的意义，即主祭因无油而断头，日本可能因疏忽而断绝石油来源。[2]

这部小说的初稿完成于 1973 年的石油危机时期，因担心此书会加剧笼罩当时日本社会的恐慌情绪，该书暂停出版了。后来作者考虑到应再次唤起全社会对能源安全问题的重视，故经过改写后发表。经过石油危机洗礼的日本民族，全力以赴地开展了节能活动，并在节能技术基础上，建立了首屈一指的国际竞争力。

石油，这种产生无穷财富和力量的黑色液体，给人类的诺亚方舟带来了巨大的便利和富裕。但石油作为战略商品的特殊性，使之变成国际政治与外交斗争的武器，给和平与发展埋下了巨大隐患，因而也是人间大部分战争、冲突、悲剧的起源。所以，石

---

* 中国现代国际关系研究院经济安全研究中心：《全球能源大棋局》，时事出版社 2005 年版。

油问题不再是经济问题，而是关乎国家安全系数高低的战略大问题。正如美国战略决策圈所言，石油从一开始，就是个外交问题。

人们对石油危机在日本引发的"手纸危机"记忆犹新，因为这是由石油短缺而引发的产业组织瓦解、流通机构瘫痪等复合型社会危机。一般认为：在所有的危机中，社会组织瓦解是最大的危机。人们不敢设想，如果国民经济大循环血脉因经脉挑断而瘫痪，石抽生产、进口中断了，对美国、日本、欧洲这些"以油为天"的国家来讲将会出现什么样的结局？

在全球化大背景下，就任何一个国家而言，能源大棋局之所以称之为"大"，就是因其涉及内外两个大局：对内，是指开源、节流并重，且要把节约置于重要地位；对外，就是要千方百计防止"油断"，在不确定因素增多、复杂多变的市场面前，防患风险因素通过"蝴蝶效应"与"链条效应"在全球范围迅速扩散，进而影响经济安全。

中国的石油安全问题已引起内外高度关注。据国际能源机构预计，中国 2004 年石油用量超过 3 亿吨，成为仅次于美国的世界第二石油消费国；国际油价每上涨一美元，中国一年石油进口就需要多支付 60 亿美元。中国已跃居世界性经济大国。一个经济大国的能源安全计划，必定是一个大棋局，即包括：国际国内两个大局的把握；供应与需求两大领域的平衡；开源与节流两种手段的推行；行政与市场两股力量的结合；商业储备与国家储备两种方式的安排；传统能源与新型能源两种资源的利用。

从供给角度看，全球油气资源争夺激烈。一方面，各大用油国在狭长的"油道"上迎面碰撞。中东、中亚、海湾、非洲等富油地区成了大国投棋布子的大棋盘；另一方面，国际石油市场动荡，油价飙升，成为较之"油断"更现实的不安全因素。

经济安全是除军事安全问题外，任何一个国家最为重视的国家安全重要内容之一，它事关执政地位的巩固与社会稳定，亦是一个民族国家参与经济全球化必须完成的"家庭作业"。"强本而节用，则天不能贫；养备而动时，则天不能病。"《荀子·天论》中的这句箴言，用于指导能源安全之谋划，也是比较贴切的，因而也是各国决策高层推行经济安全、能源安全战略的最高命题。愿中国现代国际关系研究院经济安全中心撰写的《全球能源大棋局》一书，能有助于人们增强"油断"的危机意识与同舟共济的合作意识。

2005 年仲春

注　释：

[1] 屋先生曾任日本经济企划厅长官，并著有《历史波澜》等多部著作。

[2] 本段注释取自人民文学出版社 1976 年译本。

经筵论道

经济全球化与中国的经济安全[*] ‖

经济安全既是一个现实的政治经济范畴，也是一个哲学问题。任何国家的经济安全问题，都是由特定时期本国的经济发展任务所派生出来并随着外部环境的变化而变化的。作为发展中国家，中国必须从发展中国家的立场出发，来审视当前国际政治经济中显现出来的重要趋向，认识自己的经济安全问题。

一、经济全球化与发展中国家

所谓经济"全球化"，亦即经济某种程度的"无国界化"，或某种程度的"国民经济的终结"。一般而言，全球化主要是"按照市场规律，逐步在全球范围内对资源、资本、商品、劳务等生产要素，进行合理配置和生产、流通、消费有序运行的一种客观历史进程"。我们目前所谈论的全球化，实际上指的是一个很漫长的、连续的历史过程中的最新阶段，或最新一幕。它可能是一个渐进的质变，但绝非一种突然出现的新现象。资本主义的内在逻辑和运动规律，决定了资本主义制度自始至终是一种扩张性的

＊ 本文为作者在全国政协"21 世纪论坛"2000 年会议上的发言。

制度，是一种"全球性的制度"。资本主义之所以会无休止地向外扩张，有两个永久性因素：一个是它产生的经常性的危机，另一个则是资本从外部取得更大利润的可能性。当然，目前的全球化与几百年前相比，甚至与十几年前相比，都有显著的差别。差别之一，几万家跨国公司和跨国银行，正更深、更广地主宰着世界经济。它们既处于全球经济体系这个巨大的金字塔顶端，同时也构成了全球经济体系的结构基础。差别之二，高科技的迅猛发展，进一步突破了地理、运输和通讯等制约全球化的障碍，为经济全球化提供了新的物质基础和加速的动力。差别之三，全球范围的经济改革及"放宽规制"，从体制上保障了全球化进程的"全方位"化。

既然是一种"客观的历史进程"，那就是任何国家都无法置身其外的大趋势。但是，全球化自始至终又是一个充满矛盾和冲突的进程。不同民族和国家之间的竞争和斗争从来就未停止过，所不同的只是冲突的严重性。因而，直面全球化大势，南北双方的宣传和政策措施是不一样的。西方发达国家凭借其资本和技术优势，欲借此疏通、拓展资本和商品的流通渠道，以便长驱直入整个世界经济体系中的"低地国家"。为此，西方国家往往片面地强调全球化，曲解全球化的内涵，把它同"市场化"、"自由化"、"私有化"、"西方化"画上等号。对于发展中国家而言，顺应全球化大势，融入现代经济发展大潮，便有可能实现经济、贸易和金融的结构升级。反之，则难以参与国际大竞争，最终有可能被"边缘化"。总之，发展中国家参与全球化是积极的。但事实已然证明，经济"全球化"是一把"双刃剑"，它既为各国经济发展带来了新的机遇，同时又对各国"国民经济"构成了严峻挑战。尤其是近年来接连发生的金融危机，深化了发展中国家对全球化的反思，对经济全球化所带来的经济"不安全"也有更深刻的认识。"许多发展中国家在对经济全球化进行慎重思考之后，已开始在金融自由化与金融安全之间、经济发展与经济安全之间寻找平衡点，以便获得更安全的发展。"

总体上说，对于发展中国家而言，经济全球化是不可回避的历史潮流，是在经济上"赶超"发达国家的必由之路，是一个"卡夫丁峡谷"。发展中国家只有乘上这趟时代列车，才能求得生存与发展。与此同时，全球化也是对各国经济发展战略选择的严峻考验。尽管不同类型国家因其所处的经济发展阶段不同，对全球化的利弊感受有异，考虑的侧重点也不同。但是，全球化仍将会迫使所有国家在发展模式上进行新的探索，以新的尺度来衡量并构建新型经济体制，以更广阔的视野对经济资源进行更大范围的再配制。这种"国民经济"与"全球经济"的"双重结构"，已在各个领域具体体现出来，并构成了各国制定新世纪发展战略的重要参考因素。

二、经济全球化与经济安全

所谓"国家经济安全"，是指一个国家"在经济发展过程中能够消除和化解潜在风险，抗拒外来冲击，以确保国民经济持续、快速、健康发展，确保国家主权不受分割的一种经济状态"。在一国国家安全战略中，经济安全应居于核心和基础地位。这是因为，经济利益本身就是一国国家利益的最高表现，而一国的政治、军事、文化和信息等其他诸多层面的安全问题，也无一不包含着经济因素。从经济安全方面考虑，全球化进程本身及其所导致的国际经济环境的急剧变化，对发展中国家所产生的负面影响是显而易见的。具体表现主要有：

一是经济自主权和经济主权面临挑战。经济全球化使世界商品、服务和金融市场一体化程度越来越高，各国经济发展也越来越依赖于世界经济。而全球化的逻辑是"经济无边界化"，它必然向国家主权和国家控制力提出无情的挑战。各国国内经济政策与经济管理权限，将会越来越受到国际惯例或国际规则的制约。总之，全球化时代没有绝对的经济安全，一个主权国家必须妥善解决国际经济与民族经济之间的关系、逐渐开放与维护经济安全的关系。

二是产业的比较优势削弱。许多发展中国家目前正处于工业化加速发展阶段，国民经济命脉根系于产业安全。由于产业被纳入西方发达国家主导的一体化体系中，使本国的产业在国际"产业内分工"或"产业间分工"中处于附属地位。而"先天"的"资源密集型"或"劳动密集型"产业与贸易结构，使发展中国家在国际经济竞争中处于更为不利的地位，不仅难以开拓发达国家的市场，甚至难以维持一般的国际市场份额。

三是金融体系和金融市场安全问题日益突出。全球化条件下，金融资本起着特殊的作用，是全球经济的血液。但全球资本流动数量之多、流窜速度之快、波动性之大，也造成了严重问题，印证了国际经济和金融体系的不稳定，以及现行国际金融体制的不合理性。据估计，在最近几次重大的金融危机中，解决危机的成本至少相当于当事国年国民收入的十分之一。而每一次危机的"解决"，都加深了西方资本对当事国经济的渗透。许多人都认为，亚洲金融危机的深层原因，是经济市场化和资本自由化进程过快。这种危机是世界经济中的新现象，有人称之为"21世纪型危机"。从泰国金融危机发展为全球性金融危机的过程看，最突出的问题有两点：首先是国际投机资本财雄势大，呼啸而来，扬长而去，扰乱市场。而现行体制又难以对之进行规范和约束。其次是货币汇率受投机影响，导致外汇市场从正常浮动变为反常痉挛。其结果是经济财富大量外流，向国际资本让渡部分主权。目前，民族国家和国际社会还没有更好的办法控制这一进程，相反，金融资本对国家的控制却在加强。从某种意义上说，金融危机正是全球范围内国家与资本冲突的结果。发展中国家对付金融危机的能力有限，今后如何应付国际金融资本对国家金融体系的干扰和冲击，是必须加以关注的问题。

综上所述，经济全球化呼唤经济安全，综合国力大竞争呼唤经济安全，对外开放加快呼唤经济安全。对于发展中国家来说，经济安全问题变得越来越重要。在全球化与经济安全之间寻找平衡点，成为各国的当务之急。

三、全球化与中国的经济安全

中国是一个发展中国家。自 1979 年起，中国的改革开放已整整 20 个春秋。作为发展中国家参与经济全球化进程，中国看到，这是在西方发达国家经济占据优势、国际政治经济秩序没有根本改变的条件下进行的。这就使参与变得更加复杂、曲折，风险更加难以避免。从而使我们在实施现代化发展战略之际，面临如何寻找全球化与经济安全平衡点的重大课题。

改革开放是中国全面加入全球化进程的基本战略，中国的改革开放正处在一个重要的发展时期。在 1979 - 1999 年间的 20 年里，中国主要是以"引进来"为主。20 年后的今天，面对经济科技的全球化趋势，以及自身整体经济水平的提高，中国更加放眼于国家的长远发展与安全，贯彻和实施"走出去"的开放战略。"这是我国改革开放发展到一定历史阶段的必然选择，是提升和扩大对外开放深度和广度的必由之路；也是 20 年来我国社会经济发展集聚的巨大能量的必然释放。""这是在更高层次上参与国际分工与合作……充分显示了中华民族敢于面对世界经济舞台的勇气、信心和力量。"

中国经济安全的外部环境日趋复杂。这是因为,经济安全与对外开放程度成正比,与市场经济发展程度成正比,与贸易、投资的对外依存程度成正比。所以,经济安全问题是中国不能不重视的战略问题。对于中国这样一个成长中的大国来说,经济安全问题不仅具有现实性,而且具有紧迫性。

就中国目前经济发展的"段情"来说,我们受世界经济波动的影响相对较小。这是因为我们尚没有全方位地融入经济全球化进程,尤其是资本市场还没有完全开放。在1997年爆发的亚洲金融危机中,中国之所以避免了重大冲击,除中央政府宏观调控得力外,资本与金融市场的防范功能也起了很大的作用。

从经济安全的角度上看,中国受经济全球化的影响主要有以下几个方面:

第一,西方国家的跨国公司在资金、技术和人才等方面颇具战略优势,特别是其"东西南北做生意,四面八方搞资源"过程中长期积累的经验,使其较之中国企业远具优势。因为中国企业长期以国内市场为经营对象,且正处在改革过程中。换言之,中国企业将在力量相对较弱的情况下,参与国际竞争。如果说世界市场与竞争是波涛汹涌的大海、跨国公司是航空母舰和豪华游轮的话,那么中国的企业则如同小舢板。因为中国的一些产业有一个共同的弱点,即"大产业,小企业"。中国的化纤行业每年600万吨的产量,分布在40多家企业里。

中国企业在专业化、集团化和规模化跨国经营方面,还相对薄弱。这又具体体现在如下几个方面:①企业没有一定的资金优势、产业优势和技术优势,很难在世界市场上站稳脚跟。②缺少一大批精通国际市场、经济竞争游戏规则和国际经营理念的专业人才。因此，难以把握全球性或区域性经营气候。③企业之间尚未建立有关全球范围内资源配置、人力市场等信息网络。④在政策指导、政策倾斜及企业集团建设等方面，尚未建立起能适应全球大竞争的"护航舰队"体制。

第二，经济全球化在某种意义上说，即意味着"国民经济"的相对弱化。国家经济主权与全球化的规则势将产生冲突，国家经济主权将产生转移，使国家独立选择经济政策的余地和空间越来越小。干预、管理和调控是国家的基本职能。对于发展中国家来说，这些职能的弱化，已接近于国家主权的"最后一道防线"。尽管尚不能断言，全球化将必然导致国家经济独立性和国家主权的丧失，但在一些西方国家之间，经济主权的部分让渡已是事实。早在1987年开始的美日"结构磋商"，最终日本在美国的压力下作出决断，同意在储蓄与投资、价格机制、流通制度、排他性交易习惯和土地政策等领域进行改革。而这些领域原本一直属于国家主权的范畴。对于欧元区国家来说，1999年年初欧元的诞生，实际上相当于各国对货币主权的让渡。

第三，现阶段的经济全球化，主要是由西方发达国家引导和推动的。在国际贸易、投资、金融和服务领域，现行的各种国际惯例和规则主要是由西方强国制定的。这其中的很大一部分，损害着包括中国在内的发展中国家的经济利益。今后发展中国家与发达国家之间的经济矛盾更趋突出，尤其是在市场和资源等方面的争夺会越来越激烈。中国在参与世界经济全球化的进程中，不可避免地会遭受到贸易歧视。中国需要寻求稳定、透明、公正的保护机制，否则，就将会加剧同其他国家在贸易和投资等领域的摩擦，并在市场开放的速度和步骤等方面失去主动，对国内社会稳定形成一定的压力。

第四，粮食、石油、钢铁、水资源和稀有金属等关键性资源的供给，过去是、现在是、将来也必然是民族冲突甚至战争的起因。譬如，矿产资源相对不足和保证程度的不断下降，是我国的基本国情。进入 21 世纪，我国的矿产资源形势依然将十分严峻。在我国已探明的 45 种重要矿产中，到 2010 年可以满足需求的只有 21 种，到 2020 年则仅剩 6 种。除煤之外，大多数关系国民经济命脉的大宗矿产，均不能保证国民经济可持续发展需要。世界矿产资源供需形势总体上供大于求，但矿产资源市场的竞争也日趋激烈。因而，保证我国经济发展所需的战略物资与能源供应，已成为我国经济安全中关键性课题。

四、经济安全与改革开放

我们研究经济安全，其目的是为了促进我国改革开放的进程。这是因为，从根本上说，只有通过改革开放，增强经济实力，才能获得经济安全。

经济安全观是随着国际政经形势的变化而不断发展的。不同的时代，有不同的经济安全观。鉴于中国目前逐渐接近国际经济前沿这一时代特征，经济安全在国家安全中的重要性无疑将越来越大。世纪之交，经济安全概念的外延越来越宽，内涵越来越新。由于电子、信息、通讯技术的突飞猛进，区域或洲际经济合作的进展，资本和劳动力等生产要素在世界范围内流动越发便利，这就提出了经济安全所要面对的问题，即全球化的迅猛发展。如上有关国家经济安全观念的发展，实际上提出了经济安全任务的艰巨性、复杂性、现实性及迫切性。

首先，经济安全问题已变为一个复杂的工程。民族国家能否在国际大竞争中立于不败之地，在很大程度上，取决于能否有效应对国际经济中的各种不确定因素，能否有效地控制生产要素的跨国流动，能否有效控制国际游资。正是出于这个原因，许多国家都在重新思考和权衡经济安全与军事安全的相互关系，并大大提升了经济安全在国家安全中的地位。

其次，从某种意义上说，经济安全实际上是民族国家间的经济较量。在市场经济体制的进化上已处于高级阶段的国家，远较发展中国家或经济体制转轨国家占有战略优势。经济安全本身也已成为影响大国关系的重要因素。由于经济利害不同，大国关系日益复杂化。各国都在以保障经济安全为核心，调整自己的对外战略。这将对未来国际战略格局的形成产生重要影响。所以，对我们这个成长中的社会主义市场经济国家而言，经济安全既有现实性，又具紧迫性。

再次，保障经济安全的任务之艰巨性，是与一个国家的开放度成正比的。这也是开放型国家应当始终加以关注的问题。从理论上说，如果各方面条件成熟，就应当与国际规则接轨，以鼓励竞争。但从亚洲金融危机的情况看，若急于求成，金融和资本市场开放过早，就很可能会遭致打击。

总之，鉴于目前整个世界正处于深刻的历史变动之中，各种矛盾和斗争错综复杂，压力和挑战无所不在，必须强调经济安全问题。充分考虑到各种现实情况，增强忧患意识和风险意识。与此同时，也必须继续坚持改革开放的政策，增强经济实力。正如江泽民总书记在中国共产党十五届二中全会的一次重要讲话中所指出的："关键在于我们自身是否具有足够的承受和抵御风险的能力。这次金融风波的冲击，我们顶住了。这证明改革开放二十年形成的基础使我们具有相当的承受和抵御风险的能力。"只要统筹兼顾，我国就能够在参与全球化的进程中，确保经济安全。

中国周边的恐怖活动及
其对国家安全的影响*

一、当前国际恐怖活动动向

"9·11"事件发生迄今两年多来，其"冲击波"、"放射尘"尚未落定。埃及总统穆巴拉克曾讲，美国打伊"将催生100个新拉登"，此话不幸言中。美伊战争好比捅了马蜂窝，恐怖分子满天飞，他们一方面充实原有"基地"网点，另一方面与当地极端势力联手，逐渐站稳脚跟，活动更加活跃；"基地"组织进入第三代，自我隐蔽、自我支持、自我发展、自我行动，已在全球建立起新的"圣战网络"。

2003年5月中旬在中东、北非、南亚发生了连环爆炸攻击。从这一系列大案的指使单位、活动范围、攻击目标、执行人员与攻击手段来看，国际恐怖主义发生了变化，虽然恐怖分子只是一小撮，但麻烦的是，恐怖主义不显山、不露水，"以小搏大"，防不胜防，组织内部有不同的职能分工，既有搞行动的军事或准军

＊ 本文为作者在"2003年新疆全军反恐演习"上的演讲。

事部门，也有"合法"的经济和政治部门，凡是有利于生存的地方，恐怖组织都可能渗透。其恐慌效应引发社会动荡，进而使反恐战争看不到尽头。各国军事与安全机关陷入长期的"反恐战争"。

从恐怖组织方面看，一个以极端思想为意识形态、以"基地"组织为核心，以西方国家或"西化"阿拉伯国家利益为打击目标的"恐怖同盟"浮出水面。这个"死亡同盟"无疆界、无领土、无固定基地、无标识；打碎骨头连着筋，聚在一起干"大事"，化整为零好藏身。一个恐怖组织可利用全球化的有利条件，在不同国家拥有网络，使军事打击无从下手。

从恐怖活动方式看，恐怖分子为追求轰动效应和制造心理恐慌，往往经过长时间策划，在不同国家与地区，集中连续搞活动。如"9·11"周年之际，法国油轮遇袭，印尼巴厘岛、菲律宾三宝颜市连续发生爆炸案，莫斯科劫持人质、车臣政府大楼被炸等。新一轮恐怖浪潮显示出国际恐怖活动呈"波浪"型趋势，形式更加多样化。目的是"要更多人死，让更多人看"，手段极其残忍。

从恐怖活动特点看，多处同时作案追求极端效应。5月中旬的连环爆炸案显示，恐怖组织的攻击手段以"小规模、时间短、多目标"为主，攻击前均经周详规划与专业训练。这些连环作案的目的有：一是为了扩大事件规模，形成爆炸四起局面，引起民众普遍恐慌。二是将局势搅乱，加大救援与侦破难度。且因采用自杀性爆炸，使线索中断。三是极力造成最大杀伤效果。

从恐怖活动的趋势看，更多的恐怖事件可能发生在适合其组织活动、且防范措施薄弱的地区。恐怖袭击目标和范围可能有如下几种：

（1）恐吓型活动成为扰乱社会秩序的方式。通过电话、信函制造混乱，引起恐慌。

（2）煽风点火，为下一轮恐怖活动做准备。"基地"组织经常通过因特网、录像等方式，发表煽动性言论。

（3）萨达姆家族亲信及效忠部队中一些成员可能成立新的组织，单独或以小组行动发动袭击。西方国家的海外利益仍是攻击的主要对象。恐怖袭击有从使领馆、军事基地等"硬目标"转向不具防卫能力的"软目标"的势头。

（4）施放生物、化学及"脏弹"的危险依然存在。

二、中国周边恐怖活动蔓延与影响

在中国的周边国家中，阿富汗、塔吉克斯坦、吉尔吉斯斯坦、乌兹别克斯坦、哈萨克斯坦、俄罗斯、巴基斯坦、印度、印度尼西亚，都曾因分裂、极端、恐怖主义作乱而局势动荡。美在伊拉克的军事行动所诱发的"反美圣战"加剧了国际安全形势动荡，进而影响我国东南与西部方向安全。我应居安思危，最大限度地降低恐怖活动对我周边安全和西部社会稳定的影响。

一是地缘因素的影响。从世界范围看，阿富汗与伊拉克两场战争之后，美在结束军事行动后，并不能有效控制全境，相反引发了"反美圣战"。战场超出伊拉克甚至中东，一批"基地"成员潜逃至格鲁吉亚、伊拉克北部、伊朗、也门、沙特、巴基斯坦及中亚、东南亚等地，使中东、南亚成为恐怖主义的沃土；"基地"组织与其他激进势力的勾结增强。

从恐怖活动的分布范围看，从高加索、中东、中亚到东南亚形成一条恐怖活动高发的"弧形地带"，处于这一地带的部分国家的边界流血冲突不断。在我国西部，存在克什米尔、阿富汗及费尔干纳盆地等极端势力的三大活动基地。

二是地缘战略因素与恐怖活动的互动，美把打伊与反恐紧密结合在一起，一方面，打伊激化了西方与极端势力的矛盾，导致更多恐怖活动的发生。美攻伊引发不少国家政局和社会动荡：发生政变、局势失控、暗杀不断，这将对我西部地区产生负面影响。从5月中旬以来的系列重大恐怖事件看，"基地"组织已渗透到许多国家与地区。

南亚的反恐斗争尤为艰巨。据今年4月美国公布的《2002年全球恐怖主义形势报告》统计，该年全世界共发生199起严重恐怖事件，南亚一地就高达78起，约占40%。目前，"基地"组织及部分塔利班分子也藏身于阿巴边境地区。

（1）有资料表明，在阿富汗"基地"组织和塔利班余党依然存在。近来，他们发表声明，要"重建军事领导系统"，发动新的"圣战"。

原蛰伏于巴阿边界部落区的"基地"组织和塔利班余党不断越界袭击，同时渗入东、南部各省，制造恐怖事件，其规模和数量明显超过去年秋冬。

当前，阿富汗国内各种极端势力、政治社会问题、军队内部分裂、毒品泛滥相当严重。阿可能重新成为地区动乱的温床。这种恐怖威胁是长期的。

（2）在巴基斯坦，极端势力抬头，2002年大选后，原教旨主义色彩浓厚的宗教执政联盟（MMA）取得了西北边境省的领导权。2003年6月初，MMA又在该省通过沙里亚法案（伊斯兰教法），试图在该省强制推行。目前MMA除西北边境省外，还在俾路支省、拉瓦尔品第、卡拉奇和伊斯兰堡有很多支持者。

（3）在中亚，极端组织活跃，主要包括："乌伊运"、"伊解党"、"塔伊党"（塔吉克斯坦伊斯兰复兴党）、"东突厥斯坦伊斯兰运动"（简称"东伊运"）。目前，境外有影响的近40个"东突"组织中，有一半在中亚地区活动。"东突"分子已连续三年在吉尔吉斯斯坦制造多起针对中国的恐怖事件。

（4）在东南亚，"伊斯兰祈祷团"成心腹大患。当地的反恐专家认为，伊斯兰祈祷团是"基地"组织网络的一部分，专职攻击在亚洲国家内的西方目标。"伊祈团"的最终目标是通过暴力在本地区建立伊斯兰国家，该组织的内部手册《伊祈团斗争总原则》列出了这一目标。

三、对中国国家安全的影响

我宜从国家安全的战略高度来看待我国周边地区面临的恐怖主义威胁及影响。

1. 一系列国际恐怖活动显示，我国周边地区有可能形成一条高危恐怖动荡带。周边反恐形势更趋多变、复杂。反恐与我经济发展和社会稳定的关系密切。随着反恐斗争的深入展开，我面临的恐怖风险与安全成本在不断增大。恐怖活动造成的直接冲击与间接心理影响，以及造成的投资发展环境的负面形象，可极大阻碍经济发展，危及社会稳定。

大中城市成为恐怖袭击的主要目标和反恐斗争焦点，多数恐怖组织善于以大城市为活动中心，隐蔽策划与发动恐怖袭击。政府机构及国际标志性建筑常为恐怖活动的首选目标；关键性基础设施极易受到恐怖袭击。

2. 美实施"改造伊斯兰"的战略步伐加快，其作为"新帝国战略"的重要环节及相配套的全球军事力量大调整，必将对全球战略形势与我周边安全局势产生重大影响。美在军事上将驻军重点从沙特移至伊拉克，对伊朗和叙利亚实施前沿威慑，重点镇防高加索、中亚、南亚、中东、东南亚的"极端主义活跃带"。

从地缘战略角度看，恐怖活动重灾区又是经典陆权理论所描述的欧亚板块的结合部。不言而喻，反恐战争也是一种重大的地缘战略行为，势将加速地缘政治新棋局的形成。

由于我周边地区已成为恐怖活动高发区，美可能更多地将"反恐"重心移向此地，"要求"更多国家与美通过"军事合作"反恐，美在中亚的军事存在将继续延伸。2003年以来，美通过与中亚国家的多种军事合作，进一步加强其影响力。美已在吉尔吉斯斯坦扩大并延长驻军。前不久，美与吉签订扩建军事基地的协议，将马纳斯国际机场基地从现有的30公顷再外延300公顷，修建永久性设施。此外，还将加强与中亚国家的联合军事演习。

3. 国际反恐斗争开展以来，美逐渐推行以反恐为核心的国家安全战略，并将之扩展到其他国际安全领域。这些领域包括防范大规模杀伤性武器扩散、洗钱等国际有组织犯罪，海上通道、集装箱运输等国际交通运输安全问题。伊战后美反恐手段将趋于强硬。2003年2月14日，美出台《抗击恐怖主义国家战略》报告，将"国家恐怖主义"问题纳入美反恐战略，强调把战斗引到恐怖分子所在之处，必要时单独行动。2月初，美国防部长拉姆斯菲尔德已把朝鲜称为"恐怖主义国家"。这既反映美在"恐怖主义"概念上的转变，将打伊作为下一步国家的反恐战略，也表明伊拉克不会是最后一个要打击的国家，美还会将此战略推向其他国家。

4. 面对"恐怖性非对称战争"，各大国重新审视国家安全环境，加大对非传统安全的关注，探索该领域安全合作新机制、新方式、新内涵；思考安全目标优先顺序与外交政策，积极调整相关战略，赋予军队反恐职能，组建以反恐行动为任务的新军事单位。

美整合海岸警卫队、国民警卫队、移民规划局、联邦调查局等安全机构职能，建立国土安全部，提高情报综合研究判断能力，促进行动部门的相互协调。"莫斯科人质危机"后，俄加紧修订《国家安全构想》、《反恐法》、《紧急状态法》，在强化国家安全会议协调功能的同时，着重提高具体部门的反恐能力。

针对恐怖主义具有跨国威胁的特点，情报合作被认为是反恐的重要环节。各国在反恐实践中高度重视国际合作。莫斯科人质事件中，英反恐小组迅速赶赴莫斯科，协助制定营救方案；巴厘岛爆炸案发生后，印尼、美、澳等国组成联合调查组，加快了案件侦破速度；土库曼斯坦总统遇刺事件中，俄提供了重要情报，协助破案。在情报合作中，坚持以当事国为主、其他国家为辅的原则。印尼在处理巴厘岛问题上，坚持所有调查都由印尼警方负责的立场。此外，美、俄、法、日等国亦强调军队的国内反恐作用。1995 年巴黎爆炸案后，法国发起"警戒海盗"应急方案，军队进入城市警戒。日本强调自卫队可作为"穿迷彩服的警察"到大城市维持治安。

我国正面临传统安全与非传统安全交织、非传统安全威胁与危害不断上升和加剧、国际安全问题更加多元化的新形势，主张运用政治、经济、外交、军事、法律等综合手段加以应对。加紧制定反恐战略，强化本土安全机制建设，把反恐作为国家安全战略的重要任务，并据此调整相关战略，如军事、执法机构的调整等等。

（本文在收入本书时有删节）

国际反恐斗争与危机管理[*]

【主持人】王鲁湘："问渠哪得清如许，为有源头活水来"。这里是世纪大讲堂，我是王鲁湘，大家好。

大家可能都读过托尔斯泰的名著《战争与和平》，"战争与和平"一直是响彻在人类历史中间的两个旋律。但是，我们都没有想到在进入 20 世纪以后，"战争与和平"虽仍然是人类历史发展的两大主题，但是我们却多了另外一对概念，一个叫做"恐怖主义"，一个叫做"反恐"。那么在全世界反恐局势中间，我们应该怎么应对，应该怎样地未雨绸缪或者亡羊补牢？今天我们请到了一位专家，他就是陆忠伟先生。

我好奇的是，您读的是日语专业，而且当时在学习过程中，研究的是日本的经济问题，但是为什么毕业以后会转向国际关系研究，而不是对日本经济问题的研究呢？

【演讲人】陆忠伟：说起来话长，到底是学问做大了，官也跟着做大了呢，还是官做大了，学问也就做大了？这里面就说不清楚了。反正一开始研究日本经济，后来当过东亚研究室的副主任、主任，这个时候就不仅限于经济了，包括政治、外交等等。

＊ 本文为作者在 2004 年 5 月 1 日"凤凰卫视·世纪大讲堂"第 168 期上的演讲。

日本是个经济大国，它的经济与亚太地区有很大关系，于是就把自己的学术研究扩大到整个亚太地区。1993年当了副所长，兼管整个亚太地区。亚太地区问题的一个主要因素是美国，因此就扩大到整个国际政治方向。1999年当了所长或者说院长，这个时候研究的范围就是全世界了。所以对内要管一支队伍，对外要管全世界，而且是立体的研究，不是平面的研究。

王鲁湘：也就是说你的学术视野这个半径的扩大，是和你担任职务的越来越高联系在一起的，也就是说职务越高，视野越宽阔。

陆忠伟：这里面有一种要求，你如果对全世界不了解，不能够加以深入地研究的话，那么你如何能够当好这个院长？这本身也是一种实际的要求。

王鲁湘：那么后来为什么又从广泛的国际关系问题，特别地开始关注起反恐的这个问题呢？

陆忠伟：刚才我讲了一个概念，叫做对于国际问题的立体研究。在本世纪以前，我们所做的研究叫做平面研究。就是以国别与地区研究为主，我们有东亚研究、俄罗斯研究、美国研究等等，但这只是一种平面研究。进入本世纪以后，又开始了另外一个方向，叫做领域的研究。为此，又建立了10个研究中心，这些都是领域类的、问题类的，包括反恐怖、危机管理、民族与宗教、经济安全、涉台外交、全球化等等，这就形成了国际问题研究的一个比较全面的势态，我院实际上在2001年的"9·11"发生的前一年就成立了反恐怖研究中心。

王鲁湘：我注意到在"9·11"事件以前，研究恐怖主义的学者应该说都是处于"地下"状态，一般公众不会注意他们。但是"9·11"以后，你们这一批研究恐怖主义的学者，就突然变成了公众人物。我也注意到媒体对你有过一个采访，你在对

"9·11"后的世界局势进行判断时说，由于"9·11"的发生，世界上各种力量会重新出现分化和组合，而且你还引用了唐代一位诗人的一句诗，是吗？

陆忠伟： 是柳宗庸《夜渡舟》里面的，叫"舟轻不觉动，缆急始知牵"。就是说这个船很小，起航的时候乘船人可能没有感觉，但是当发现它的缆绳被绷紧以后，才知道自己的船已经走了很长一段距离。

王鲁湘： 你用这两句诗来说明国际上的恐怖主义和反恐形势，你是怎么样理解这个形势的？

陆忠伟： 对于"9·11"实际上我还有另外一句话，就是借用《三国演义》电视剧的片尾曲，叫做"一页风云散，变幻了时空"。实际上"9·11"对国际局势来讲是一个分水岭，或者说具有里程碑的作用。从现在来看，在不到三年里，"9·11"所产生的影响是非常大的，我曾经把它概括为7个方面：国际恐怖主义发生了变化，各国的国家安全战略发生了变化，美国的安全战略发生了变化，大国关系发生了变化，地缘战略格局发生了变化，国际战略（态势）发生了变化等等。这7种变化实际上既可以用"变幻了时空"来概括，也可以用"缆急始知牵"来形容。

去年的媒体上还引用了我另外一句话，就是说经过"9·11"，阿富汗战争，2003年3月20号开始的伊拉克战争，整个国际形势又出现了新的变化，我把它概括为三句话：第一句话叫做大西洋变宽了，美欧关系渐行渐远，特别是大西洋两岸出现了"两岸三地"关系，一边是美国，一边是"老欧洲"和"新欧洲"。第二句话叫太平洋变窄了，就是指太平洋两岸的日美关系、中美关系出现靠拢的现象。第三句话叫做欧亚大陆更高了。如果学过经典的地缘战略理论、有关陆权的理论的话，应知欧亚大陆是兵家必争之地。"9·11"之后到现在，可以看到，欧亚大陆的地理位置更加突出，各大国在这个重要的地区的争夺更加激烈了。

王鲁湘：好，下面我们有请陆先生给我们主讲"国际反恐斗争与危机管理"。大家欢迎。

陆忠伟：各位下午好，非常荣幸能在国际关系学院、在与我的研究方向非常近的这么一个学术交流中心，向大家介绍关于反恐和恐怖主义的情况。

刚才谈到我所在 2001 年的时候，就成立了反恐怖研究中心。一谈起反恐怖，很多人首先有一个印象，或者形象地讲，是不是感到研究恐怖主义的人都非常狰狞可怕，非常恐怖，所以对所里面从事反恐怖研究的人，大家一般都非常亲切地称他为"恐教授"、"恐夫子"，对年轻的称之为"小恐"，对年长的称之为"老恐"。他们在媒体上发表文章的时候，有好心人就提建议说，您最好用笔名，不要用真名。当他们上电视台接受采访的时候，有人就提建议说，最好在你脸部打上马赛克，以便于保护自己。"9·11"之后不久，北京有一家媒体提出要采访这个研究中心，我们也安排他们采访了，采访以后他们写了一段报道，题目叫做《反恐中心不恐怖》，所以很多人后来说，原来你们也不是很恐怖的。我说，我们本来就是一些平常的人，用平常的手段，包括因特网、国外的资料、报刊，以及自己的分析、采访等等，来研究一种特殊的犯罪形态，这就是恐怖主义。

恐怖主义实际上不是"9·11"以后才有的，按照我院专家的分析，现代恐怖主义到现在一共有三个阶段：第一个阶段是 19 世纪末期，当时正值第一次世界大战前夜，各国的工人运动风起云涌，阶级矛盾激化，这时就产生许多推翻资产阶级政权的运动，出现了一位所谓的理论家叫巴枯宁，他实际上是无政府主义思潮的始作俑者。他提倡用毒药、匕首、绳索去推翻资产阶级的政权，所以我们现在一般都把第一次恐怖主义高潮的形成定位在欧洲，它是策源于 19 世纪的末期。

第二次恐怖主义的发展高潮是上世纪 60 年代，当时资本主义国家经过一轮的经济高速增长，国内出现了新的社会矛盾，包括贫富悬殊、在国际上出现了南北差距等等。另外一个大背景，就是东西方冷战，这时在有些国家出现了以极左思潮为掩护的恐怖主义组织和集团。在座的各位可能都比较清楚，肯定也听说过日本的"赤军"、意大利的"红色旅"等等，它们都是通过绑架、劫机等手段来达到一些政治目的。

第三个高潮就是进入本世纪以后，实际上在 2001 年"9·11"事件以前，恐怖主义在国际上就已经非常活跃了，2000 年的时候，我院的专家把这一年称之为"国际恐怖势力活跃年"。因为当时观察到，整个世界从高加索、中亚、中东到南亚、东南亚地区等等，恐怖主义的阴影无处不在。也就是在那一年，我所成立了反恐怖研究中心。2001 年的"9·11"事件使美国世贸大楼双子座被炸，一下子夺去了 3000 多人的生命，这个时候就感到恐怖主义达到了一个高点。但同时也认识到，尽管是一个新的高度，但它不是终点，恐怖活动可能还会向新的方向发展。2002 年统计了一下，全世界的恐怖活动共发生了近 380 起，换句话说，一年中每天都有一起，当年造成 1800 多人死亡，近 5800 多人受伤，所以从那个时候起感到恐情严峻。

2003 年又进入了一个新的阶段，当年英国有一家著名的国家风险研究机构，它曾经对世界恐怖形势做了一个统计，得出的结论是，在恐怖形势严峻的 10 个国家中，亚太地区有 6 个国家名列其中，它还得出一个指数，亚太地区的恐怖危险指数达到 43%，高于全世界 40.1% 的平均水平，所以 2003 年也是恐怖活动非常严峻的一个阶段。

　　从上世纪 60 年代到本世纪近几年，整个恐怖主义越来越猖獗，所以我曾经形象地讲，国际安全的海岸线受到恐怖活动的恶浪和反恐怖浪潮的拍打，一片迷茫，风声一阵紧似一阵。从现在来看，前两天，乌兹别克斯坦又发生了连环爆炸案，恐情严峻，这是当代国际政治的一个现实。刚才主持人也讲到"战争与和平"的问题，我一直讲，当前面临的形势是"稳而不定"，稳是相对的，不定是绝对的，动荡是绝对的。这实际上是各国安全机关、军队面临的一个非常头疼的问题。

　　对于国际恐怖主义危害的认识，各国都有定论，俄罗斯领导人普京把它称为"新世纪的瘟疫"，中国领导人把它称为"世界各国的公害"等等，这个概括是非常恰当的。"9·11"以后到现在，恐怖活动还是有新变化的。此前，基本上是小股恐怖分子作乱，没有形成连环爆炸或者勾结成网，但"9·11"以后出现了一个新变化，一是恐怖组织的"四无"现象，就是无国界、无领土、无根据地、无标识；第二种现象叫做自我支持、自我发展、自我活动，这是一种新现象；第三个现象是"基地化"，就是作案手段异常残忍，目的是"让更多的人死，让更多的人看"，成了最近一系列恐怖活动的明显特征。

　　大家可能记得"9·11"，也记得前不久发生的"3·11"，我们的专家计算了一下，这期间正好经过了 911 天，这里面发生了很多新变化。我也分析了世界上很多的恐怖活动，发现里面有几点是值得注意的，而且就这些方面和国外同行交流时，他们也都同意这个观点。一个特征是恐怖分子反人性的一面更加突出，大规模杀伤平民，这是"9·11"到现在国际恐怖分子的一大特征。我们讲恐怖活动、恐怖主义、恐怖组织，国际上对它有很多定义，但是最起码的一点，我个人感到，就是它以反人性的手段去实现目标，这是一个最基本的判断。

　　我给大家介绍两个案例。一个是去年发生在中东沙特首都利雅得的爆炸案，我认为是一种里应外合的作案。最初有几个恐怖分子鸣枪，当听到枪声很多居民跑出来观看、很多保安前来维持秩序时，恐怖分子引爆了炸弹，其目的是要杀伤更多的平民。

　　第二个案例是去年莫斯科露天剧场发生了爆炸案，事后分析称，曾经有两个属于"黑寡妇组织"的恐怖分子，身上都带着炸药，一个人欲通过安检，另一个人埋伏在另一条安全通道上，她们的意图很明显，安检能通就过去，通不过去时就引爆炸弹。炸弹引爆后，军警疏散人群向另一条通道撤退时，埋伏在那里的恐怖分子引爆另外一枚炸弹，也是要杀伤更多的平民。

　　第二个特征就是可能使用大规模杀伤性武器。所谓大规模杀伤性武器，简称就是 ABC 武器，A 是核武器，B 是生物武器，C 是化学武器。1995 年日本的奥姆真理教在东京地铁施放了有剧毒的沙林毒气。美国在 2001 年 10 月 7 号发动阿富汗战争，清剿"基地"和塔利班，占领他们在坎大哈的基地时，也发现他们的巢穴里有剧毒药品，包括核物质等等。从这个方面来看，大规模杀伤性武器被使用的威胁越来越逼近。大家知道，在莫斯科剧院解救人质时，俄罗斯反恐特种部队是使用了化学物质的，这会不会引起负面的效仿作用，值得各国高度警惕。大家可能也知道，美国举办冬季盐城湖奥运会的时候，使用了大量的探测脏弹的探头，就是要探测放射性核物质。从世界各国来看，一般的安检都主要是检查刀枪棍棒、炸药等等，但是有没有探测脏弹的仪器，或者说今后能不能够使用，这也是每一个国家提高安全系数的一个重要内容。

　　第三个特征就是作案的国际和国内界限正在消失。无论是 19 世纪末，还是上个世纪 60 年代，恐怖分子作案一般都有自己的势力范围。俗话讲"隔街下雨"，这条街下了雷阵雨，那条街可能是晴空万里，但从这两年来看，隔街下雨的现象基本上没有了。最明显的例子是"3·11"爆炸，爆炸发生以后，很多人说是西班牙国内的"埃塔"所为，也有人说是"基地"组织所为。但"埃塔"组织两度声明这不是它干的。很多专家分析，其手法完全是"基地"组织的手法。主要有以下几个特征：一是连环爆炸；二是滥杀无辜，大开杀戒。数辆火车同时爆炸，从这个方面来看，不论是哪个国家的恐怖组织所为，它起码采用的是"基地"学校速成的滥杀无辜的手法，所以最近给马德里火车爆炸事件定了一个名字，叫"世界恐怖组织的基地化现象"，这个值得注意。

另外，"基地化"现象还有一种含义，它是指分散在各个国家和各个地区的恐怖组织，在它们的地区里可能各自为政，自我活动，自我支持，但就像一片带雨星云，飘在天空，当有了碘化银的时候，它们就会人工增雨，而这个化学物质就是本·拉登的精神。所谓的录像、录音带、声明、传真，就是所谓"全球圣战"的一种号召，所以从"9·11"到"3·11"，国际恐怖主义发生了很大变化。

俗话讲"魔高一尺，道高一丈"。"9·11"以后，各国在反恐方面也出现了巨大变化。以前讲反恐也是各国各自为政，单兵作战，但现在的变化之一是大反恐。所谓大反恐，第一，建立了国际反恐联合阵线，美国、俄罗斯、欧洲各国、中国等，基本上都站在反恐这一边，这和以前各自为政相比是一个很大的发展和突破。第二个特征叫全方位反恐，它指世界分成了各条反恐战线，在欧洲有欧洲战线，在美国有美国战线，在亚洲、东南亚等地都有反恐战线，现在听说有的国家已经在非洲撒哈拉沙漠以南也开辟了反恐战线。

第三个叫做立体反恐。所谓立体反恐，是指不单在军事上对恐怖组织加以打击，还包括在经济领域、金融领域、政治领域、技术领域等各方面。它也有几层含义，第一层是以联合国为主，由联合国主导的反恐。从上世纪60年代到"9·11"之前，由联合国主导共签署了12个单项的反恐国际条约，包括反劫机、反劫船等等。"9·11"以后，联合国安理会通过了1373号决议、1390号决议。联合国组织的反恐得到了所有会员国的同意和支持。

另外，在很多双边关系和多边关系上，反恐合作也是一个重要内容。在中美、美欧、俄美、中俄之间，它们的很多交往都有反恐合作内容，包括技术合作、情报分享等等。还有一个就是多边合作。2001年6月成立的上海合作组织，其合作内容之一，就是打击"三股势力"，一股叫分裂主义，一股叫极端主义，一股叫恐怖主义，在上合组织框架之内，去年在吉尔吉斯斯坦还搞了联合军事演习，这个立体合作对恐怖集团所产生的震慑比较大。最近大家看到，美巴联军在巴基斯坦的边境部落地区——南瓦济利斯坦地区开展了清剿"基地"和塔利班残余的活动，这些方面构成了一个重大压力，对恐怖分子产生的震慑作用不小。

国际反恐尽管在各个方面都取得了很大进展，但是它也有它迟滞的一面。首先是各国对恐怖主义的定义不一样，据专家分析统计，全世界一共有160多种定义，类型多种多样，有的是双重标准，你可以把有可能从事暴力活动的组织定性为恐怖组织，但是另一个国家却有可能否定它，这构成了当前国际反恐合作迟滞的一个重要原因。

另外一个就是由谁来反恐，由谁来主导反恐？是联合国主导，还是由某一个军事力量强大的国家，出于他国的利益来主持反恐？这个也是有争论的。第三个问题是到底是以权为公，还是以权谋私？打恐、反恐里面也有谋私的一方面。有些国家打着反恐的旗号，占领了很多战略要地，刚才我讲到欧亚大陆更高了，大家可以看一下在中亚、南亚这一带，"9·11"以前一些国家的军事力量在这些地区是没有展开的，但"9·11"以后，这些国家打造的反恐阵地和传统的地缘战略要地是重叠的，所以这里面反映出大国之间明着是反恐，但实际上暗中还有一种战略较量的因素在里面，所以这也是当前国际问题里的一个热点和焦点。

那么从"9·11"到"3·11"，各国在参与国际合作的同时，本身也加紧了对国内恐怖势力的防范。内部防范从危机管理的专业角度来看，它无非是分为三个阶段：第一个阶段就是中国人讲的未雨绸缪，当事情还没有发生的时候，就加强这方面的防范。世界上一些国家，主要是反恐做得比较好的一些国家，包括以色列、俄罗斯、美国等，它们在这方面有一套比较成熟的做法。

可以举两个例子，一个是去年韩国大邱发生了地铁纵火案，另外一个是莫斯科的地铁发生了恐怖袭击案，从专家的分析来看，韩国的大邱地铁纵火案，尽管不是恐怖分子所为，但由于事先的反恐教育、危机管理意识不到位，很多硬件设施不具备，所以造成很多人伤亡。莫斯科的地铁袭击案尽管是恐怖分子所为，但由于俄罗斯从血的教训里取得了经验，无论是地铁司机、乘务人员、快速反应部队，以及乘客的自救意识和能力都比较强，所以当恐怖事件发生后，将伤亡减少到了最低限度。大家看电视知道，前两天在莫斯科的地铁里又发现了炸药，发现炸药的是一位乘客，因为他的危机管理、反恐意识比较敏锐，当他发现座椅底下有一个可疑包裹时，马上想到这会不会是炸药。从这件事可以看出，危机意识、反恐教育的加强，是一个国家危机管理的最重要部分。

从专业角度上来讲，还有情报搜集。俄罗斯在车臣地区、格罗兹尼、奥塞梯等地区、包括莫斯科红场的地铁也多次出现过恐怖爆炸，其中最重要的一点就是信息不灵，这是一个值得汲取的教训，用中国俗话来讲就是未雨绸缪。

危机管理的第二个阶段，叫做快速反应，包括军队、警察、医务、消防、媒体等各个部门，套用中国的俗语叫做"兵来将挡，水来土掩"，即尽量在第一现场、第一时间把事情掌握在可控的范围里面，从"9·11"到现在，各国都已经意识到了这方面的重要性，一方面从法律上赋予军队反恐的职能，赋予军队恢复秩序的职能，另外一方面组建特种兵部队，组建反恐专业队伍等等；再一方面加强各职能部门之间的协调。美国在"9·11"事件以后，从专业的危机管理角度分析，总结教训。

危机管理的第三个阶段，叫做事后管理，用中国的俗语来讲叫"亡羊补牢"。即从事件里面寻取经验，制定措施，提出建议，防止今后再发生此类事件，做出研究上的推动。整个危机管理过程，这三个阶段对任何一个国家来讲，如果能够做到位，它在社会治安、社会稳定、防范恐怖袭击方面是有很大作用的。我自己讲恐怖问题，研究反恐怖问题，也研究危机管理问题，总的感到从"9·11"到现在，各国的反恐警报常拉不断。另外一方面，各国同时也在加强对国民的危机管理、反恐意识教育，如果能把这个事情做得细、做到位的话，安全系数是可以得到保障的。

王鲁湘：谢谢陆先生的演讲，我现在有两个问题向陆先生请教，您刚才说到，国际上对于恐怖主义和恐怖活动有不同的定义，多达160余种，有些国家甚至还有双重标准，我刚才也听您说到，上海合作组织的一个很重要的合作内容，就是要打击三股势力，一股叫做极端主义，一股叫做分裂主义，一股叫做恐怖主义。现在看来，在世界上发生的一些大的恐怖活动中，似乎这三股势力是合流的，我们所说的这三股势力，在某种意义上是不是也是对恐怖活动和恐怖主义的一个定义呢？

陆忠伟：这个问题提得很好。先谈上海合作组织，它的成立起源于解决双方的边界争端，当边界问题解决以后就意识到、或者说各国都面临恐怖主义的威胁，那么这个时候就赋予这个组织新的内涵，注入了新的活力。关于三股势力之间的互相关联，第一可能是分裂组织利用了极端主义，同时使用了暴力手段，分别来讲，就构成了三股势力的特征。上海合作组织成员国面临着共同威胁。实际上这几股势力是合流的，比方说有所谓阿富汗的阿拉伯人、车臣人、欧洲人等等，实际上他们都是为了共同的极端的目标走到一起来的，参与了这个组织，又使用了暴力手段。从现在来看，打击三股势力是上海合作组织面临的共同任务。

王鲁湘：实际上，国际恐怖主义活动和一般所说的恐怖活动有一个重大区别，后者实际上是一种政治诉求，是要争取很多人的同情和对它政策主张的拥护。但是国际恐怖主义恰恰采取了相反的战略，它是以大规模的、大量针对平民进行杀伤，来吸引全球对他们的关注。这种心理在某种意义上是非常绝望的一种心理表现。您觉得他们的诉求中有没有合理和正义的东西呢？

陆忠伟："9·11"以后，我曾经提出过这么一种说法，有人说是口号，叫做"三反"运动，就是指反恐怖、反扩散、反萧条。我想反恐怖、反扩散大家都容易理解，反萧条是指 2001 年，当时整个世界的经济很不景气：日本在经历了十几年的经济萧条以后，未出现反弹迹象，而美国在持续了 10 年的经济繁荣之后受到了"9·11"的打击，当时如果美国和日本这两个世界头号和第二号的经济大国出了问题，将会对世界产生巨大的影响。我认为这些大国之间应该提出反萧条的任务。

但有时候我也谈"四反"运动，这第四反也许就能回答主持人的问题，即还包括反贫困。实际上这也就部分地回答了恐怖主义产生的一个原因。反贫困这个提法，大多数人是赞成的，但是包括美国的一些非常有名的政要不同意，他们举了一个例子，说本·拉登就是富豪，不是贫民。但我跟他们讲，富豪是利用了贫困的人群。从现在来看，大多数人都认为对恐怖主义不仅要消灭它，同时还要铲除产生恐怖主义的根源，实际上根源也不仅是贫穷一方面，它还包括地区秩序的不公、国与国之间关系的不正常，或者说民族矛盾冲突的激化等等。

在分析从 19 世纪末到现在恐怖主义形成的问题时，我一直讲三个要素：第一个是讲条件，就是恐怖主义所产生的气候；第二个是讲土壤，就是当时产生这些恐怖组织、恐怖活动的基础；第三个就是讲种子，是哪一种人容易变为心态绝望、到恐怖组织中去。从现在来看，19 世纪末、20 世纪 60 年代都有当时的气候。现阶段的气候，很多人都认为那就是全球化和反全球化，反全球化的人群、组合、团体里实际上与恐怖组织也有千丝万缕的关系。

王鲁湘：第二次世界大战期间，经常会听到这样一句话，叫做"东方无战事，祸水往西流"。那么现在国际上到处爆炸，而中国这一边、也就是东方相对来说比较安全，你觉得中国的反恐局势严峻吗？或者说有没有恐怖威胁？

陆忠伟：这个问题与上一个提问有关联，我刚才也未来得及回答。关于恐怖组织活跃，或者说有些人产生了绝望心理，按照中国人的说法，有一个矛盾激化的因素。我们以前讲人民内部矛盾，比方说族际冲突、宗教歧见、利益纷争等等，实际上这些问题都可以在内部通过法律或其他手段加以解决，尤其是如果没有外部力量的引诱和施加影响，这些矛盾是可以解决的。但是如果外部来诱导和影响它了，就变成了"人民外部矛盾"。中国之所以现在恐怖活动不那么猖獗，就是因为中国政府对处理人民内部矛盾是比较重视的。我们一直讲关心弱势群体、构筑社会爱心网络等等，我想这是一个重要因素；另外，中国人对恐怖活动、犯罪都讲综合治理，而有些国家是头疼医头，脚疼医脚。所以我想中国人的"医术"反映在施政方面，这对防止或打击恐怖活动有效。

王鲁湘： 辩证施政。

陆忠伟： 它是有很大的作用的。但是另外一方面我也不能讲中国已经太平无事啦，我们常说居安思危实际上就是这个道理，中国周边有很多恐怖活动的高发地带，从大的方面来看，高加索、中东、中亚、南亚、东南亚，这是一条恐怖活动高发的弧形地带。从中国的周边来讲，有三个恐怖活动的据点，一个是克什米尔，中国和克什米尔边界线很长，中国边境外面就有很多重兵把守，是经常发生恐怖活动的地方。第二个是阿富汗，在美巴联军清剿的部落地区，中央政府行使权力是很弱的，恐怖分子有可能在那儿产生。第三个就是中亚的费尔干纳盆地。那里是乌兹别克斯坦、吉尔吉斯斯坦和塔吉克斯坦三国交界的地区，与中国的南疆正面相对。大家可能也熟悉，中国古代传说中的汗血宝马就产生于那里，费尔干纳盆地还生产另外一种特殊的东西，叫做"政治土匪"，用乌兹别克斯坦语来讲叫"马斯巴奇"。整个中亚地区动荡的策源地来自于乌兹别克斯坦。所以从周边来看，中国所面临的恐怖袭击风险不能轻视。我感到中国的经济发展、社会稳定取决于我们能不能把恐怖主义防御在国门之外，同时在国内加强综合治理。

王鲁湘： 好，下面请同学们向陆先生提问。

观众： 陆先生您好，从"9·11"到"3·11"，我们都可以看到恐怖主义的活动和伤害对象已经开始转向平民。而中国北大、清华的爆炸事件也向我们证明，恐怖主义事件离我们并不遥远，就在身边。那请问您是否认为中国应该建立起像美国中央情报局或是像英国军情五处这样的反恐机制，或是采取相应的预警措施？谢谢。

陆忠伟： 从"9·11"到"3·11"，恐怖主义滥杀无辜的现象确实越来越严重，同时它也促进了各国在反恐政策上的落实。我想这是第一个应该讲的。第二个就是中国实际上从"9·11"开始，已经赋予了军队反恐怖的职能，去年在中国的西北已经举行了全军反恐大演习，我也很有幸被邀请到那次演习去做演讲。同时大家是否还注意到，去年年末，中国举行了代号为"长城2003"的反恐演习。此外像上海、广州、北京等有地铁的城市，也进行了关于反恐和危机管理的演习。关于中国是不是应该建立类似美国的 CIA，或者英国的情报局这样的机制，我想各个国家作为它政权机器的一部分，都有情报部门，而且在"9·11"以前任何一个国家都会有，那么在"9·11"之后，这些国家的情报部门可能开始把反恐作为一个重要的工作内容，我想美国、英国如此，其他国家也如此。最明显的例子是日本，日本最近组建了反恐特种部队，修改了反恐的法律等。但有一个方面也需要大家认识到，恐怖活动在某些方面较之于刑事犯罪还是不一样的，如北大这个案件，包括石家庄的靳如超连环爆炸，我个人感觉它是刑事犯罪，属于恶性刑事犯罪，因为我和有些专家交流的时候，他们就讲这可能不算恐怖活动。

王鲁湘： 好，那位同学。

观众： 陆老师您好，我是国际关系学院的一名学生，首先我想就国际反恐的主导权问题向您请教一下。现在有两种观点，一种就是我国政府所提出的，反恐应该加强国际合作，由联合国来主导；另外一种就是说在当前形势下，特别是对于恐怖主义的定义，各国众说纷纭，没有一个普遍都接受的标准。其次，联合国在反恐的运行机制方面，也存在一些问题。第三个就是各国对于恐怖主义的危害性认识也不一样。在这种情况下，如果由美国或联合国来主导反恐的话，哪个更具有现实性和有效性？您作为一名学者认为是应由联合国来主导反恐，还是由美国来主导反恐更具有效性，或者说没有美国主导，由联合国来承担这个反恐重任，您认为在目前形势下合适吗？谢谢。

陆忠伟："9·11"以后，美国是因为它本土受到了巨大损害，再加上它的许多盟国，包括北约盟国都铁杆支持美国反恐，同时美国也提出一种政策思路或口号，叫做在反恐问题上"非友即敌"，再加上美国军事上的先发制人思想，实际上在"9·11"以后，到第二个月的10月7号发动阿富汗战争清剿塔利班，基本上可以说是由美国主导了整个国际上的反恐活动，当阿富汗战事告一段落后，各国之间以前那些被"9·11"事件掩盖的矛盾就显现出来了。最明显的例子就是围绕着伊拉克战争。伊拉克战争在美国人看来，是反恐战线的延长，也是一场反恐战争，但是很多国家不同意。德国、法国、俄罗斯和美国围绕着谁主导反恐，出现了歧见。这也是我刚才讲过的"大西洋更宽了"的一个根由。是由联合国主导还是美国主导反恐，从现在来看，包括欧洲国家和广大发展中国家在内，都是积极主张由联合国来主导，但实际上还是在由美国主导，大国关系虽然也以反恐为基础，但是我一直在提这么个疑问，反恐这个"筐"究竟能装多少东西？反恐这块布还能遮羞多久？这值得一起研究。

王鲁湘：好。在今天结束演讲时候，我想请陆先生用一句话来概括您今天演讲的内容。

陆忠伟：恐情严峻，我们要居安思危，对中国的社会发展要有信心。

王鲁湘：好，感谢陆忠伟先生的精彩演讲和今天在座的国际关系学院的同学们，以及电视机前的观众们。下周同一时间，欢迎收看世纪大讲堂，再见！

危机管理与国家安全[*]

一、危机和危机管理概述

　　"危机管理与国家安全"是一个新的研究领域。现代社会是一个紧密关联、牵一发而动全局的大系统，好比一块尖端精密的集成电路，其中任何一个微小环节发生故障，都会引起整个电路的瘫痪。在日常生活与社会生活中，我们经常遭遇危机，如食物中毒、石油冲击、核电站事故、金融风暴、龙卷风、大洪水、大地震、大海啸、禽流感、登革热、非典，甚至还有"手纸危机"，等等。上个世纪90年代以后，危机爆发的间隔缩短，频率急剧上升。各类危机如同滔滔巨浪，扑面而来，连绵不绝。在现代社会中，危机已经不是罕见的"新款时装"，而是"油盐酱醋"，是我们日常生活所离不开的了。在这种情况下，能否有效地进行危机管理，实际上是对一个国家处置突发事件能力、维护社会稳定能力的严峻考验。面对纷至沓来的战争危机、外交危机、财经危机、社会危机、宗教危机、信心危机、市场危机、金融危机、竞

---

　　* 本文为作者在国家宗教局、天津"四季讲堂"的演讲。

争力危机，我们深切感到，天有不测风云，危机四伏，防不胜防。研究危机、应对危机、提高危机管理能力，是摆在我们面前的重要课题。

危机的分类有许多种：按照危机的角色，可以分为国际危机、国家危机等；按照危机的性质，可以分为政治危机、经济危机、金融危机、社会危机、宗教危机等；按照危机影响和波及的范围，可以分为局部危机、地区危机和全球性、大规模危机，等等。危机的产生或来源也是多种多样的，主要有以下几个方面：

第一，危机意识不强，不能从社会稳定的高度关注危机，以至于不能将其"扼杀在萌芽状态"。上面提到的"手纸危机"发生在20世纪70年代初的日本。当时日本国内的社会背景是经济高速增长、恶性通货膨胀引发物价暴涨，并且正逢国际上发生石油危机。因为有谣言说手纸可能会出现供应短缺，引起人们恐慌。电视可以十日不看，手纸却是一日不可或缺，东京的家庭主妇人心惶惶，纷纷上街抢购手纸，于是在世界经济大国日本出现了"手纸危机"，最后演变为社会不稳定，国家政权都受到了很大冲击。由此可以看到，危机意识不强，一场小的社会风波就可能影响国家的政权稳定。

第二，对涉外与国际事件应对不当而转化为国内危机。我国已经遇到很多这方面的情况，如1999年科索沃战争期间中国驻南联盟使馆被炸、2001年的中美"撞机事件"，以及当前中日关系危机等，都不同程度地引起国内社会的不稳定。又如2001年美国核潜艇撞沉日本渔船"爱媛号"事件，当时的日本首相森喜朗在第一时间接到消息后，没有立即作出反应，而是继续打高尔夫球，此事被媒体曝光后，舆论大哗，森喜朗被迫挂印走人。这是涉外事件转化为国内危机的典型例子。

第三，影响较大的自然灾害及恶性事故。如 20 世纪 90 年代中期以来陆续发生的韩国百货公司坍塌、韩国汉江大桥坍塌、土耳其大地震、日本神户大地震、中国石家庄特大爆炸案、塞内加尔大海难，以及印尼大海啸和大地震，等等。对这些自然灾害、恶性事故如果处理不当，肯定会引发国内社会不稳和政局动荡。

第四，全球化背景之下金融风险的传染。如 1997 年发源于泰国的东南亚金融危机在印尼、日本、韩国、香港引起的连锁反应。在冷战时期、在我国改革开放前，我们常讲"敌人一天天烂下去，我们一天天好起来"，但是在经济全球化的背景下，敌人"烂下去"，我们或许也会跟着"烂下去"，因为在经济全球化的背景下，全球的市场、贸易、金融都是捆绑在一起的。

危机具有严重的危害性、媒体的轰动性、事件的突发性、发展的不确定性。美国前总统肯尼迪在其幕僚和汉学家的指点下，曾对"危机"作过一个颇为著名的解释。他说，汉语中"危机"一词由两层含义组成："危"就是"危险"，"机"就是"机遇"。危机与机遇，一字之差，天渊之别。对危机、突发事件处理失误，可能造成社会不稳定、人心不稳定、政权不稳定、对外关系不稳定以及安全环境不稳定，甚至引发全盘崩溃；若处理得好，则可以增强政府的执政能力，提高政府威信，提高社会各方面对危机的应对能力。

所谓危机管理，就是要看一个国家、一个政权有没有能力把危险转化为机遇。其中危险（也可以叫做危机）、时机、契机、转机四者的关系，包含了现代危机管理的全套程序。要想消弭和化解危机，把危险转化为机遇，最重要的一点，在于洞烛先机、抓住时效、妥善处理。为此，战略家、政治家、外交家、企业家等都以转危为安、化险为夷为目标，努力实现"政府零危机"、

"国家零危机"、"企业零危机"。

危机的演变是一个长期的、潜在的演绎发展过程，一般可分为潜伏期，爆发期，恢复和重建期等三个阶段。危机管理不可能、也不应该是"头痛医头，脚痛医脚"的简单处理，而是一项从预防、治疗、休整等综合治理的高度加以实施的工程，应该包括预警、反应、恢复等方面有效的配套措施，包含对危机事前、事中、事后所有方面的管理。因此，所谓危机管理，应该是包括这三个阶段在内的全面与永远的危机管理。任何一个国家政权，为了长治久安，为了维护社会稳定，都应该把危机管理作为一项永远的、全面的管理工程来看待。与之相对应的是，一个有效的危机管理体系也应该包括三个组成部分：一是危机爆发之前的预警系统，要做到"未雨绸缪"；二是危机的管理者要力求"大事化小、小事化了"，"兵来将挡、水来土掩"；三是危机过后的恢复管理系统，"亡羊补牢，时犹未晚"，执政者在危机过后要妥善处理有关政治影响、经济损失、民心和威信等各方面的问题，特别是要总结经验教训，修正危机爆发之前的日常决策、应急处理系统。

二、中外危机管理理论研究状况

（1）西方危机管理的理论研究。失败在于危机、成功在于转机的哲理，促使危机管理在第二次世界大战以后应运而生，成为一门新兴学科。西方许多国家的决策层，为了掌握怒海行舟之道，都设置了危机处理班子，希望在急迫而又影响国家、社会稳定的重大突发事件上，能够采取迅速而又合适的行动方案。从1947年至今，西方国家的危机管理理论研究以及危机管理组织机构建设，都进入了一个比较完善的阶段。西方加强、扩大、发展危机管理研究，主要有以下三方面的动力：

动力之一，是冷战时期世界范围内各类危机不断显现，危机管理、危机研究成为迫切需要。在前苏联铁幕笼罩之下，东欧国家爆发了一系列民众与政府间的激烈冲突，"匈牙利事件"、"布拉格之春"都揭示了当时东欧国家内部潜在的社会矛盾和政治危机。西方国家虽然在战后经历了一段经济高度增长、社会相对稳定的黄金时期，但当这段黄金时期过去以后，也相继出现了社会危机、政治危机，如美国的黑人运动、学生反战运动、水门事件、能源危机等。发展中国家在现代化进程中也受到了由于危机引发政治动荡的困扰，如内战、军人政变、政权频繁更迭、种族与宗教冲突等。所有这些方方面面的情况，刺激了西方发达国家的高等学府、思想库、政府职能机构积极开展、推动对现代危机管理的研究，并使危机管理研究的视野逐渐开阔起来。

动力之二，是美国的政治学界占领了危机管理研究的制高点，提出研究要为现实服务，为寻找现实中各种矛盾、冲突的解决之道服务。美国政治学界的这种治学措施，对危机管理研究服务于现实起到了很大的促进作用。

动力之三，是科学技术进步与研究方法的更新。特别是信息技术、计算机等新技术手段的应用，使当代的危机管理理论突破了定性分析的方式，引入量化分析的方法，建立计量模型来加强对社会突发事件的管理，从而使危机管理研究更趋科学化、精确化，能够把危机现象作为政治系统、社会系统的变量因素，全面研究危机与其他变量之间的相互关系，并帮助施政者以严密的逻辑思考一网打尽危机事件方方面面的情况。这构成了危机管理研究在全世界蓬勃发展的一个新背景。

西方国家开展危机管理研究的目的，其一，在于获得更具普遍意义的危机管理规律，为有效地预测、监控和防范危机提供理论上的依据。通过研究发生在各个国家的各种各样、大大小小的危机，看它从爆发到最终被管制究竟有无规律可循。其二，在于把握危机爆发的特殊性，以区别、比较、发现在不同环境下造成差异的根本原因。例如，为什么在某些体制之下危机会频繁地发生，而在另外一种体制之下危机会得到抑制？这种对危机现象特殊性的研究，有助于危机高发地区的政府借鉴其他国家保持社会政治稳定的经验，从而为维护自己国内的稳定提供一套现实可行的思路和办法。从总体上看，西方国家重视危机管理研究，对外是为趋利避害、谋求国家安全、赢得外交主动权服务；对内是为了能够有效缓和、抑制社会与政府的危机，避免危机扩大。对我国来讲，西方危机管理研究中有许多合理的内容，值得借鉴和学习。

（2）中国古代的危机管理思想。中国古代文化博大精深，有很多危机管理的思想，但是同西方现代危机管理理论相比，中国没有完整的理论体系，也找不到相应的著作体系，仅仅是一些思想火花。尽管这样，古人的危机管理思想仍有很大的研究价值，从哲学、军事、治国等不同的角度看，主要有以下几方面的重要内容：

第一，古人特别重视对危机的预防，突出强调居安思危的必要性。"长将有日思无日，莫等无时思有时"，就是危机预防的思想。在社会平静的时候，要保持冷静的头脑，慎重行事，不要被眼前的利益和局部的平静所迷惑，应该充分预见到潜在的危机和可能发生的逆转。只有居安思危，才能真正做到有备无患。

第二，古人强调危机发生之时决策者的心理素质。危机所具有的突发性、危害性和舆论的轰动性，会给决策者带来极大的心理压力和能力考验。因此，古人提出"为将之道，当先治心"，要求决策者在危急时刻表现出良好的心理素质与处理危机的能力，保持一种良好的精神状态，"泰山崩于前而色不变"，"然后可以制利害，可以待敌"。

第三，古人能够正确看待危险和机遇的辩证关系。"祸兮福所倚，福兮祸所伏"，认为成功的危机管理能够战胜风险，并营造出一个新的机遇。

第四，古人强调在危机来临时，要在充分获取情报的基础上制定切实可行的战略，只有这样才可能转危为安。"五行不定，输个干干净净"，讲的就是在决策的时候，情报信息搜集的重要性。

三、有关国家的危机管理机制和经验

（1）国外危机管理机制建设情况。当今世界，国际形势和社会结构日趋复杂，信息传播速度加快，各国政府都面临着挑战，而最大的挑战就是对社会稳定的挑战，对统治秩序的挑战。面对层出不穷的危机，面对国际环境的变化，面对国际、国内两个大局的变化，要想维持稳定状态，就必须建立一个专业过硬、反应迅速、协调顺畅、保障有力的危机管理机制。

一个理想的、有效的危机管理机制的特征，概括起来就是"小核心、大范围、快反应"。首先要有一个核心，就是以担负危机管理职能的国家政治机构为核心；其次要形成一个体系，这个体系应包括三个子系统：危机管理的中枢指挥系统、危机管理的支援和保障系统、危机管理的信息管理系统。

所谓"小核心"，指的就是危机管理的中枢指挥系统。中枢指挥系统是危机处理最核心的部门，要在危机发生后迅速做出选

全球化的日益发展和中国金融、证券行业改革的不断深入，
对所面临的金融风险不能低估。

来源之三，就是大规模的自然灾害。中国是一个灾害多发国
自然灾害导致社会不稳定的可能性始终存在。如果遇见了类
尼大海啸那样的自然灾害，就需要一个从上到下反应极快
能效极高的危机管理体系。

（2）国际危机风险的上升，将对国内社会稳定产生影响。中
发展必然会刺激一些国际因素，反过来对我国家安全产生消
响。我国所面临的国际危机风险，主要有以下几个方面：

风险之一，就是中国实行的开放政策，使我国与其他国家的
无论在广度还是深度上都有明显进展，中外交流的增多，必
导致潜在危机因素的增长。就像交通流量大，交通事故必然
一样。比如 2008 年的北京奥运会、2010 年的上海世博会，
稳的角度、安保的角度来看，有许多不稳定因素。特别是世
，其特点是人口大流动。1970 年日本有 1 亿人口的时候，来
其举办的大阪世博会的人数就达 6400 万人次。有关部门预
上海世博会的参观人数将超过 7000 万人次。一个城市能不能
如此巨大的流动人口，能否解决好商业、服务、住宿、交通
题，这本身就是一个很大的挑战。

风险之二，就是涉及我国的国际危机高发地区。所谓高发地
包括中国周边的恐怖活动弧形地带以及中国劳务人员集中的
和地区等。

风险之三，就是三股势力——恐怖主义、分裂主义、极端主
可能利用特殊时期兴风作浪，利用敏感时期制造事端，以达
不我政权和社会稳定的目的。

以上这方方面面风险的存在，都对中国的危机管理、社
出了潜在的也是现实的挑战。

择和反应。在危机事态中，决策者所拥有的时间是有限的，中枢
系统能不能很快做出反应，是对该系统、对决策者本人最大的考
验。一个合理的中枢指挥系统应该由参谋系统和决策指挥系统两
部分组成。决策指挥系统要在很短的时间内找到化解危机的正当
途径，并且要拥有坚定的决心、顽强的意志和非凡的组织能力。
既要能够倾听不同专家的意见，以获得更多政策备选方案；又要
能够权衡得失、当机立断，尽快控制危机影响的蔓延。

所谓"大范围"，指的是危机管理的另外两个子系统。其
中，支援和保障系统是直接的危机处置机构，主要职责是有效
贯彻危机中枢指挥系统的决策，保证在危机发生以后，政府的
决策能够得到社会各部门的有效配合，从而化解危机。支援和
保障系统基本上是一个包括了国家的安全、警察、消防、医疗、
卫生、交通、社会保障等各个职能部门的庞大体系。危机处理就
是这个庞大管理系统的紧急调度和实战演练，或者说是协同
作战。

信息管理系统在整个危机管理体系中承担两大职能：一是为
决策者提供及时、准确的情报；二是向民众传递适当信息，既要
让民众对危机事态的程度与危害有清醒的认识，又要使他们了解
决策层为化解危机所做的各种努力，使民众保持情绪稳定。为了
避免民众情绪失控，减轻决策者面临的压力，媒体在信息管理系
统里面起着重大作用。能否对媒体进行有效而富有弹性的管理，
是危机管理能否成功的一个重要方面。

（2）美国、俄罗斯、韩国、以色列等国家危机管理的特点。
国情、国力以及外部安全环境或国内社会发展状况的不同，决定
了不同国家危机管理机制的形态各具特色。

美国危机管理机制的特点是"强总统、大协调"。所谓"强
总统"，是指美国总统在管理国家安全和危机处置方面拥有很强

的权力；所谓"大协调"，是指美国国家安全委员会是美国国家安全与危机管理的最高决策和协调机构。美国的危机管理机制是以总统为核心，依托国家安全委员会进行协调管理的一个辐射系统。美国法律规定，总统是国家安全委员会的主席，有权处理所有外交、国防事务，对危机具有顶级的处理权。总统有权掌握所有关于危机事件的情报，并对危机管理的各个环节进行指挥、控制和协调。

俄罗斯危机管理机制的特点是"大总统、大安全"。所谓"大总统"，是指俄罗斯的总统拥有比美国总统更为广泛的权力，不仅是国家元首和军队统帅，还掌握着广泛的行政和立法权。在日常的国家管理特别是危机管理中，俄罗斯总统主要通过几种权力杠杆来实现自己的决策权。第一，通过法律把外交部、国防部、内务部、对外情报局、联邦安全局、联邦政府通讯与情报署等强力部门直接置于自己的领导之下，这些部门的首长直接对总统负责。第二，俄罗斯设有联邦安全会议，实际上是现实政治生活中强势总统的"权杖"。该机构设有 12 个常设跨部门委员会，包括宪法安全、国际安全、军事安全、信息安全、经济安全、生态安全、社会安全、国防工业安全、独联体合作、边防政策、居民保健、动员准备等。俄罗斯联邦安全会议实际上是一个无所不包的权力机构，它既是俄罗斯国家安全决策的最高机构，也是危机管理的中枢机构，因此称之为"大安全"。

与美俄相比，韩国和以色列的危机管理机制比较有特色。韩国危机管理机制的特点可以概括为"小核心、小范围"。韩国长期处在战备状况，战时色彩浓厚，历来是由总统直接掌控对外政策、军事政策和国内社会稳定政策。特别是在金大中就任总统以后，设立了国家安全保障会议，并将其置于总统的直接控制之下，使之成为一个常设的危机管理机构，全面负责韩国的统一政

策、外交政策、安全政策，它的运作完全基[ ]一种假想状态。以色列的情况与韩国类似[ ]状态，其危机管理机制的特点除了"小核心[ ]有一个重要特征，就是总理一竿子插到底，[ ]阁紧急会议进行危机管理。以色列的安全[ ]国防、情报、军工等部门的首长组成，安全[ ]最高权威性，必须得到坚决执行。

四、近期主要涉我危机及思考

（1）国内因素是我国近期危机的主要[ ]往往有国际背景，国际背景往往能够引起[ ]的中日关系问题，就很典型地说明了国内[ ]性。可以说，如果国内问题解决得好，其[ ]我们的社会稳定；如果国内危机处理不好[ ]兴风作浪。就当前一个时期来分析，我国[ ]要来自于以下几个方面：

来源之一，是弱势群体可能引发的社[ ]造两种危机——"诉求型危机"和"报复[ ]源，主要由以下几类人群构成：低收入[ ]城市失业者，丧失或者部分丧失劳动能[ ]以来，中国社会各阶层的利益关系产生[ ]方面催动了弱势群体的形成，并使之成[ ]型危机的土壤。

来源之二，就是金融、证券等领域[ ]社会危机。从 1997 年的东南亚金融危机[ ]国际上的金融危机大多数是由某个金融[ ]

（3）涉我危机的主要类型和形式。综上所述，近期可能发生的涉我危机主要有以下几种类型：

类型之一，弱势群体的诉求型危机，即弱势群体通过政治手段要求解决具体问题而形成的危机。从理论上讲，这类危机一般都有具体的诉求目标，起因多是涉及工资福利、社会保障、劳资矛盾等方面的具体问题。由于这些事件具有规模较大、政治性较强的特点，往往会引发甚至破坏当地的社会稳定。处置此类危机，在政策上要格外小心谨慎。一是要注意隔离危险，把法律问题、劳资问题与政治问题隔离开来，引导弱势群体通过法律手段、司法途径而不是政治手段解决问题，避免诉求型危机演化为社会政治问题；二是要注意隔离各地的诉求型危机，防止发生串联现象，避免各地的零星问题蔓延为全国性事件；三是要严防国内外敌对势力的介入。

类型之二，由心理受挫者制造的报复社会型危机。这类危机的特点是零星发生，且有一定的偶然性，作案者往往是受到挫折、有报复心理的人。其主要危害是对社会心理影响较大，如果缺乏权威信息的引导，容易引发谣言四起，造成社会恐慌。这类危机的主要形式是传统恐怖主义或恶性犯罪，如爆炸、投毒、劫持人质等。

类型之三，证券、金融市场风险引发的危机。这类危机往往会将股市问题演变为社会问题，造成社会不稳定。

类型之四，三股势力制造非暴力型危机。冷战以后，西方的非暴力反抗理论特别兴盛。美国的一些人就一直鼓吹和推动邪教等势力采取信息战、心理战等非暴力形式。"9·11"事件后暴力恐怖主义已成为众矢之的，而发生非暴力危机的可能性却逐渐上升。从近年来发生在中亚和外高加索地区的"颜色革命"来看，格鲁吉亚的"玫瑰革命"、乌克兰的"橙色革命"、吉尔吉斯斯坦的"郁金香革命"等，都采取了街头政治的形式，而在街头政治背后起消极破坏作用的，就是受到以美国为首的西方势力资助和操纵，以各种形式活跃在世界各地的各种非政府组织。近几年四川、辽宁、吉林等地发生的法轮功侵入当地有线、无线电视系统的案件，就是非暴力破坏的一种表现，对社会稳定构成了巨大挑战。

类型之五，涉外危机和国际危机。对已经发生的华侨、移民、海外劳务人员被杀、被劫持、被侵害事件，如阿富汗昆都士枪杀案、巴基斯坦瓜达尔港袭击案、巴基斯坦南瓦济里斯坦部落地区人质案件，以及伊拉克的中国劳工被绑为人质、以色列人体炸弹事件波及中国人、几年前在印尼发生的大规模排华事件等等，处理不当的话，就可能影响国内社会稳定。

类型之六，突发性的海难、空难事件。

类型之七，影响比较大的自然灾害及人为事故。工矿企业以及公共场所的各类安全事故，被大众媒体广为传播，影响很大，一旦处理失当，可能影响社会稳定。

总之，我们的危机意识还比较薄弱，危机管理机制还有待完善。当前我们面临的主要问题，是许多人还不能正视危机的存在，不愿意谈论危机，认为"危机"是一个贬义词汇，是西方国家的专利，不应该发生在我们身旁，危机在我们这里最多是"出事"。如果仅用"出事"来代替危机的话，就看不到危机背后隐藏的方方面面的情况，就不能从政权和社会稳定的高度关注危机管理，就会影响到对危机的处理，一个小问题就可能最终酿成严重后果。这是需要我们密切关注并加以高度警惕的。

在危机管理方面，需要从以下几个方面加以改进和推动：第一，尽快成立常设的危机管理部门，建立一个权责明晰的危机反应机制。第二，各级政府机关必须树立正确的危机意识，真正做到预案在先，对可能面临的各类危机及应对方式进行深入研究。第三，把能否妥善地处理危机事件，作为考核各级政府施政能力的重要内容。第四，开展全民危机管理培训，增强全社会的应变能力。尽快在公务人员中进行危机应变的情景训练，有针对性地对普通民众开展危机应对教育。

中国企业海外利益
保护与危机管理*

一、应因国际恐情变化，克服麻痹侥幸思想，保证"走出去"战略顺利实施

中东、中亚、南亚是我国实行"走出去"战略的重要方向，在该地区国家开办的中国企业逐渐增多。同时，2004 - 2005 年中，中国企业在海外遭受袭击也显得突出：巴基斯坦瓜达尔港爆炸、南瓦济里斯坦绑架、阿富汗昆都士喋血等涉及我国驻外企业利益及公民安全的恐怖大案、要案屡有发生。这一系列案件表明，随着国际恐情的加剧、我国周边地区恐怖活动的蔓延，以及我国外向经济的拓展，中国已不再是国际恐怖活动的安全地带，我国海外利益遭恐怖袭击的风险陡然增大。为此，研究国际恐情特点，借鉴别国的安保措施，进而建立并完善企业内部安全机制，已势在必行。

一方面，从西亚、南亚等地涉我的一系列喋血大案、要案

---

* 本文为作者在"第三届国家安全论坛"上的发言。

择和反应。在危机事态中，决策者所拥有的时间是有限的，中枢系统能不能很快做出反应，是对该系统、对决策者本人最大的考验。一个合理的中枢指挥系统应该由参谋系统和决策指挥系统两部分组成。决策指挥系统要在很短的时间内找到化解危机的正当途径，并且要拥有坚定的决心、顽强的意志和非凡的组织能力。既要能够倾听不同专家的意见，以获得更多政策备选方案；又要能够权衡得失、当机立断，尽快控制危机影响的蔓延。

所谓"大范围"，指的是危机管理的另外两个子系统。其中，支援和保障系统是直接的危机处置机构，主要职责是有效贯彻危机中枢指挥系统的决策，保证在危机发生以后，政府的决策能够得到社会各部门的有效配合，从而化解危机。支援和保障系统基本上是一个包括了国家的安全、警察、消防、医疗、卫生、交通、社会保障等各个职能部门的庞大体系。危机处理就是这个庞大管理系统的紧急调度和实战演练，或者说是协同作战。

信息管理系统在整个危机管理体系中承担两大职能：一是为决策者提供及时、准确的情报；二是向民众传递适当信息，既要让民众对危机事态的程度与危害有清醒的认识，又要使他们了解决策层为化解危机所做的各种努力，使民众保持情绪稳定。为了避免民众情绪失控，减轻决策者面临的压力，媒体在信息管理系统里面起着重大作用。能否对媒体进行有效而富有弹性的管理，是危机管理能否成功的一个重要方面。

（2）美国、俄罗斯、韩国、以色列等国家危机管理的特点。国情、国力以及外部安全环境或国内社会发展状况的不同，决定了不同国家危机管理机制的形态各具特色。

美国危机管理机制的特点是"强总统、大协调"。所谓"强总统"，是指美国总统在管理国家安全和危机处置方面拥有很强的权力；所谓"大协调"，是指美国国家安全委员会是美国国家安全与危机管理的最高决策和协调机构。美国的危机管理机制是以总统为核心，依托国家安全委员会进行协调管理的一个辐射系统。美国法律规定，总统是国家安全委员会的主席，有权处理所有外交、国防事务，对危机具有顶级的处理权。总统有权掌握所有关于危机事件的情报，并对危机管理的各个环节进行指挥、控制和协调。

俄罗斯危机管理机制的特点是"大总统、大安全"。所谓"大总统"，是指俄罗斯的总统拥有比美国总统更为广泛的权力，不仅是国家元首和军队统帅，还掌握着广泛的行政和立法权。在日常的国家管理特别是危机管理中，俄罗斯总统主要通过几种权力杠杆来实现自己的决策权。第一，通过法律把外交部、国防部、内务部、对外情报局、联邦安全局、联邦政府通讯与情报署等强力部门直接置于自己的领导之下，这些部门的首长直接对总统负责。第二，俄罗斯设有联邦安全会议，实际上是现实政治生活中强势总统的"权杖"。该机构设有12个常设跨部门委员会，包括宪法安全、国际安全、军事安全、信息安全、经济安全、生态安全、社会安全、国防工业安全、独联体合作、边防政策、居民保健、动员准备等。俄罗斯联邦安全会议实际上是一个无所不包的权力机构，它既是俄罗斯国家安全决策的最高机构，也是危机管理的中枢机构，因此称之为"大安全"。

与美俄相比，韩国和以色列的危机管理机制比较有特色。韩国危机管理机制的特点可以概括为"小核心、小范围"。韩国长期处在战备状况，战时色彩浓厚，历来是由总统直接掌控对外政策、军事政策和国内社会稳定政策。特别是在金大中就任总统以后，设立了国家安全保障会议，并将其置于总统的直接控制之下，使之成为一个常设的危机管理机构，全面负责韩国的统一政策、外交政策、安全政策，它的运作完全基于将要爆发战争这样一种假想状态。以色列的情况与韩国类似，长期处在战争与冲突状态，其危机管理机制的特点除了"小核心、小范围"之外，还有一个重要特征，就是总理一竿子插到底，总理通过召开安全内阁紧急会议进行危机管理。以色列的安全内阁主要由负责外交、国防、情报、军工等部门的首长组成，安全内阁作出的决定具有最高权威性，必须得到坚决执行。

四、近期主要涉我危机及思考

（1）国内因素是我国近期危机的主要来源。国内的很多问题往往有国际背景，国际背景往往能够引起国内的某些反应。最近的中日关系问题，就很典型地说明了国内、国际两个大局的互动性。可以说，如果国内问题解决得好，其他的危机来源很难破坏我们的社会稳定；如果国内危机处理不好，其他的危机就会趁机兴风作浪。就当前一个时期来分析，我国国内可能发生的危机主要来自于以下几个方面：

来源之一，是弱势群体可能引发的社会危机。弱势群体是制造两种危机——"诉求型危机"和"报复型危机"——的主要来源，主要由以下几类人群构成：低收入农民，离开土地的农民，城市失业者，丧失或者部分丧失劳动能力的人。20世纪90年代以来，中国社会各阶层的利益关系产生了较大变动和分化。这些方面催动了弱势群体的形成，并使之成为制造诉求型危机、报复型危机的土壤。

来源之二，就是金融、证券等领域的问题可能引起经济乃至社会危机。从1997年的东南亚金融危机到2002年的阿根廷危机，国际上的金融危机大多数是由某个金融部门的问题引发的。随着经济全球化的日益发展和中国金融、证券行业改革的不断深入，我们对所面临的金融风险不能低估。

来源之三，就是大规模的自然灾害。中国是一个灾害多发国家，自然灾害导致社会不稳定的可能性始终存在。如果遇见了类似印尼大海啸那样的自然灾害，就需要一个从上到下反应极快的、能效极高的危机管理体系。

（2）国际危机风险的上升，将对国内社会稳定产生影响。中国的发展必然会刺激一些国际因素，反过来对我国家安全产生消极影响。我国所面临的国际危机风险，主要有以下几个方面：

风险之一，就是中国实行的开放政策，使我国与其他国家的交往无论在广度还是深度上都有明显进展，中外交流的增多，必然会导致潜在危机因素的增长。就像交通流量大，交通事故必然上升一样。比如2008年的北京奥运会、2010年的上海世博会，从维稳的角度、安保的角度来看，有许多不稳定因素。特别是世博会，其特点是人口大流动。1970年日本有1亿人口的时候，来参观其举办的大阪世博会的人数就达6400万人次。有关部门预测，上海世博会的参观人数将超过7000万人次。一个城市能不能承受如此巨大的流动人口，能否解决好商业、服务、住宿、交通等问题，这本身就是一个很大的挑战。

风险之二，就是涉及我国的国际危机高发地区。所谓高发地区，包括中国周边的恐怖活动弧形地带以及中国劳务人员集中的国家和地区等。

风险之三，就是三股势力——恐怖主义、分裂主义、极端主义，可能利用特殊时期兴风作浪，利用敏感时期制造事端，以达到破坏我政权和社会稳定的目的。

以上这方方面面风险的存在，都对中国的危机管理、社会稳定提出了潜在的也是现实的挑战。

看，这类案件的幕后黑手神秘莫测、犯罪组织严密、作案精心策划，有"基地"组织、国际有组织犯罪团伙及敌对势力的阴影；恐怖组织获取情报和调配人员明确迅速、枪械精良，是蓄意对我发动的恐怖袭击，政治企图明显，侦破难度颇大。

另一方面，我国在高危地区与国家进行投资、援建、经商的企业仍有麻痹侥幸思想，缺乏对海外社情、恐情、敌情等安全信息的搜集了解；尤其是对高危"弧形地带"的安全形势心中无数，对巴基斯坦南瓦济里斯坦部落地区、阿富汗昆都士等地严峻的治安局势估计不足，盲目乐观地认为国际恐怖活动矛头只针对以美国为首的西方公司或人员，在上述危险地区，中国人被视为朋友而尽可放心，因而盲目乐观，放松警惕。

此外，中国的涉外投资、援建项目及参与人员与当地文化的融合感不强，在雇工、返利等公关方面，不能与当地文化相融合，不能与当地利益较好地协调，导致当地势力的嫉恨及非法组织的报复。

中国先贤所言，"善治病者，必医其受病之处，善救弊者，必寻其起病之源。"最近两年的涉我惊天大案，给中国的海外安全与利益保护敲响了警钟。血的代价使我们认识到，应从国际反恐大背景和地区安全大背景，总揽全局，深谋远虑，针对我国海外利益遭受恐怖袭击的教训，研究各国保护其海外企业的经验与配套措施，将保护我海外企业列为维护国家安全利益的重要内容及反恐战略的重要任务。以下，就我国企业在海外安全方面面临的威胁、企业危机管理的漏洞及对策谈一些粗浅看法。

"9·11"之后三年多来，国际安全形势错综复杂，恐怖活动狼烟四起。从世界范围看，阿富汗与伊拉克两场战争之后，美虽结束了军事行动，但因不能有效控制局面，大批"基地"组织成员潜逃，使中东、南亚、中亚成为恐怖主义的沃土，"基地"组织与其他极端势力的勾结增强。从恐怖活动的分布范围看，高加索到中东、南亚、中亚以至东南亚形成了一条恐怖活动高发的"弧形地带"，流血冲突不断。加之克什米尔、阿富汗及费尔干纳盆地等极端势力的三大活动基地紧逼我国西线。凡可生存之地，恐怖组织皆如水银泻地无孔不入，制造恐慌效应，引发社会动荡。反恐战争何处是尽头！

埃及总统穆巴拉克说过，美国打伊拉克"将催生 100 个新拉登"。此话不幸言中。美伊战争似汤浇蚁穴，火燎蜂巢。惊恐之余，恐怖分子加紧巩固原有"基地"网点，强化与各地极端势力的联系，逐渐站稳了脚跟，活动更加猖獗。"基地"组织已经发展至第三代。他们自我隐蔽、自我支持、自我发展、自我行动，已在全球建立起新的"网络"。恐怖活动方式，系为追求轰动效应和制造心理恐慌，经过周密策划，在不同国家和地区集中连续进行。新一轮恐怖浪潮显示出国际恐怖活动呈"波浪"型趋势，手段更加多样化，目的是"要更多人死，让更多人看"。

英国国家风险研究机构"全球市场研究中心"在对世界上 186 个国家的风险进行排名后，于 2003 年发布研究报告指出，在全球 6 大地区中，亚太区的风险指数为 45.16，高于全球 40.19 的平均水平。

此外，新加坡、马来西亚、泰国、澳大利亚和东帝汶处于中上水平。除美国外，亚洲许多国家是恐怖袭击的目标，巴基斯坦、菲律宾、阿富汗、印尼、印度和斯里兰卡等 6 个国家的遇袭风险排在全球前 10 位（巴排名第三，菲、阿、印尼、印度分别为第五、六、七、九位）。

二、将保护企业海外安全列为维护国家利益的重要任务及国家反恐战略的重要目标，建立长效防范处置机制

（1）对我国政府援建的项目，要对受援国的安全环境进行评估，并要求受援国政府对我援外人员提供安全保障。可借鉴美、欧、日、俄、韩等国家的做法，在政府层面，针对国家海外利益受损害的突发事件，一般都建有高效的危机处理协调机制；外交、军队、警察、情报、商务、交通、医疗等政府部门或设专职机构承担保护本国海外企业的任务，向企业提供海外安全信息。如美国"海外安全顾问委员会"经常向企业发布警告与领事信息；向注册企业免费提供《紧急计划手册》、《企业海外恐怖对策问答》；或是官民联手成立协作机构（如日本）。

（2）在政府层面建立高效有力、内外结合的企业海外安全协调机制，考虑在已经运行的国家反恐协调机制框架下，建立针对高危国家或地区的紧急预案小组，与企业所在前方保持密切而畅通的联系，直接督导企业的安保工作，制定关于海外安全风险情报定期务虚与研判制度。综合评估全球各地的安全风险，甄别不同的安全环境，制定企业内安全警报级别，置重点于"高危地区"。将全球按"恐情"轻重分为几大区域，配备专职安全联络官，对重点项目进行安全指导与检查。

（3）在坚持以当事国为主的前提下，开展多层次、多渠道的安保合作，与各国政府保持友好合作关系，及时掌握中亚、南亚、中东等地区的极端势力、分裂势力与恐怖势力的动向。加强与受援国强力部门与地方势力的合作。除高层和官方接触外，与驻在国的基层执法部门与强力社团也应保持接触。

（4）向企业人员家属或社会提供信息服务，加强媒体管理，使领馆官员应深入驻在国社会，广开渠道，多交朋友。2004 年 5

月 17 日，两名在伊拉克被绑架的俄罗斯人质获释，就是俄向伊政界人士、宗教领袖积极求助的结果。

（5）制定紧急撤侨预案，这需要从商用、军用、公用等多个层面预备飞机、轮船等交通工具，以及选定登陆地点、准备储备物资等工作。此外，危机时期的撤侨工作亦可考虑借助国际合作。美、日、法都备有必要时出兵保护本国在海外的公民与机构的预案。

（6）培养高素质处理境外人质危机及与恐怖组织打交道的谈判专家，从心理学、语言学、宗教学等多方面提高应对能力，组成危机小组，随时准备奔赴国外救助本国公民。如全球顶尖反绑架专家道普斯在伦敦设有公司。

（7）注意引导媒体，防止泄露营救策略、谈判进展等情报；防止炒作，将矛头转向政府或出事企业，消除境外恐怖案件对国内社会稳定造成的负面影响，维护政府威信，将人质危机个案处理。

（8）研讨建立私营保安公司的可行性。发达国家高度重视私营保安公司的作用，以执行一些军队不便执行的任务。必要时，可以考虑按照国际惯例或征得驻在国同意，配备或派遣专业持枪保安队伍，以加强对恐怖分子的威慑。

三、统筹考虑经济成本，建立应对海外危机的紧急管理机制

企业海外经营是我国经济发展战略的重要环节。从国际跨国公司发展经验看，海外经营的顺利与否，与国际政经形势、投资对象国的社会治安局势、投资者与当地文化的融合程度等因素密切相关。

我国企业部分对外投资与承包工程项目集中在海外恐情严峻、敌对势力活跃、有组织犯罪活动猖獗、西方企业裹足不进的"高危地区"。加上我承包的项目多为公路、港口、铁路、水坝等战略价值与经济效益颇大的基础设施建设，容易被卷入受援国国内政治斗争及其与周边国家外交斗争的漩涡，成为恐怖袭击或绑架的目标。

（1）企业应该超越"拒绝面对"与"过度防卫"两种不正确心态，提高防恐意识，将经济效益与人员安全并列为考核指标。海外经营蕴涵巨大风险，面对海外风险，企业的第一种反应是传统思维模式，即重经济效益，轻生产安全，拒绝当地政权提供武装保卫（如昆都士）；拒绝承认企业海外经营的安全与成本体系架构需要重新规划，认为恐怖袭击只针对西方国家，瓜达尔港、昆都士等案件纯属偶然，面对高利润、高风险项目，仍然趋之若鹜。

第二种反应与"拒绝面对"截然相反，认为面对恐怖袭击，唯一的出路是找一个安全处所躲起来，将一方平安与经济效益对立起来；降低海外投资、减少外向经营、寻求短期利益，等待风雨过去；或者是在工地派重兵把守，与外界交流隔绝。

（2）企业高层应转变安全观念，提高企业内部出国员工的安全教育门槛，形成配套的防范机制，将警戒措施落到实处，以抵御有一定组织规模的恐怖袭击。

海外安保不同于一般的外事纪律培训，它要求加强对投资对象国与项目作业的国情、社情、恐情、警情及我情的了解，为此，可考虑由相关部门制订企业赴海外、尤其是高危地区的安全认定标准，将企业内部安全防范机制、能力和投入成本等作为审核其海外活动资质的重要指标。建立健全境外商业性项目的风险评估，在签订合同时，把安全防护的相关费用列入项目成本，在驻在国寻找合适的安保伙伴。

（3）建立危机意识，强化派出单位的责任制，发挥团队力量，借鉴各国保护本国企业海外利益的经验，完善企业危机管理机制。

预防重于治疗，未雨绸缪是上上之策。按照国内外危机管理专家的经验，各种危机多能预防。预防海外安全危机最重要的做法包括"弱点分析"和"安全评估"。也就是把企业在海外经营中可能遭遇的风险界定出来，进行安全评估，然后针对每个薄弱环节，进行"预防"、"侦测"及"矫正"。

在企业集团总部设置包括法律、安全、人事、公关、宣传等部门负责人组成的危机管理小组或海外安全室。其职责是事先加强对投资对象国社会情况的公开信息搜集与研判，评估受资地区和我企业居住地的安全环境，制订物资储备计划，对可能涉及受资国就业和地方经济利益的项目要慎重决策。

在危机的处理上，要掌握重点，注意速度；判断可能产生的冲击，并视其影响程度，决定优先处理顺序。缺乏客观的风险评估，或只看到危机的片面，都是危机处理的兵家大忌。

（4）重视企业文化的本土化及融入当地文化，避免与当地人发生利益冲突，所以不能忽视交流而不与当地人往来，躲进营垒自成一统。

从伊拉克人质事件、巴基斯坦绑架案来看，在局势失控、矛盾激化时，受资国官方或军警往往是投鼠忌器、鞭长莫及。而当地民间力量与头面人物则能"为官所不能"。因此平时就要多烧香，与当地政权、警方、部落长老、宗教团体建立良好的安全互动与人际互信关系，甚至与当地社会上的三教九流、黑白两道都搞好关系，特别要重视寻找受资地区的安保合作伙伴。

（5）在境外高危地区的施工作业队伍，其上下班的时间、路线、沿路社情、行车距离、通信联络、随行护送、住宿条件等都要缜密细致地安排，对各个环节查找漏洞，确保万无一失。从此次南瓦案件看，从住宿营地到高摩赞水坝工地，沿途有集市，由于被绑架者的车脱离车队，从警戒视线中消失，致使埋伏在路边石头后的绑匪冲出，得以下手。我们应由此吸取教训，引以为戒。